KB058017

우리의 신호가
닿지 않는 곳으로

우리의 신호가 닿지 않는 곳으로

로 켓 발 사 앤 솔 러 지

곽재식

박애진

이산화

전혜진

최의택

해도연

요다

차례

돌덩이일까, 외계인의 로켓일까

곽재식

2017년 발견된 오우무아무아라는 것을 들어본 적이 있을지 모르겠다.

　당시에는 상당한 화제였다. 처음 이 물체는 태양 근처를 빠르게 지나는 모습으로 발견되었다. 크기는 수백 미터 정도로 추측되었다. 그러니 작은 소행성처럼 보이는 물체였다. 거기까지는 크게 이상할 것이 없었다. 태양계에는 원래 이런 작은 돌덩어리들이 아주 많이 떠다닌다. 혹시 이런 소행성이 지구 근처에 끌려 들어와서 땅에 잘못 떨어진다면 꽤 거대한 폭탄이 떨어진 정도의 폭발이 발생하기는 할 것이다. 그러나, 태양계는 넓은 곳이고 이런 소행성이 돌아다니다가 지구에 떨어질 가능성은 잠실 야구장을 떠다니는 초파리 한 마리가 야구 경기 중인 투수가 던진 공에 하필 맞을 확률보다도 낮다. 그때 당시에 오우무아무아가 앞으로 갈 길을 살펴보아도 지구에 충돌할 것 같지는 않았다.

문제는 오우무아무아가 앞으로 갈 길이 아니라 과거에 어디에서 왔느냐 하는 데 있었다.

오우무아무아가 어디에서 왔는지를 계산해보자, 그것이 태양계 바깥쪽에서 왔다는 계산이 나왔다. 그러니까 오우무아무아는 태양계 안을 그냥 돌아다니고 있던 돌덩어리가 아니었다. 태양계 바깥 어디인지도 모를 아주 먼 곳에서 온 물체였다. 지구, 달, 금성, 화성, 목성, 토성 같은 친숙한 행성들이 있는 영역이 아니라, 그보다 훨씬 멀리 떨어진 다른 별이 태양 대신 낮을 밝히는 세상에서 왔다는 이야기였다.

엄청나게 멀리서 온 것이라는 점만으로도 대단했지만, 그게 태양계 바깥이라는 점은 한결 더 신비한 이야기였다. 우주가 낯설고 이상한 곳이며 태양계가 넓다는 것은 사실이지만, 우리는 그 태양계가 어떤 곳인지 대략은 알고 있다. 금성은 너무 뜨거운 곳이고 화성은 너무 메마른 곳이며, 목성과 토성은 거대한 기체 구름의 소용돌이 덩어리다. 이런 곳에 외계인이 살고 있지 않다는 사실도 이미 잘 알고 있다. 화성에 눈에 보이지 않을 만큼 작은 세균 같은 미생물이 살고 있지나 않을까 하는 꿈이나 가끔 꿀 뿐이지, 그 밖에 별다른 생물은 태양계 안에는 없을 것 같다.

그렇지만 태양계 바깥이라면 무엇인가 다른 것이 있을지도 모른다. 그것이 외계인에 대한 사람들의 기대다.

은하계 안에는 태양과 비슷한 별들이 100억, 1,000억이라는 숫자로 헤아려야 할 정도로 많다. 그렇다면, 태양계 바깥, 다른 별들이 있는 곳 근처에는 우리 태양계에서는 볼 수 없는 다양한 가지각색의 행성들도 있을 것이다. 그 많은 행성 중에 어느 정도는 지구와 비슷한 곳이거나, 심지어 지구보다 더 생명체가 살기 좋은 곳도 있지 않을까? 남극에서 북극까지, 모든 지역이 1년 내내 봄날 한강공원 같은 날씨가 계속되는 행성이 우주 어디인가에 있다면, 그런 곳에서는 훨씬 더 다양한 생명체가 출현해서 더욱 놀라운 문명을 이루어, 외계인들이 자전거나 인라인 스케이트 대신에 비행접시를 타고 다니며 데이트를 하는 행성도 있지 않을까?

오우무아무아가 태양계 바깥에서 왔다는 이야기는, 어쩌면 그런 것들이 있을지도 모르는 세상에서부터 그 물체가 태양 안으로 들어왔다는 뜻이었다. 오우무아무아는 낯설고 이상한 물체일 수밖에 없다. 태양계는 결국 45억 년에서 50억 년 사이, 지구가 생겨나던 무렵에 다 같이 생겨난 우리의 형제자매들이다. 아무리 금성이나 화성이 이상한 세상이라고 하더라도, 결국은 지구와 비슷한 재료가 달리 뭉쳐서 생긴 것들이라고 할 수도 있다. 그런데, 오우무아무아는 그 바깥에서 온 전혀 다른 배경을 가진 물체다. 어쩌면 지구가 생겨나기도 한참 전에 생겨난 재료로 만들어졌을 수도 있고, 태양계 안에서는 전혀 상상도 하지 못한 어떤 것의 흔적이 묻어 있을 수도 있다.

게다가 거기서 끝이 아니었다. 오우무아무아는 무엇보다 그 모양이 대단히 특이했다.

오우무아무아는 기괴할 정도로 모양이 길쭉하게 생겼다. 하늘을 떠다니는 돌덩어리, 혜성, 소행성이라면 좀 울퉁불퉁하더라도 대체로 둥글둥글한 모양으로 생긴 것이 보통이다. 비교적 매끄러운 돌덩어리도 있고, 감자나 고구마처럼 공 모양에서 꽤 벗어난 것도 있지만, 한 무더기의 덩어리로 뭉쳐 있어서 돌덩어리라고 하면 떠올릴 수 있을 만한 딱 그런 모양이다. 그런데, 오우무아무아는 뭉친 덩어리 모양이 아니라, 앞뒤로 길게 뻗어 있다. 옆의 폭에 비하면 앞뒤 길이가 훨씬 길다. 앞뒤 길이가 옆의 폭에 20배가 될 거라는 계산이 나온 적도 있었다. 그런 모양은 꼭 로켓을 닮았다.

이런 모양이 저절로 생기는 것은 쉬운 일이 아니다. 그런 물체가 하필이면 대단히 낯선 먼 지역인 태양계 바깥에서 나타났다면, 혹시 누가 일부러 저런 모양으로 만들었을 수도 있지 않을까? 그러니까 혹시 태양계 바깥, 머나먼 곳에서 지구를 향해 날아온 외계인이

돌덩이일까, 외계인의 로켓일까

만든 로켓이 아닐까? 이런 이야기라면 많은 사람들이 관심을 가질 수밖에 없었다. 한국에서도 과학기술정보통신부 장관 보좌관을 지냈던 한 학자가 몇 차례 오우무아무아에 대해서 이야깃거리 삼아 몇 차례나 방송에서 소개했던 일이 있을 정도였다.

오우무아무아는 많은 학자들의 호기심을 끌었고, 그 정체에 대해 추측하는 많은 이론들도 여럿 나왔다. SF 작가나 농담꾼들 말고, 진지하게 연구하는 학자들 중에서도 과감하게 오우무아무아가 정말로 외계인이 만든 인공 물체일지 모른다는 학설을 주장하는 사람이 나왔다.

그보다는 재미없지만, 행성의 파편이 조금 특이한 방식으로 쪼개져서 결을 따라 부러져 나오면 그런 이상하게 길쭉한 모양의 돌이 머나먼 곳까지 튕겨 나올 수 있다는 계산을 하는 사람도 있었다. 특정한 물질이 얼어붙어 그 겉면에 붙어 있으면 오우무아무아의 움직임과 비슷한 형태로 날아갈 수 있다는 이론도 나왔다. 오우무아무아가 김을 뿜으며 돌면서 날아다닌다는 이야기도 나왔는데, 이것을 두고도 외계인의 로켓이 불을 뿜는 장면이라는 설에서부터, 돌덩어리 속에 있던 물질이 태양 빛을 받아 끓어올라 김이 나온 것뿐이라는 설까지 별별 이야기가 다 나왔다.

그러나 오우무아무아 이야기는 그 이상으로 특별히 더 재미있어질 수는 없었다. 오우무아무아는 너무 갑작스럽게 나타나 너무 빠르게 지나쳐 갔기 때문이다.

1초에 수십 킬로미터 속력으로 날아다니는 오우무아무아는 지구를 금방 지나쳐 태양계의 바깥쪽으로 빠르게 멀어져갔다. 2022년 무렵에는 토성을 지나 천왕성에 다가갈 정도였다. 어쩌면 머나먼 외계 행성이 있는 곳에서 수만 년, 수십만 년 동안 태양계 방향을 향해 날아온 정체불명의 물체와 지구는 근처에서 잠깐 며칠, 몇 시간 정도를 스쳐 지나간 뒤에 다시 영영 만나지 못할 사이가 된다. 오우무아무아는 곧 태양계를 벗어나 어디인지 모를 더 먼 우주의 허공으로 날아갈 것이다.

도대체 그게 뭐였을까? 그냥 우연히 생긴 아주 길쭉하게 생긴 돌덩이였을까? 아니면 정말로 외계인이 만든 탐사선이었을까?

상황이 달라진 것은 동유럽에서 전쟁이 벌어지고 시간이 얼마쯤 지난 무렵이었다. 갑작스러운 전쟁 소식에 세계 여러 나라에서는 자기 나라를 지키기 위한 강력한 무기가 필요하다는 생각이 어디서나 인기를 끌었다. 무기를 많이 쌓아놓고 있다는 점을 굳이 자랑하듯이 공개하는 나라들의 소식이 자주 들려왔다. 그러니 한편으로는 성능이 뛰어난 최신형 무기를 개발했다는 소식을 여러 나라들이 경쟁적으로 발표하기 시작했다.

덕분에, 로켓을 만드는 기술 소식도 세계 곳곳의 관심을 얻게 되었다. 특히 상당한 기술과 예산을 갖추고 있는 나라면서도, 정치적인 이유로 핵무기를 갖고 있지 못한 나라들 사이에 로켓 이야기가 인기가 많았다. 빠르게 우주까지 올라갔다가, 지상으로 정확히 되돌아올 수 있는 로켓이 있으면 아무리 멀리 있는 적이라도 단숨에 정확하게 공격할 수 있다.

반대로 적의 공격을 로켓으로 맞추어 방어하는 데도 유리하다. 이런 무기를 아무도 모르는 곳에 몇 발 숨겨두면, 아무리 적이 강한 군사력으로 총공격을 해온다고 해도 로켓 몇 발을 재빨리 날려 보복할 수 있다. 당장 핵무기가 없는 나라에서는 일단 훌륭한 로켓을 만들어두고, 여차하면 나중에 거기 핵무기를 실을 수도 있다고 위협할 수 있다.

내가 이 일에 손을 대게 되었던 것도 그때쯤이었다. 다시 로켓 기술 경쟁이 세계에 휘몰아 닥치고 있다 보니, 로켓과 관련된 회사에서 닥치는 대로 사람을 뽑았다. 나는 원래 보일러 연료를 개선하는 연구를 해서 어떻게든 일자리를 구해보려 하고 있었는데, 생각보다 훨씬 좋은 조건으로 그때 덜컥 취직을 할 수 있었다. 그런 기회는 그 전에도, 그 후에도 한 번도 없었다. 전공이 연소공학 쪽이라고 하니, 보일러 연료든 로켓 연료든 하여튼 태우는 거 아니냐는 식으로 일자리를 구할 수 있었던 것이다.

면접 때 질문이라고 해봐야, "성격이 어떤 편이세요, 내성적이세요, 아니면 다른 사람들과 잘 어울리는 외향적인 편이세요?"라는 말 한마디를 들은 것이 전부였다. 나는 "제가 있던 곳에서는 제가 외향적인 편에 속했습니다"라고 대답했다. 두 사람이 한 팀이었고, 걔보다는 내가 조금 외향적인 편이니까 거짓말은 아니었다. 그럴 거나 말거나, 그 질문을 했던 면접관을 그 후로 단 한 번도 더 만나보지도 못했다. 면접관 본인조차 면접 사흘 후엔가 연봉을 두 배를 준다는 다른 직장으로 옮겨 갔기 때문이다.

곧 우리 회사의 로켓 개발 사업으로 엄청나게 많은 돈이 들어왔다.

경영진은 무슨 생각을 했는지 모르겠는데, 회사를 네 개로 쪼갰다. 들리는 말로는 대단히 이해하기 어려운 어떤 이유에 의해 그렇게 하면 경영진이 훨씬 쉽게 더 높은 가치의 주식을 얻을 수 있기 때문이라고들 했다. 네 개로 쪼개진 회사들 중에서, 무기로 당장 사용할 수 있는 로켓을 개발하는 회사가 가장 컸고, 조금 더 실험적인 로켓을 개발하는 회사일수록 더 크기가 작았다. 나는 가장 작고 가장 이상한 로켓을 연구하는 회사에 배속되었는데, 워낙 회사가 작다 보니 얼마 되지 않아 나는 기술 담당직 고위 고문이 되었다. 나하고 같이 면접을 보고 채용된 우주에서의 통신을 연구했다던 사람이 대뜸 우리 회사의 사장이 되었다.

그 무렵 즈음해서, 오우무아무아 같은 태양계 바깥에서 나타난 물체가 또 등장했다는 소식이 들려왔다. 그사이에 비슷한 물체가 또 있다는 보고는 있었지만, 오우무아무아만큼 크고 이상하게 생긴 물체는 오래간만이었다. 그 물체는 정말 오우무아무아와 비슷했다. 심지어 날아온 방향도 비슷한 곳인 것 같았다. 사람들은 그 물체를 오우무아무아 2호라고 부르기 시작했다.

우주 탐사 연구를 하는 세계의 많은 사람들이 이번에는 놓치지 않겠다는 구상을 발표했다. 이번에는 사람이 만든 우주선을 그 외계 물체 가까이에 보내보겠다는 이야기였다. 가까이에 우주선을 보내서 촬영해보면, 과연 우주 바깥에서 날아온 오우무아무아 2호가 그냥 돌덩이인지, 외계인의 우주선인지 정확하게 확인이 되지 않겠냐는 이야기였다.

머나먼 곳에서 지구 안쪽으로 진입해서 엄청난 속도로 지구 곁을 지나가는 물체를 따라잡아서 그 곁에 달라붙어 관찰하는 기술을 개발한다는 것은 정신 나간 짓이었다. 하지만 그사이에 기술 역시 정신이 나갈 정도로 빠르게 발전하고 있었다. 특히나 때가 딱 정신 나가기에 좋은 시절이었다. 로켓 기술을 과시하는 것이 그 나라에 훌륭한 무기가 있다는 간접 증거이며, 그런 활동을 했다는 생색을 내는 것이 그 나라 정치인들이 인기를 얻을 수 있는 직접 증거가 되는 시절이었다. 온 나라 사람들이 다들 돈을 퍼붓고 싶어 했다.

우리 회사에도 정말로 정신 나간 것처럼 많은 돈이 들어왔다. 그럴 만했다. 그런 엄청난 일을 할 황당한 우주선을 설계하고 개발할 만한 회사라고는 내가 다니던 그 회사밖에 없었다.

돈을 퍼붓는다는 말을 사람들이 자주 쓰는데, 그때 나라에서 퍼부은 돈은 사실 실제로 퍼붓는다면 퍼붓기도 어려울 정도로 막대한 금액이었다. 그때 사장은 나에게 이런 말을 한 적이 있었다.

"우리 회사에 들어온 정부 예산을 1,000원짜리나 1만 원짜리로 바꾸어 퍼부으면 어떻게 될지 계산을 해본 적이 있는데, 우리 회사 공장이 있는 곳이 홍수로 휩쓸리고 저지대에 있는 주요 구조물이 수압을 견디지 못할 지경이라는 계산이 나오더라고. 돈을 퍼붓는 것이니까, 수압이 아니라 금압이라고 해야 정확한 말일지도 모르겠지만"

덕택에 우리는 굉장히 공상적인 방법이었던 우주공간용 원자핵 가속 엔진이라는 제품을 개발하는 데 그 많은 돈을 써 없앨 수 있었다. 우리는 말도 안 될 것 같은 계획을 세울 수 있을 정도로 이상한 사람들을 채용해서 다들 월급을 줄 수 있을 만큼 돈이 많았고, 그런 사람들의 말도 안 되는 계획을 따라 하다가 돈을 날려도 아깝지 않을 만큼 돈이 많았다. 그러면서도 그런 엉뚱한 짓들의 결과 중에서 그나마 의미 있는 성과만 골라낼 수 있는 똑똑한 사람들까지 고용할 수 있을 만큼 돈이 남아돌았다. 그러다 보니, 남들이 못 만들던 것들을 계속해서 만들 수 있었다.

연구 초창기에는 비교적 평범한 한국인처럼 생각하는 직원들이 어느 정도 남아 있기도 했다.

"이렇게 연구비가 엄청나게 많이 있으면, 이것으로 로켓을 만들 것이 아니라, 이 돈으로 땅을 사면 어떻겠습니까? 전국 여기저기에 땅을 사놓으면 분명히 세월이 지나면 땅값이 오를 것이고 그러면 우리는 무조건 돈을 벌 텐데요."

"우리가 받은 연구비의 아주 작은 부분만 살짝 쪼개도, 전국에서 가장 땅값이 빠르게 올라갈 자리를 지목할 수 있는 사람을 뽑을 수 있습니다. 그 사람이 사라는 땅을 사면, 우리 회사는 쉽게 많은 돈을 벌며 성장할 수 있습니다."

맞는 이야기였다. 실제로 정부에서 많은 돈이 쏟아지자, 로켓이나 우주 개발 분야에서 사업을 하던 회사들 중에 일단 그 돈을 부동산에 투자하고 보자는 곳들이 흔했다. 그런 사람들이 많아진 만큼, 점점 부동산으로 돈이 몰리면서 땅값이 정말로 빠르게 올라갔다. 땅값이 올라가니까, 땅을 사서 돈을 번다는 이야기가 퍼져나가며 땅을 사려는 사람들은 더 많아졌고, 그러니까 땅값이 더 올라갔다. 그런 미래를 먼저 예상한 우리가 상식대로만 행동했다면, 우리는 큰돈을 벌었을 것이고 우리에게 투자한 대한민국 정부에게 넉넉히 돈을 갚고 수익을 올려주고도 한참 더 많은 돈이 남았을 것이다. 그 랬어야 했다. 그러면 다들 돈을 벌고, 다들 기뻐하고, 이상한 일은 생기지 않고, 그냥 모든 나쁜 일 없이 다 잘 지나갔을 것이다.

그러나 우리는 많은 다른 회사들과는 달랐다. 우리는 그 대신 로켓 개발에만 집중했다. 왜냐하면, 그때 우리 회사에는 돈이 너무 넘쳐나던 시기라서 돈을 더 벌어야 한다는 생각마저 마비되어 있었기 때문이다. 대신 우리는 외계에서 온 물체를 따라잡을 수 있는 강력한 원자핵 가속 엔진을 단 로켓을 만들겠다고 하는, 그 겉으로 발표한 우리의 목적, 정말로 거기에만 돈을 다 써 없앴다.

로켓 회사가 부동산 투자는 신경 쓰지 않고 로켓 개발에 몰두하는 것. 당연한 것 아니냐고 쉽게 말할 수야 있겠지만, 막상 겪은 입장에서는 결코 그렇게 당연하다고 할 만한 일은 아니었다. "철학관"이라고 써놓은 가게에 갔더니, 그 주인이 정말로 니체와 칸트, 데카르트와 루소 이야기를 한참 해주더라는 느낌이라거나, "자금성"이라고 써놓은 전단지를 보고 가게에 찾아갔더니, 정말 중국 청나라 황제의 후손 몇 사람들이 망명해서 살고 있는 비밀 거주지가 있더라는 느낌이었다.

1차 마감 시한이 오기 전에, 우리는 정말 아무도 생각하지 못했던 원자핵 가속 엔진을 실제로 만들어내는 데 성공했다. 이 엔진을 구형 로켓에 실어 우주로 세 대 보낸 뒤에, 세 대의 우주선이 서로 도킹해서 협력해 움직일 수 있도록 하면 원자핵 가속 엔진이 가동되는 구조였다. 그렇게 하면 정말로 오우무아무아 2호도 따라잡을 수 있을 만한 성능이었다. 이런 놀라운 기계를 실제로 우리가 만들었다는 사실에 스스로 감동할 정도였다.

첫 번째 로켓을 우주로 발사하고, 실험이 성공한 날에는 우리 회사에서 채용했던 온갖 이상한 사람들이 다 얼싸안고 눈물을 줄줄 흘릴 지경이었다. 사장은 세상을 온통 울리게 할 정도로 큰 소리를 내면서 우주 저 먼 곳을 향해 말도 안 되는 속도로 계속 내달리는 거대한 쇳덩어리가 눈앞에 보이니, 그냥 눈물이 막 흘러나왔다고 했다. 우리가 노력한 수많은 시간, 우리가 투자한 인생의 일부가 그대로 로켓이 되어 하늘을 부수는 것 같은 느낌이었다고.

그렇게 성공한 결과 우리는 대단히 심한 욕을 먹게 되었다.

우리가 개발한 로켓이 중간에 고장이 나서 주변에 무슨 사고를 일으켰을까? 아니었다. 우리 로켓이 생각한 것에 비해 성능이 떨어졌기 때문이었을까? 아니었다. 우리 로켓이 너무 못생겨서였을까?

그것도 아니었다. 우리 로켓은 훌륭했고, 성능은 다른 어느 나라의 어느 회사 로켓보다 100배 이상 훌륭했다. 심지어 로켓의 모습도 매끈하게 멋졌고, 회색, 오렌지색, 짙은 푸른색을 섞은 색칠도 감각적이었다. 우리 로켓이 욕을 먹은 이유는 그런 것과는 아무 상관이 없었다.

우리는 정권이 바뀌었기 때문에 욕을 먹었다.

정권이 바뀌자 새 정부는 지난 정부의 모든 일은 다 잘못된 것이고, 다 틀린 것이며, 다 부도덕한 것이라고 비판하기 시작했다. 그래야 지난 정부 대신에 자리 잡은 이번 정부가 정당하고 옳고 더 뛰어나다고 주장할 수 있기 때문이었다.

게다가 그 무렵에는 세상이 무슨 리듬을 잘못 탔는지, 험한 말로 상대방을 잘 욕하는 사람이면 "말을 잘한다" "통쾌하다" "뛰어난 정치인이다"라는 평가를 받던 시대였다. 꽤 인기 있던 정치인 하나가, "쓸데없이 로켓으로 우주에 날릴 돈이면 한국의 모든 학생들이 대학을 무료로 다닐 수 있는데, 완전히 정신 나간 짓을 한 것이다"라고 열띤 목소리로 이야기하자 다들 그 말을 돌림노래처럼 따라 했다. 말의 내용도 내용이었지만, 이 정치인이 그 말을 할 때 묘한 성대모사를 섞어서 재미있게 말한 것 때문에 그 이야기는 더 인기를 끌었다.

그래서 한동안 너도 나도 우리 로켓 욕을 하던 시기가 있었다. 그 정치인의 말을 따라 하기 시작했고, 곧 로켓 사업을 욕하는 것이 가족 간의 저녁 식사의 대화 주제로, 처음 만난 남녀가 할 말이 없을 때 괜히 이야기해보기 위한 화젯거리로, 아무 말이나 심심하면 그저 한마디 올리고 싶어 하는 사람의 SNS 글감으로, 원자핵 가속 로켓을 비난하는 이야기는 활용되었다. 사람들은 우리 로켓이 사회주의적인 시대착오적 발상의 산물이라고 했고, 동시에 신자유주의의 폐해가 거대한 물체로 현실화된 것이라고 욕했다. 쓸데없는 민족주의의 상징이라고 우리 로켓에 대해 욕을 하는 사람이 많았고, 한편으로 민족의 얼을 저버린 매국노 같은 기계라고 로켓을 욕하는 사람도 많았다.

우리 로켓에 대한 지원금도 급격히 끊길 수밖에 없었다. 그래서 우리는 두 번째 로켓을 발사하려고 준비하는 도중에 사업을 멈추게 되었다. 이대로라면, 그렇게 많은 돈을 들여서 만들었던 우주용 신형 원자핵 가속 엔진은 우주 실험 한번 해보지도 못하고 사업은 그대로 끝날 지경이었다. 하는 수 없이 우리는 우주전략청의 허가를 받아서, 미국과 유럽 회사에서 투자를 받아서 두 번째 로켓까지는 발사를 하기로 했다.

"정부에서 접으라고 하면 그냥 접는 게 좋잖아요. 눈에 잘못 나면 무슨 일을 당할지 누가 알아요.”

“그렇지만, 너무 아깝잖아. 우주전략청에서 허가도 해주었는데. 뭐 어때.”

사장은 기술 회의에서 그렇게 주장했다.

“그래도 정부 눈치는 봐야 하는 것 아닙니까? 원래 대형 연구 사업은 눈치가 80퍼센트, 인맥이 30퍼센트, 기술은 –10퍼센트라고 하잖아요.”

“–10퍼센트는 뭔데?”

“기술적인 이야기 많이 하고 다니면, 오히려 나중에 어떻게든 잘 못 엮여서 역효과 생기기 쉽다고 그러는 것 아닙니까?”

그러나 우리 회사는 그런 정상적인 판단을 할 수가 없었다. 한동안 너무 연구비를 구하기 쉬웠고, 돈을 너무 쉽게 많이 쓸 수 있어서 잠깐 다들 뭔가 연구 사업에 대한 상식을 잊었던 것이 문제였던 것 같다.

고백하자면, 나도 큰 문제였다. 그냥 다들 욕할 때, 그런가 보다 하고 그때 사업을 접어야 했는데. 이왕 여기까지 온 것 그냥 로켓 엔진 실험만 한번 해보자고 괜히 내가 사장을 부추겼던 것 같다. 그때 내가 그러지만 않았으면, 그동안 받았던 연구비로 다들 행복하게 한 몇 년 잘 살았을 것이다. 별 성과는 없이 다 허무한 일로 끝났지만 대신 그동안 월급 잘 받고 잘 지내지 않았냐고, 그냥 한바탕 파티 비슷한 것이었다고 생각하고 넘어갈 수 있었을 것이다. 그런데 왜 따졌을까, 뭐 하러 일을 더 벌였을까. 우주로 날아가지 못하고 완성된 채 지상에 널브러져 있는 로켓을 보면서 좀 측은하다는 감정을 느꼈던 것 때문이었나. 그래도 그렇지, 왜 그런 멍청한 짓을 했던 걸까.

외국 투자를 받아서 두 번째 로켓을 자체 발사한 것도 깨끗하게 대성공을 거두었다.

그리고 우리는 완전한 악당으로 전락해버렸다.

막상 한층 더 거센 비난을 받기 시작하자, 나는 문제의 초점이 무엇인지 알 수가 있었다. 원래 새 정부 사람들은 우리가 잘못했다고 빌고, 사죄하고, 재발 방지를 약속하기를 원했다. 그렇게 하면 우리의 잘못을 지적한 자신들의 승리를 확인하고, 자신들이 우월하다고 증명할 수 있었다. 그게 바라는 바였다. 우리는 정부 사람들에게 그것을 주어야 했다. 로켓을 발사하거나 말거나가 중요한 것도 아니었고, 로켓으로 외계 물체의 정체를 밝히거나 말거나가 중요한 것이 아니었다. 우리는 그 사람들에게 굴복하고, 빌어야 했고, 그래서 그 사람들이 훌륭하고, 뛰어나고, 선하며, 이전 정부 사람들은 멍청하고, 악했다는 그 느낌을 주었어야 했다. 그런데, 우리는 멋모르고 거기에 도전해버리고, 괜히 로켓을 성공시키는 데만 집중했다. 눈치를 보는 데 실패한 것이다.

그 탓에 이야기가 어떻게 꼬였는지, 우리 회사 직원들은 막대한 세금을 들여 개발한 기술을 해외에 팔아먹으려고 한다는 식으로 욕을 먹기 시작했다.

"저런 죽일 놈들."

실제로 그런 말을 하는 사람들이 있었다. 왜인지 두 번째 로켓을 쏜 행위를 두고 "어떻게 그런 짓을 상상하는지, 정말 다른 사고방식을 가진 인간이 아닌 다른 동물 같은 짓이다"라고 지적받았다.

결국 우리는 회사에 그동안 투자된 모든 자금과 그중에서 우리가 사용한 모든 액수에 대한 조사를 받게 되었다. 무슨 우주물체조사진흥법인가 때문에, 우리는 정부에서 투자한 금액 말고도 우리회사의 모든 사업에 대해 조사를 받았다. 자고로 "무슨 무슨 진흥법"으로 끝나는 법치고 그 무슨 무슨의 발목을 잡지 않는 법이 없는 법이라고 하는데, 우리 경우에는 발목을 잡지는 않았지만 뒤통수를 휘갈긴 격이었다.

그나마 뒤늦게라도 부지런히 눈치를 보며 허리가 부러지도록 굽실거리고 다닌 덕으로 나 자신은 크게 조사에 시달리지 않았다. 하지만 덜 굽실거린 직원들, 눈치가 덜 빨랐던 많은 직원들이 조사 때문에 크게 불편을 겪었다. 당국 사람들은 "이런 이야기 하면 잘 모르는 사람들은 금방 겁먹는다"라면서 서로 겁 주는 법을 공유했다고 하는데, 그래서 우리 회사 직원들에게 그 사람들은 "뭐 뭐 하시면, 징역 5년이에요. 감옥에 5년 갇혀 있고 싶어요?"라는 식의 말을 자주 했다고 한다. 로켓 연구에 가장 고생했던 직원들이 가장 일을 많이 한 직원이었을 터이니, 가장 열심히 일한 직원들일수록 가장 긴 시간, 오래, 심한 강도로 조사에 시달렸고, 실제로 그중 가장 고생한 순서대로 구치소에 갇혀 있었다.

"우리는 다 우주전략청 허가를 받아서 일한 것뿐입니다."

지금 돌아보면, 사장이 그렇게 따졌던 것이 더 괘씸해 보였던 것 같다. 지금 정부가 잘못했다고 하면서 죄를 묻고 있는데, 싹싹 빌지는 않고, 감히 잘못한 게 없다고 따지며 대드는 모습이 더 큰 분노를 자아낸 것이다. 그 탓에 우주전략청 담당자들까지 조사를 받게 되었고, 결국 그 사람들까지 같이 처벌을 받았다. 당연하게도 우주전략청 사람들은 우리 욕을 가장 극심하게 하는 사람들이 되어버렸다.

"기껏 돈도 잔뜩 주고 끝도 없이 도움도 주었는데, 돌아온 것은 너희 회사 놈들 때문에 감옥 가게 생겼다는 것 아냐? 이게 말이 돼? 말이 되냐고."

내가 특별히 찾아가서 많이 굽실거리던 우주전략청의 공무원은 그렇게 말하기도 했다. 우주전략청이 우리에게 품은 원한은 엄청났다. 한이 맺히면 오뉴월에 서리가 내린다는 말이 있는데, 우주전략청이 우리 회사를 싫어하는 그 기분을 다 모으면, 지구 전체가 빙하기에 돌입하고도 남을 것이다.

그렇게 한바탕 소동을 겪은 끝에, 우리는 고집을 버렸다. 추가 로켓 발사를 완전히 포기하고, 로켓 개발 과정에서 개발한 모든 자료를 다 폐기하고, 남은 부품이나 재료도 모두 소각해서 다 없애기로 했다. 기왕에 개발해놓은 것은 나중에 활용이라도 하면 될 텐데, 왜 굳이 그걸 다 없애야만 하느냐고 따지는 직원이 없었던 것은 아니었다. 그러나 이제는 대부분의 사람들이 이런 때에 택할 수 있는 가장 피해를 줄일 수 있는 합리적인 선택이 무엇인지 말하지 않아도 이해하고 있었다.

"하여튼 다 잘못했고, 다 갈아엎고, 다 끝내고, 다 없앤다는 그런 정신을 보여주는 것이 중요한 상황이라고."

사장은 그렇게 말했다. 같은 이유로 사장은 회사를 완전히 해체해서 파산시키고, 우리 회사 부지와 로켓 공장은 주변 지역 사회에 어린이 놀이터나 노인 쉼터로 기증할 계획도 세웠다. 뭐라도 없애고, 무효화하고, 포기한다는 말을 할수록 우리를 향한 당국의 분노를 가라앉힐 수 있었다.

그렇게 정리하고, 이제 살아남은 사람들은 각자 조용히 사나 싶었을 무렵, 상황이 또 한 번 완전히 변했다.

다시 정권이 반대쪽으로 바뀐 것이다.

우리는 우리의 흔적을 완전히 지우고 모두 다 싹싹 빌고 다시는 그러지 않겠다고 하고 정리하고 끝내고 이제는 다 잊으려고 했다. 그렇기 때문에 설령 정권이 바뀐다고 하더라도 큰 문제는 생기지 않을 거라고 서로 안심시키고 있었다. 그럴 줄 알았다.

그런데, 예상 못 했던 일이 생겼다. 일본에서 개발한 다단 이온 가속 엔진을 이용한 로켓이 오우무아무아 2호에 상당히 근접해서 모습을 촬영하고 관측 자료를 수집하는 데 성공한 것이다.

"태양계 바깥 먼 외계에서 온 물체가 과연 그냥 커다란 돌덩어리입니까? 아니면 외계인이 만든 우주선입니까?"

"일본인이 일본의 기술로 만들어 일본에서 발사한 로켓이 그에 대한 해답을 주게 되었습니다. 현재 나온 대답은 인공적이지 않은 물체, 즉 그냥 돌덩어리에 가까운 물체일 확률이 65퍼센트라는 것입니다."

이 소식이 미국 언론에서 인기를 얻었고, 그 바람에 전 세계에 그 소식이 중요한 정보로 언급되기 시작했다. 일본의 우주선은 외계 물체에 어느 정도 접근한 것이 전부였지만 마치 그 우주선이 인류 최초로 외계인을 직접 만나서 악수라도 하고 오는 일에 성공한 것 같은 그런 분위기가 감돌았다.

그때를 놓치지 않고, 일본 정부는 대대적으로 우주 사업의 성취를 선전하면서, 이 정도로 가까이 외계 물체와 접촉한 것은 인류 문명을 태양계 내부의 문명에서 은하계 수준의 문명으로 가져가는 첫걸음이라고 선전할 정도였다.

"지금까지 할리우드 영화를 보면, 우주로 처음 진출하고 외계인을 처음 만나는 것은 다 미국인들이 중심이 되어서 이루곤 했는데, 현실의 세계에서 이런 문명의 새로운 도약을 처음 성사시킨 것은 사실 일본인들입니다. 즉 아시아인이라는 이야기입니다. 원래 예로부터 아시아는 문명의 요람이었고, 세계 문화 발전의 중심지였고, 따라서 그런 역사의 도도한 흐름 앞에서 우리는……"

그런 소식이 들릴 때마다, "어지간히 넘어가지, 넘어가지" 하며 기도한 우리 회사 사람들은 한두 명이 아니었다. 그러나 일본에서 외계 물체 관측 사업에 성공했다는 이야기는 나라 간의 자존심 대결로 자리 잡고 말았다. 곧 로켓 개발 사업에 애초에 많은 투자가 과거에 이루어진 이유는 군사력과 무기 기술 때문이었다는 이야기가 다시 또 나오게 되었고, 곧 우주 로켓의 실패는 일본에 비해 한국의 군사력이 위험할 정도로 뒤떨어진다는 결론으로 이어졌다.

마침 순박해 빠져가지고, 눈치라고는 하나도 없는 어느 교수 양반 한 사람이, "사실, 한국에서도 바로 얼마 전에 세계 최고 수준의 신형 로켓 엔진을 시험한 적이 있었죠"라고 어느 방송 인터뷰에서 이야기를 하면서, 우리가 망해먹었던 사업이 다시 언급되고야 말았다.

그러자, 우리 사업을 공격하는 것이 다시 지난 정부의 실책을 공격하는 것이 된다고 생각한 정치인들이 활발히 활동하기 시작했다. 도대체 왜, 멀쩡히 운영되던 로켓 사업을 중지한 것이냐고 사람들은 우리를 들볶기 시작했다.

"연구를 하는 척만 하고, 사실은 연구비를 다 빼돌려서 그 돈을 이를테면, 어디 챙겨두거나, 아니면 부동산을 사거나 한 것 아닌가 하는 강한 합리적 의심을 가질 수밖에 없습니다."

그때, 정말로 땅을 사놓기라도 할 걸 그랬다고 생각한 회사 직원들이 얼마나 많았는지 모른다. 나는 기왕 이렇게 된 거, 그냥 솔직하고 당당하게 다 털어놓자고 주장했다.

"갑자기 정권 바뀌었다고, 이전 정부에서 하던 사업은 다 나쁜 짓이라고 엎어버리려고 하는 바람에 이렇게 되었다고 하면 어떻습니까?"

그러나 이제 그런 의견은 회사 안에서 전혀 먹히지 않았다.

특히 그 시점에서는 우리 회사 사장에 대한 다양한 비난이 높아지고 있던 상황이었다. 새 정부 사람들은 우리 회사 사장은 원래부터 나쁜 인간이고 인성도 아주 더럽기 때문에, 그 사악한 마음으로 나라를 망치기 위해 이 모든 악행을 했다는 식의 이야기를 만들어가고 있었다.

우리 회사 사장 고향이 어디라더라, 어머니가 어느 나라 출신이라더라, 그래서 무슨 사상을 갖고 있는데 그 사상이 현재 우리 사회에서 가장 나쁜 사상이라더라 하는 식으로 이야기가 돌았다. 심지어 사장의 전공은 기계공학인데, 바로 그 기계공학이라는 전공에 숨겨져 있는 사상 때문에 그는 사람을 기계 취급하고 남의 삶을 파괴하는 것을 좋아한다는 식의 이야기도 돌았다. 이러한 이야기에 따르면, 우리 회사 사장은 애초부터 정부를 속여서 비열하게 돈을 따냈는데, 그러면서도 사업은 망쳤기 때문에 그것을 감추려고 이전 정부와 작당을 하고 사업을 없던 일로 하기 위한 거대한 사기극을 벌였다는 것이었다. 그 과정에서 잔뜩 돈을 빼돌려 어디인가에 숨겨놓았으며, 동시에 그 돈을 모두 뇌물로 반대편 정치인들에게 준 것 같다고 했다.

나는 사장에게 숨겨놓은 돈 같은 것은 없고, 우리는 로켓 개발에 돈을 다 써 없애버렸다는 점을 증명하자고 말했다. 그러나, 사장은 극구 반대했다.

"지금, 당국의 높은 분들이 내가 우리나라에서 제일 나쁜 사람이라고 몰아붙이고, 그걸로 그렇게 인기를 끌고 있는데, 우리 회사가 죄가 없다는 것을 증명을 한들, '어, 죄송합니다. 제가 잘못 생각하고 착각했습니다'라고 받아들이겠냐고. 그럴 사람들이겠냐고. 괜히 그런 식으로 싸우려고 하면, 더 욕먹고, 더 크게 피해를 입을 뿐이야. 죄송하다고 하고, 빌고, 잘못했다고 벌을 받는 것처럼 하면서 어떻게든 덮고 넘어갈 방법을 찾아야 하는데."

나는 전부터 사장이 굉장히 강인한 사람이라고 생각했다. 그런데 그때 나를 비롯한 연구진 몇 사람들하고 남은 로켓을 보면서 공장에 앉아 그런 넋두리 같은 이야기를 하고 있을 때, 그의 얼굴은 붉게 달아 있었다.

그런데 그때 마침, 오우무아무아와 비슷하게 생긴 태양계 바깥 물체 하나가 또 출현했다는 소식이 들려왔다. 이번에도 비슷한 방향, 머나먼 태양계 바깥에서 나타난 정체불명의 물체였다. 말하자면, 오우무아무아 3호가 나타난 것이다.

"이러면 방법은 하나뿐이야. 우리가 할 수 있는 일은 하나밖에 없다고."

"설마요?"

"맞아. 그 설마야."

"아니, 설마요."

"다시 로켓을 쏘는 거야. 이번에는 우리가 저기에 가는 거야."

사장은 남은 로켓을 마저 발사해서 더 좋은 결과를 보여주는 길 밖에 죄를 용서받을 방법은 없다고 주장했다. 도대체 어떤 죄를 어떻게 용서받는다는 것인지는 명확하게 밝히지 못했다. 하지만, 괜찮았다. 회사 직원들이 그때 느낀 감정을 이해라고 불러도 된다면 다들 사장의 말을 잘 이해할 수 있었다.

"그런데 이제 더 이상 정부 투자는 없잖아요. 이 마당에 우리한테 돈을 댈 외국 회사도 없을 텐데, 무슨 돈으로 세 번째 로켓을 발사할 수 있을까요?"

"괜찮아. 걱정 마. 무조건 준비해. 내가 돈은 어떻게든 구해 올게."

그리고 사장은 정말로 돈을 구해 왔다. 소문에는 사채를 빌려 썼다는 이야기도 있었고, 혹은 재벌 회사 중에서 예전에 우리 사업이 잘될 때 우리한테 투자했던 곳들을 찾아다니며 협박을 해서 돈을 뜯어냈다는 이야기도 있었다. 우리와 이렇게 엮여 있었던 과거가 있으니 자칫하면 당신들도 정부에 미움을 받을 것이고, 그러면 감옥에 갈지 모른다. 그렇게 되지 않으려면 어쨌든 우리가 죄에서 벗어나야 되는데, 그 방법은 로켓 발사를 성공시켜서 일본을 이겼다고 자랑하게 해주는 수밖에 없다. 그런 식으로 을러댔다는 것이다. 나는 그게 무슨 이야기인지 잘 이해가 되지 않아 사장에게, "그런데 도대체 발사 비용은 어떻게 구하신 건데요"라고 물어본 적도 있었는데, 사장은 그 말에 대해서는 "절대로, 말 못 해. 죽을 때까지도 말 못 해"라고만 반복해서 말할 뿐이었다.

우습게도 세 번째 발사 역시 기술적으로는 아무 문제 없이 성공했다. 긴 시간 정처 없이 우주를 떠돌고 있던 나머지 두 대의 로켓과 도킹하는 작업도 무사히 잘 이루어졌다.

회사 직원들이 모두 모여서 마음을 졸이며, 도킹한 로켓들의 신형 원자핵 가속 엔진이 동작하기를 바랐던 것도 좋은 추억으로 남게 되었다. 모든 것은 계획대로 이루어졌다. 그때만큼은 참 오래간만에 다들 순수하게 잠깐 기뻐했던 것 같다. 신형 엔진으로 로켓은 이제 오우무아무아 3호를 향해 날아가게 되었다. 세상에서 가장 좋은 로켓 엔진이 무서운 위력으로 우주를 밝히며 그제껏 아무도 상상할 수 없었던 가속으로 별빛처럼 우주선을 밀어붙이고 있었다.

이것만으로도 우리는 온 세계가 놀랄 만한 성과라고 생각했다. 그렇지만, 모든 사람들이 다들 우리 회사 일을 "반대편이 정권을 잡앉을 때 했던 것"이라고 생각하고 있었다. 다들 사업이 실패하고, 우리가 망하고, 그래서 열렬히 반대파를 비난할 기회가 오기만을 기원하고 있었다. 최고의 우주선이 외계에서 온 물체를 향해 마법처럼 날아가고 있는 모습을 다 같이 보면서도, 모두 "망해라, 망해라, 망해라" 하는 기도만 속으로 하고 있었다. 망해야 상대방을 욕할 수 있으니까.

우리 로켓은 금세 일본 우주선이 이루었던 태양계 바깥 물체에 가장 가까이 다가간 기록을 깨버렸다. 로켓은 오우무아무아 3호의 아주 가까운 곳까지 근접했다.

"이제 확인되지 않겠습니까?"

"그래, 그러고 보니까, 그게 궁금하기는 하네. 저게 정말로 돌덩이일까, 외계인의 로켓일까?"

오래간만에 진심으로 궁금함을 느낀 순간, 갑자기 누가 인터넷에서 올린 글이 있는데 그게 무척 인기를 끌었다는 소식을 가져왔다.

"기왕 이렇게 가까이 간 거, 그 외계 물체에 착륙하거나 충돌해 보면 어떨까?"

그런 이야기였다. 그 이야기는 화제가 되었다. 나는 왜 그 이야기가 화제가 되었는지 금세 알 수 있었다. 사람들은 "로켓이 착륙하거나 충돌이라도 해야 진짜 성공이지, 그게 아니면 예산 낭비고 실패고 사기고 잘못한 일이다"라고 탓할 준비를 하고 있는 것 같았다.

"몰라, 몰라. 충돌시켜. 충돌시킬 수 있잖아."

"잠깐만요. 그런데, 이건 어쨌거나 외계 물체잖아요. 어느 정도
는 소중히 조심스럽게 다루어야 하는 것 아닐까요. 우리 로켓도 완
전히 새로운 방식의 신형 로켓인데 그냥 충돌시켜서 파괴하기보다
는 이런저런 실험도 해보고, 또 기술적인 자료를 얻기 위해……"

"그게 아니라니까. 그냥 하라는 대로 하자. 이제 여기서 그냥 끝
내자."

훌쩍이는 듯한 목소리로 말하는 사장의 지시에 따라, 우리는 그
렇게 긴 세월 막대한 돈을 들여 만든 우리 로켓을 외계 물체에 충돌
시켜 박살 내면서 없애기로 했다.

잠깐 동안은 사장의 말이 맞아드는 것 같기는 했다. 박살 내기 직
전 관측한 자료와 영상 촬영을 보면, 그 많은 소동을 이루어냈던 그
커다란 태양계 바깥에서 온 물체는 그냥 커다란 돌덩이였다. 외계
인의 로켓은 아니었던 셈이다. 그 말은 오우무아무아와 오우무아
무아 2호도 사실 그냥 커다란 돌덩이일 뿐일 가능성이 크다는 뜻이
기도 했다.

그렇게 재미없고 김빠지는 결론이 내려지자, 이야기의 초점은
그냥 '한국 로켓이 일본 로켓보다 더 뛰어난 성능을 보여주었다'는

쪽으로 빠졌다. 그 덕택에 우리를 반드시 망하게 하겠다는 사람들의 의지는 조금씩 흐지부지되었고, 다른 많은 다툼거리들로 가득 찬 일상 속에서 우리 회사는 슬슬 잊혀져갔다.

한 가지 이상한 것은 있었다. 충돌 직전, 오우무아무아 3호에서는 정체를 알 수 없는 짤막한 방사선 신호가 방출되었다. 그 신호만큼은 인공적인 느낌이 났다.

"그건 뭐였을까요?"

"글쎄. 무슨 통신기 같은 거였을까? 우리가 충돌하는 것을 감지하고 신호를 보낸 거라든가."

"그냥 돌덩이였잖아요. 그럴 수가 있을까요?"

"커다란 돌덩이인 것은 사실이지만, 그렇게 어마어마하게 큰 소행성만 한 돌덩어리에 외계인들이 무슨 작은 기계 장치를 붙여놓았을 수는 있잖아."

"뭐 하려요?"

"주변을 살펴본다든가, 아니면 뭘 탐사하려고 한다든가……"

"그러면 그냥 작은 우주선을 보내지, 뭐 하러 그렇게 거대한 바윗덩어리 소행성 모양을 보내는 건데요? 무슨 장점이 있다고?"

얼마 지나지 않아, 그 문제에 대해 우리는 답을 알 수 있었다.

오우무아무아 4호가 나타난 것이다. 이번에도 머나먼 태양계 바깥의 어느 별에서 태양계로 들어온 아주 거대한 돌덩어리였다. 그런데 오우무아무아 1, 2, 3호와는 한 가지 큰 차이가 있었다.

오우무아무아 4호는 그냥 우리 곁으로 온 것이 아니었다. 오우무아무아 4호는 정확히 지구에 부딪히도록 조준한 모양으로 날아오고 있었다.

거기서 끝이 아니었다. 곧 오우무아무아 5호, 6호, 7호, 8호, 9호도 나타났다. 더 큰 규모, 더 거대한 돌덩어리였다. 모두 지난번 우리의 충돌로부터 우리에 대한 정확한 정보를 알아낸 듯이, 정확히 지구를 향해 충돌하기 위해 맹렬히 다 같이 날아오고 있었다.

"처음에 1호, 2호를 보내서 근처에 뭐가 있는지 탐색했던 것 같고, 3호 때 우리가 들이받은 것을 보고 우리에 대한 정확한 정보를 파악해서는 이제 우리에게 거대한 소행성 벼락을 내리려는 것 아닐까요? 누가, 왜, 우리한테 저런 걸 날리는 거죠? 우리가 뭘 잘못했다고."

사장이 대답했다.

"몰라, 우리도 다들 누구한테 미움받았나 보지."

아무 일도 할 수 없어서, 텔레비전 특별 속보를 살펴보니, 새로 바뀐 정권의 당국자들은 이 일의 책임을 물어, 우리 회사 사장을 더욱더 엄벌에 처할 것이고, 책임자를 모조리 찾아내서 철저히 처벌

하겠다고 소리 높이고 있었다. 앞으로 이런 일이 생기면 더욱더 심한 수위로 처벌을 해서 나라를 바로 세우고, 반드시 모든 일을 바로 잡고야 말겠다고 외치고 있었다.

그런다고 떨어지던 바윗덩어리들이 되돌아갈 것 같지는 않았지만.

나의 탈출을
우리의 순간들로 미분하면

최의택

***

보낸 사람: 사강

받는 사람: 유진

작성 일시: 163년 2월 14일 오전 2시 9분 57초

제목: 마지막 메시지

    네가 이 메시지를 읽는다는 건 내가 이미 우리가 사는 세계에서 깔끔하게 지워졌다는 것을 의미하겠지. 보다 공정하게 말하자면 나는 이 세계의 위대한 벽을 향해 논리 폭탄을 실은 로켓을 쏘아 보낸 혐의로 이 세계에서 퇴출당한 거야.

    물론 이 세계가 나 같은 일개 시민이 오픈소스를 조합해 만든 허

접한 논리 체계로 무너질 리는 없어. 이제야 말하는 거지만 내 목적은 이 세계를 무너뜨리는 게 아니야. 누구보다 네가 제일 잘 알겠지만 나는 그럴 만한 위인이 못 되지. 내가 정말로 바라는 건 따로 있어. 바로 이 세계에서 퇴출되는 거야.

나는 그걸 이렇게 말하고 싶어. 탈출이라고.

네가 이 상황을 어떻게 받아들일지 사실 잘 모르겠어. 나라는 존재보다는, '들어온 자'라는 꼬리표를 더 중요하게 생각하는 사람들 사이에서 유일하게 나를 있는 그대로 봐주는 너라는 사람은 이 메시지를 읽으면서 대체 무슨 생각을 할까? 어떤 느낌을 받을까? 혼란스러울까? 믿을 수 없을까? 믿고 싶지 않을까? 화가 날까? 내가 미울까? 아니면 나한테 미안해할까? 마지막 것만은 아니었으면 좋겠는데, 그건 내 욕심이겠지.

변명처럼 들리겠지만, 나는 네가 나 때문에 고민하고 어떤 행동을 취하는 게 싫어. 너는 대번에 말하겠지. 무슨 그런 말이 있느냐고. 하지만 나한테는 있어, 그런 말. 그런 말로 가득 차 있는 게 나란 인간이야.

생각해보면 처음 의식을 찾고 새로운 세계에 적응하는 순간부터 나는 그랬던 것 같아. 나를 맡은 보육 교사는 내가 다른 아이들에 비해 더 소극적인 성향을 지녔다고 평가했어. 이제 막 앞으로 살아가야 할 세계의 이름과 이곳의 역사를 주입받던 나는 이렇게 물었지.

"저, 저는 지금 마, 막 태어난 거나 마찬가지 아, 아닌가요? 무슨 무, 문제라도 있는 건가요? 저, 저는 지금 왜 말을 더, 더듬는 거죠? 그리고 손, 소, 손은 왜 이렇게 우, 움직이는 거구요?"

진짜로 그렇게 말했어. 보육 교사가 말하길, 자기도 정확한 건 모른다고 했어. 다만 기억이 지워진다고 해서 나의 모든 게 사라지는 건 아니랬어. 이미 형성된 뇌의 신경 구조가 이곳, 밸리에서 전자적으로 그대로 구현되는 만큼 생각보다 많은 것들이 남는다고 했어. 말하자면 데이터의 색인을 지우는 거지. 그래서 '들어온 자'는 자신의 과거를 기억하지 못하지만, 그것은 단지 기억을 불러오지를 못하는 것일 뿐, 기억 자체가 없어지는 건 아닌 셈이야. 그래서 성격이나 습관 같은 게 유지되는 거고. 나는 또 물었지.

"그렇다면 왜 기, 기억을 지우는 건가요?"

그 또한 자기는 모른다고 했어. 그냥 일종의 관행 같은 게 아니겠냐고. 아니면 단순히 청소하는 걸 수도 있고.

좀 심한 말이지? 적어도 십수 년에 대한 기억을 몽땅 잃어버린 사람 앞에서 하기에는 말이야. 하지만 나는 별로 개의치 않았어. 십수 년의 시간을 아쉬워하기에는 밀리초 단위로 쏟아져 들어오는 이곳의 장대한 타임라인에 압도되지 않기 위해 안간힘을 써야 했거든.

그러면서 내가 겨우 한 말은 이거였어.

"조금…… 천천히……."

나로서는 특히 밸리를 만든 우리의 선조가 결국 지구와 신체를 버리고 초가상현실로 도망쳐야 했던 원인이 궁금했어. 나는 당시 유명했던 어느 미래학자가 했다는 말을 정보의 홍수 속에서 건져 내려 애썼어. "결국 우리는 상상 가능한 모든 것을 손에 넣었다. 단한 가지만 빼고서 말이다. 우리는, 우리 자신을 잃었다." 사실 그럴 필요까진 없는 말이었는데.

그러고 나서 좀 더 인간적인 시간이 이어졌어. 이곳에서 태어나 자란 아이들과의 통합 교육을 받은 거지.

너를 만났고 말이야.

내가 한 번도 말하지 않은 건데, 넌 참 조용한 아이였어. 내가 어떻게든 실없는 농담을 하면서 애들의 관심을 끄는 동안, 한쪽에 자리 잡고 앉아 꼼짝도 안 하고 뭔가를 들여다보는 네가 나는 그렇게 신경 쓰이더라. 대체 뭘 하는 걸까 궁금했어. 그래서 한바탕 소동을 마치고 나서 지친 내가 네 옆자리에 털썩 주저앉아 네가 하는 것을 가만히 지켜보다가 불쑥 말을 걸었는데, 혹시 아직 개인 저장소에 그 기억을 가지고 있는지 모르겠네. 나는 가지고 있거든.

"나 펜스 님께 입양됐어. 그러니까 우리 형제야. 그렇지?"

너는 겨우 고개를 들고 나를 보더니 말했지.

"알아. 근데 굳이 말하자면 형제가 아니라 삼촌 조카 지간이지. 나는 그분의 손주니까."

나는 너의 세세함이 마음에 들었어. 뭐랄까, 남들은 보지 않고 넘어가는 것까지도 보아줄 것 같았달까. 그냥 그런 생각을 했다고.

실제로 너는 남들이 보지 않는 것까지 보지만, 그렇다고 그걸 가지고 생색을 내거나 다른 사람을 깎아내리지는 않아. 너는 내가 저지르는 셀 수 없이 많은 실수와 잘못을 그저 지켜볼 뿐이었어. 그게 편하면서도 가끔은 나란 인간한테 관심 자체가 없는 건 아닐까 싶어서 괜히 혼자 막 화를 내고 삐치고 더 보란 듯이 이상한 행동을 하기도 했어.

그렇게 가입한 '그래도 지구는 평평하다' 클럽에서 나는 존재 자체를 부정당했지.

나는 그때까지 몰랐어. 세상에는 이곳, 밸리 바깥의 세상 따윈 존재하지 않는다고 믿는 사람들이 있다는 것을. 그 사람들은 오직 밸리만이 세상의 전부라고 생각하고, 우리가 지구라고 부르는 바깥 세상은 밸리를 창조한 신 클라라가 만든 또 다른 세상일 뿐이라고 주장해.

그렇다면 지구에서 살다가 밸리로 의식이 업로드되었다고 알고 있는 나는 뭐가 되는 거지? 그 순간 나는 펜스 님이 하시는 말씀 중에서 어딘가 이상한 느낌을 받고는 했던 말들을 떠올려보곤 그 두 가지가 모종의 관계가 있다는 것을 깨달았지.

나는 나도 모르게 주장했어.

"하지만 그래도 지구는 있어요."

내가 '들어온 자'라는 사실을 확인한 누군가가 나한테 이렇게 물었어.

"그럼 증명해봐요. 그냥 그때의 기억 아무거나 한번 말해봐요."

물론 그건 상대할 가치도 없는 말이지만, 그렇다고 부정당하는 사람 입장에서 아픈 정도가 덜해지는 건 애석하게도 아니야. 오히려 그들의 몰상식하고 뻔뻔하기 짝이 없는 태도에 더 큰 고통을 받지. 나는 비참함조차 느낄 수 없었어. 그저 이게 다 뭔가 싶었지.

이제는 너도 알다시피, 펜스 님께 나는 인공 객체에 지나지 않아. 그분은 내가 노인들이 (자신들의) 필터 버블에 갇혀 정신적인 고독사를 당하는 것을 방지하기 위해 클라라가 만든 유사 인격체인 줄 알아. 나는 최근까지도 아니라고, 나는 진짜 사람이라고 수없이 말해왔지만, 펜스 님께 그건 그저 클라라의 권능을 재확인하는 계기가 될 뿐이야. 나는 그분이 주최하는 유사 과학 단체에 끌려가 그네들의 믿음을 더욱 공고히 시키는 증거물로서 기능해. 그게 내 유일한 존재 의의인 듯이.

물론 그런 사람이 많은 건 아니지. 의무 교육을 받고 그것을 받아들이는 너와 같은 대부분의 사람들은 밸리 바깥에 진짜 세상이 존재한다고 믿어.

그런데 있잖아, 너는, 밸리에서 나고 자란 너는, 그걸 이상하다고 생각해본 적 없어? 네가 믿는 밸리 밖 세상은, 그것을 부정하는 사람들이 믿는 무(無)와 뭐가 다르지? 결국은 모두가 그저 믿을 뿐이야. 밸리 바깥에는 그 무엇도 존재하지 않고 단지 또 다른 밸리와 무로부터의 생성만이 있을 뿐이라고(그래서 내가 한낱 인스턴스에 불과하다고) 믿든, 학교에서 가르치듯 밸리 밖에 밸리의 원형인 진짜 세상이 존재한다고 믿든, 결국 우리는 그저 믿을 뿐이야.

너는 너라는 사람을 믿어?

나는 나라는 사람을 믿지 않아. 단지 알 뿐이지. 밸리라는 곳에서 보고 느끼고 생각하는 나를, 나는 알아. 믿는 게 아니라.

너도 이제는 내가 무슨 말을 하고 싶은 건지 알겠지. 나는 밸리 밖 세상, 내가 태어난 세상을 믿고 싶지 않아, 그냥 알고 싶어. 그래서 이러는 거야. 밸리의 벽에 구멍을 뚫으려고 시도한 혐의로 밸리에서 퇴출되려고 하는 건. 바로 밸리 밖으로 나가기 위해서야.

나는 이제부터 세상을 증명할 거야. 지구가 한낱 시뮬레이션이 아니라는 걸 증명해낼 거라고. 지구를 믿지 않는 사람들한테, 내가 태어난 세상을 믿지 않는 사람들한테, 그리고 나라는 존재를 믿지 않는 그 사람들한테 증명할 거야.

하지만 그런다고 해서 그 사람들이 단숨에 마음을 바꿀 거라고는 생각하지 않아. 아마 기껏해야 유사 지구가 새로 생겼다며 관광 계획을 짜겠지. 그러면서 지구에 살고 있는 사람들을 테마 파크에 있는 NPC 취급할 거야. 나는 여전히 인스턴스에 불과한 유사 시민일 뿐이고.

그렇다면 나는 왜 그런 사람들의 말에 시달리는 걸까? 그 사람들이 세상의 전부도 아닌데. 막말로 지구를 부정하는 사람의 수는 아무리 넉넉하게 잡아도 밸리의 전체 시민의 20퍼센트(솔직히 나로서는 이 정도 수치도 충격적이긴 하지만) 정도잖아. 단순하게 생각하면 내가 알고 지내는 사람들 다섯 중 하나를 버리면 되는 간단한 문제가 될 수 있었어. 하지만 사실 이 문제는 그렇게 간단하지 않아.

밸리는 너도 알다시피 단일한 세상이 아니야. 여러 개의 세상이 층층이 또는 거품처럼 존재하지. 각각의 세상은 연결되어 있어. 하지만 대부분의 사람들은 자기가 살던 세상에서 벗어나지 않아. 그 사람들은 반차폐된 세상에서 서로가 서로에게 자기들의 믿음을 강화시켜. 그렇게 강화된 믿음으로부터 또다시 작은 거품이 생겨나지. 그게 무한히 반복돼.

그래서 그 필터 버블에 스스로를 가둔 사람들한테 나 같은 사람이 아예 배제되고 지워지고, 그 덕분이라고 해야 할지는 모르겠지만, 그 사람들이 배설하듯 내뱉는 혐오 발언으로부터 내가 해방될 수만 있다면 모든 게 해피엔드였을까.

지금도 네가 그런 생각을 가지고 있다면, 나로서는 네가 놓친 것이 있다는 말을 해줄 수밖에 없겠다.

바로 내가 펜스 님의 아이라는 거지. 끊어낼 수 없는 사슬로 엮여 있다고.

결국 나는 극단적인 선택을 할 수밖에 없었던 거야. 이해해달라는 건 아니야. 모든 준비를 마치고 너한테 갈 메시지를 작성하는 지금까지 나조차도 어느 정도는 회의적인 마음이 없지는 않으니까. 정말 방법이 이것뿐일까 싶기도 하고, 이런 얘길 너한테 하는 이유는 뭘까 싶기도 하고.

아무래도 나 지금 무서운가 봐. 일을 저지르고 나면 벌어지게 될 상황이, 그리고 그 결과 다신 네 모습을 볼 수 없게 될 거라는 사실이 지금 난 무서운가 봐. 이대로 더 있다간 다 포기하고 또 텅 빈 인형이 되고 말 거야.

트리거를 작동시켰어.

부디 놀라지 않기를.

나를 기억해주기를.

그리고 지구가 실재하기를.

안녕. 너의 친구, 사강이.

***

민망하게도,

다시

첫 번째 편지?

(웃음. 무척이나 민망해하는.)

놀랐지? 나도. 설마 이렇게 다시 또 메시지를 보내게 될 거라고는 정말이지 생각도 못 했어. 참, 그냥 메시지가 아니지. 나도 이런 식으로 이야기하는 건 처음인데, 이런 걸 편지라고 한다지? 고대에는 물질의 마찰과 분자 구조의 끊어짐을 이용해 문자를 기록해서 목소리를 보존했다는데, 과연 밸리를 만든 우리들의 선조는 뭐가 달라도 달라. 그렇지?

이런 얘기를 하려고 한 건 아니고……. 혹시 걱정 같은 걸 한 건 아니지? 네가 그런 걸 하는 모습은 상상이 잘 안 되는데. 사실 해줬으면 하는 마음이 없는 건 아닌데, 네가 진짜 걱정을 한다고 생각하면 또 마음이 편치만은 않네.

네 목소리가 여기, 밸리 밖에서도 들리는 것 같다. '어쩌라는 건데.'

글쎄, 나도 그게 좀 궁금하네. 나는 대체 지금 뭘 하고 있는 걸까?

물론 지금 당장은 네게 보낼 편지를 쓰고 있어. 진짜로 물질과 물질을 마찰시키는 방식으로 말이야. 우리가 통신 모듈을 이용해 거의 빛의 속도로 이야기를 주고받는 것에 비하면 이렇게 문자를 그리는 방식은 거의 아무것도 하지 않고 있는 것과 같아. 그런데 지금 나한테는 그게 필요해.

밸리에서의 삶은 너무 빨랐어. 물론 그곳은 어디까지나 가상으로 구현된 유사 지구이고, 사람들에게 최대한 진짜 같은 삶을 살게 하기 위해 쓸데없이 많은 제한으로 얽매여 있기 때문에 내가 좋아하는 고대인들의 문화재에 나오는 것처럼 초현실적인 활동을 할 수 있는 건 아니야(너 〈매트릭스〉라고 알아? 〈공각기동대〉는? 너무 마니악한 예인가?). 하지만 지금 여기 진짜 지구에서 가만히 시간을 보내다 보니 나한테는 밸리조차도 너무 벅찼다는 생각이 뒤늦게 들더라.

확신 또한 들었어.

여기가 내가 살던 곳이라는 확신.

비장한 어조로 전에 말했듯이, 나는 더는 기억을 불러오지 못해. 하지만 그렇다고 기억 자체가 지워진 건 아니기 때문일까. 문득문득 기시감 같은 걸 느껴. 언어로 자세히 설명할 수는 없지만 확실히 그래. 내가 느끼는 감정을 밸리에서처럼 고스란히 너한테 보내줄 수 있다면 얼마나 좋을까 하는 생각이 드는데, 방금 전까지 밸리가 빠르니 벅차니 해놓고는 웃기다, 그치?

뭐, 밸리에서 제공하는 여러 편의 기능을 싸잡아 매도하고 싶은 생각은 없어. 개인적으로, 감정을 공유하는 기능은 정말 좋아해. 그걸로 너랑 같이 체험 콘텐츠를 즐기는 게 참 좋았는데.

언제나 그렇지만 나는 지금 또 널 그리고 있네. 너는 나한테 일종의 습관이 되어 있는 듯해. 네가 정말 궁금해할 것은 이런 추억 같은 게 아닐 텐데. 심지어 나도, 이렇게 속도 타령하면서 감상적인 편지를 쓰기보단 밸리를 탈출하기로 맘먹은 이유를 파고들어야 맞아.

하지만 그럴 의지를 완전히 잃어버렸어. 밸리에서 공식적으로 쫓겨난 직후 지금 사용하고 있는 의체에서 눈을 뜨고 얼마 되지 않아서였지. 이 얘기를 너한테 할 필요가 있을까? 하지만 지금 나한테는 온통 그 생각뿐이라 하지 않고는 다른 얘기를 할 수가 없을 것 같

아. 하더라도 방금까지 한 것처럼 죄다 쓸데없는 얘기밖에 안 할 것 같고.

　의체가 프린팅된 곳은 옛 한반도의 한 벙커 안이었어. 너라면 위성 지도를 가리키며 말할 거야. 이곳은 더 이상 반도가 아니라고. 확실히 이곳은 한반도라 불렸던 때보다 한참은 높아진 수면 때문에 상당 부분이 물에 잠겨 있어. 그러니까 굳이 말하자면 한군도라고 하는 게 맞겠지.

　벙커를 나서자 칼바람이 의체의 감각 센서를 휘몰아쳤어. 시야도 상황은 크게 다르지 않았는데 다행히 바닥에 길처럼 보이는 게 있었어. 누가 봐도 그건 사람 흔적이었지. 나는 외투를 단단히 여미고 회색빛 길을 걷기 시작했어. 감각 센서의 쓸데없는 리얼함에 몸을 덜덜 떨면서 말이야. 어휴, 어찌나 춥던지.

　얼마나 걸었을까. 무언가가 털썩 쓰러지는 소리가 바람 소리 속에서 겨우 감지됐어. 놀라서 고개를 들어보니 사람이 쓰러져 있었지. 밸리에서 퇴출당한 이후로 처음 보는 사람이었어. 너무 놀라서 나도 모르게 또 옛 버릇이 튀어나오더라.

　"괘, 괜찮아요? 저기요?"

　내 목소리를 듣고 그 사람이 반응을 보였어. 반쯤 녹아 질척한 회갈색 눈을 헤치고 그 사람이 소리를 냈어.

"배……?"

나는 얼른 다가갔어. 그리고 그 사람을 똑바로 눕히려고 손을 뻗다가 흠칫 놀라 뒷걸음질을 쳤지. 소리도 질렀지 뭐야. 그 사람은 피폭자였어. 사실 지구에 사는 사람치고 방사능으로부터 완전히 안전한 사람은 없지. 밸리는 그 때문에 만들어진 거니까. 그걸 아는데, 알면서도 그 모습을 보고 아무렇지도 않은 척을 할 수가 없었어. 그 사람이 고개를 들더니 하나뿐인 툭 불거진 눈을 카멜레온이 하듯이 이리저리 움직였어. 그러다가 날 발견한 거야. 나는 완전히 겁을 집어먹고 또 한 걸음 물러섰어. 그런데 두려워하는 게 나뿐만이 아니었어.

"사…… 사신!"

그렇게 신음하듯 말한 그 사람이 몸부림치기 시작한 거야. 시커멓게 썩어가는 팔다리로 어떻게든 나한테서 멀어지려 애쓰는 모습은 한층 더 충격적이어서 나는 회로가 망가지기라도 한 것처럼 그냥 멍청하게 서 있을 수밖에 없었어. 그런 날 밀치고 누군가가 그 피폭자 곁으로 다가갔어. 그리고 말했지.

"아저씨, 나 알아보겠어요? 나야, 봄."

"봄……?"

"조금만 참아요. 내가 금방 편하게 해드릴게."

봄은, 한눈에 봐도 옆에 쓰러져 있는 피폭자와는 외형적으로 구별이 됐어. 굳이 말하자면 좀 더 '살아 있는 사람' 같았다고 해야 할까. 무엇보다 내 것과 같은 새하얀 외투를 걸치고 있었지. 봄이 돌연 나를 쏘아보는 듯하더니 내 뒤를 향해 말했어.

"약 줘요."

나는 놀라서 펄쩍 뛰었어. 내 뒤에 또 다른 밸리 사람이 서 있는 게 아니겠어? 나는 도대체 무슨 일이 벌어지고 있는 건지 알 수가 없어서 아무 말도 할 수 없었어. 봄과 나보다는 연장자인 것 같은 여자는 봄이 말한 것을 듣기는 한 건지 뚱한 얼굴로 그 피폭자를 바라볼 뿐이었어. 봄이 다시 외쳤어.

"소연! 약 줘요!"

"뭐 하게?"

소연이라 불린 여자가 관자놀이를 손으로 문지르며 말했어.

"몰라서 물어요? 아저씨가 아파하잖아요."

"그래서? 아파하는 사람마다 약 쥐어줄 거야? 그럼 여기 사는 사람들 다 줘야 하는데, 그러고 나면 복지원 애들은? 너도 이 정도 사신 행세 했으면 좀 학습이라는 걸 해봐라. 하여간에 내가 미쳤지. 어쩌자고 너 같은 천둥벌거숭이를 밸리로 데려갔는지."

마지막 말을 듣고 나도 모르게 끼어들어 소연에게 물었어.

"혹시 저, 저도 그쪽이 배, 밸리로 데려갔나요?"

소연이 인상 쓴 얼굴로 날 보더니 그냥 지나쳐서 가버리더라. 뭐라 뭐라 막 혼자 구시렁대면서. 당황해하는 나한테 봄이 대뜸 말했어.

"멍청하게 서 있지 말고 이 사람 나한테 업혀."

나는 정말 멍청하게 "으, 응……" 하고는 봄이 피폭자를 업는 걸 도왔어. 그 말라비틀어진 나뭇가지 같은 남자를 업은 봄이 소연의 뒤를 쫓으려다가 멈칫하더니 말했어.

"갈 거지?"

"어, 어딜?"

봄이 눈살을 찌푸리더니 설마 하는 눈으로 소연 쪽을 쳐다봤어. 그러고는 말했어.

"너 누구야?"

나는 도대체 이게 무슨 맥락인지 알 수가 없어서 조금은 퉁명스럽게 대꾸했지.

"사강."

봄이 조금 환해진 얼굴로 다시 물었어.

"그럼 나는?"

"봄……이라며."

"뭐야, 그래서 날 안다는 거야, 모른다는 거야?"

"내, 내가 널 어떻게 알아……요?"

봄이 폭발이라도 할 것처럼 소연이 간 방향으로 튀어 나갔어. 나도 얼결에 그 뒤를 쫓았고. 하지만 소연은 어느새 가고 없더라. 봄이 버럭 소리를 질렀어.

"저 악마의 하수인 같으니라고!"

봄에게 업힌 남자가 신음하는 바람에 우리는 천천히 길을 걸었어. 언제까지고 이어질 것 같던 잿빛 사계가 좀 바뀌는가 싶더니 이내 탁 트인 곳이 길 옆으로 펼쳐졌어. 언뜻 보면 개미굴을 연상시키는 모습으로 고대의 건물 잔해가 사람들을 품고 있었는데, 그때 느낀 감정은 피폭자를 처음 마주하고 느꼈던 것과 크게 다르지 않았어. 멈춰 서서 마을을 쳐다보는 나를 봄이 불렀어.

"너 말이야, 그럼 복지원도 모르는 거야?"

"그건 알아……요."

"어떻게?"

"내가 자, 자란 곳이라고……"

"그리고?"

"그게 단데……"

봄은 음, 하며 얼굴을 찌푸렸어.

"그래서, 거기로 갈 거야?"

"글쎄?"

봄이 뭔가를 가까스로 참는 듯이 콧구멍을 벌렁거리면서 낮게 말했어.

"다른 데 갈 데 있어?"

"딱히?"

그런데 봄이 갑자기 버럭 소리를 질렀어.

"그럼 도대체 지금 왜 여기 있는 건데?"

그건 지금 나 역시 알고 싶은 점이야. 나는 아무 대답도 할 수가 없었지. 생각해보면 너무 단순했나 싶어. 펜스 님과 그분을 따르는 일부 사람들이 주장이랍시고 하는 비과학적인 이야기들과 그로 인해 지워져버린 나라는 존재를 증명하겠다고 저지른 행동이 과연 최선이었을까? 그리고 충분한 걸까? 내가 자랐다는 곳에서 편지를 쓰면서 나는 그런 생각을 해. 조금은 냉담한 면이 있는 네 생각은 어떨지 듣고 싶어. 내가 최우선으로 챙겨 온 기억 속 너는 나한테 말해. 그런 쓸데없는 것에 신경 쓰지 말고 돌아오라고. 그 정도면 할 만큼 했다고. 정말 그럴까.

봄이 등에 업은 피폭자를 다시 고쳐 업고는 말했어.

"길 따라 쭉 가. 그럼 산과 바다가 나와. 산이 오른쪽, 바다가 왼

쪽. 그대로 쭉 가면 산을 오를 수 있는 오솔길이 나와. 그 위쪽에 있어. 복지원 말이야. 정 모르겠으면 까마귀 소리를 따라가. 알았어?"

나는 고개를 끄덕이다가, 돌아서서 가려는 봄을 잡아 세웠어. 그러고는 쭈뼛거리면서 물었어.

"너…… 나 알아?"

"응."

"하지만 어, 어떻게…… 너도 배, 밸리 사람이잖아."

봄이 담담하게 말했어.

"지우지 말라고 졸랐어, 기억. 됐지? 간다."

그게 뭐야? 지우지 말라고 졸랐다니? 그래서 기억을 보존하고 있다고? 정말 그게 다일까? 숨겨진 다른 뜻이 있는 것은 아닐까? 그렇다기엔 봄은 무척 단순한 사람이지만 또 모르는 거잖아. 아직까지나는 봄이 한 말이 정확히 어떤 의미인지 알지 못해. 붙잡고 물어보고 싶은데, 봄이 제법 바쁘거든.

그래서 바쁜 봄을 기다리면서 나는 소연과 봄이 머무는 방에서 편지를 쓰고 있는 거야. 그들과 같은 사신 행세를 하면서.

사신이라는 말은 여기 고대언데, 임금이나 국가의 명령을 받고 외국에 사절로 가는 신하를 의미해. 바꿔 말하면 이곳 사람들은 소연과 봄을 밸리에서 내려온 대표 격으로 여기는 거지. 어쩐지 좀 신격화가 된 것 같다는 느낌이 드는데, 그 덕분이랄지 나도 덩달아 분에 넘치는 대우를 받는 것 같아. 조금은 쓸쓸할 정도로.

사신에는 또 다른 뜻도 있어. 바로 죽음의 신이라는 뜻이야. 그래서 그 피폭자는 날 보고 사신으로 오해했던 걸까? 내 모습이 자기들과 다르다는 이유로? 나라고 그 사람을 보고 놀라지 않은 건 아니야. 솔직하게 말하면 무섭기도 했고. 그런데 그 사람의 눈에서는 두려움만이 아닌 혐오감 또한 서려 있었어. 난 그 눈빛에서 펜스 님의 사람들을 봤어. 마치 내가 있어서는 안 되는 중대한 버그인 것처럼 쳐다보는 그 눈빛이 밸리가 아닌 여기에서도 날 위협하는 것 같아.

그저 내 피해 의식에 불과할까? 아니면 피곤한 걸까? 아무리 내 몸이 나노 기술로 만들어진 거라고는 하지만, 에너지 효율 면에서 제한이 없는 건 아니니까. 그래, 그런 거라면 이해할 수 있어. 말이 나온 김에 좀 쉬어볼까 봐. 어떻게 쉬어야 하는지가 문제지만.

그건 그렇고, 이 편지가 너한테 닿을 수 있을지는 모르겠다. 어쩌면 그리 중요한 건 아닐 수도 있고. 밸리의 벽을 향해 로켓을 쏜 시점에서 나는 밸리와의, 그리고 너와의 연결을 포기한 거나 마찬가지니까.

이미 말했지만, 너를 향해 편지를 쓰는 건 일종의 습관과 같아. 그런 의미에서 내가 저지른 일은 단순히 나를 부정하는 사람들로

나의 탈출을 우리의 순간들로 미분하면

부터 도망친 것이 아니야. 나의 습관, 무의식의 수준에서 나를 둘러싼 모든 것에 맞서는 쪽에 더 가깝지 않을까?

그래도 가능하다면 이 편지가 너한테 닿았으면 좋겠다. 봄은 밸리에 자주 오가니까 방법이 있진 않을까?

어, 봄이 왔어. 편지는 다녀와서 마저 써야겠어. 편지를 부칠 방법을 찾을 때까지는 그냥 계속 써볼 거야.

추신. 봄이 이 편지를 가지고 밸리로 가주기로 했어. 그러지 않아도 곧 있을 이벤트가 끝나면 다시 돌아가야 한대. 무슨 이벤트일지 궁금해. 뭐든 간에 즐기면서 이 기분을 좀 떨쳐냈으면 하거든.

추추신. 밸리로 들어가는 방식이, 소지품을 가지고 들어가는 게 아니라서 봄이 이 편지를 기억에 담아 가지고 들어갈 거야. 그런데 봄이 이 편지를 보더니 진저리를 치는데 왜 그러는지는 모르겠어. 밸리에서 네가 내 편지를 어떤 방식으로 읽게 될지 궁금하다.

추추추신. 저…… 어려운 부탁을 하나 해도 될까? 펜스 님에게 안부 전해줘. 당신의 아이이자 전리품인 내가 여전히 살아 있다고 말이야.

***

복잡한 심경으로

쓰는

두 번째 편지

봄이 근거리 통신으로 전해준 네 편지를 보고 내가 얼마나 놀랐는지 알아? 덕분에 나는 겨우 숨을 쉬는 기분이야. 물론 이 몸이 산소가 필요한 건 아니지만 말이 그렇다고. 실은 지금 힘들거든. 좀 많이.

사실 답장이 올 거라곤 생각 못 했어. 물론 기다리지 않았던 건 아닌데, 아무리 생각해도 네가 밸리에서 한 자 한 자 글자를 입력하는 모습이 영 어색하더라고.

그러고 보면 난 너를 어떤 사람으로 생각해왔던 걸까?

혹시 전에도 편지를 써본 적이 있어? 간단한 메시지 말고, 이렇게 장문의 글 말이야. 그럴 리가 없다고 생각은 하지만, 그래도 네 편지는 뭐랄까, 생생해. 읽고 있으면 꼭 네가 옆에 앉아 말하고 있다고 느껴질 정도야(특히 이 부분: "네가 정상은 아니라고 생각하지 않은 적이 없지만, 그래, 너 완전히 미쳤어."). 그래서 좋다, 너무.

그렇다고 내가 후회를 한다든가, 돌이키고 싶어 한다고 오해는 하지 마. 내가 머물고 있는 이곳, 복지원은 제법 좋은 곳이야. 춥다는 느낌이 드는 게 흠이라면 흠이지만. 소연은 그저 느낌일 뿐이라고 하지만, 그래도 추운 건 추운 거잖아. 그래도 그런 느낌을 잊어버릴 수 있을 만큼 이곳은 좋은 곳이야. 그리고 이곳 사람들도.

다만…… 지금 나는 또 다른 벽을 마주한 기분이야. 내가 말한 이곳 이벤트 때문에. '졸업식'이라 불리는 그 이벤트를 나는 도저히 즐길 수가 없었어. 왜냐면 그 졸업식으로 인해 내가, 내 문제가 발생한 셈이니까.

좀 더 구체적으로 설명을 하자면, 이곳 복지원에서 생활하는 사람들은 크게 두 부류로 나뉘어. 아이들, 그리고 혼자서는 생활이 어려운 사람들.

혼자서는 생활이 어려운 사람들은 이곳에서 아이들과 이곳 보육 시스템의 돌봄을 받으며 생을 마감해. 내가 처음 만났던 사람에 비하면 매우 인간적인 죽음이지.

한편 아이들의 경우, 오랜 전통에 따라 일정 나이가 되면 '졸업생'으로서 복지원 밖으로, 세상으로 나가게 돼. 그중 한두 아이는 특별히 사신에 의해 '선정'이라는 게 돼서 밸리로 가고 말이야. 그래, 나처럼.

그 아이들은 그동안의 기억이 깨끗이 지워진 채 밸리의 시민으로 새로 태어나는 거야. 왜 기억을 지우는 걸까? 소연에게 한번 물어봤는데, 그냥 관행이래. 그럼 봄은? 그랬더니 하는 말은 좀 허무한데, 봄이 기억을 보존하고 있는 이유는 그냥 봄이 관행을 부정했기 때문이래. 그게 다였어. 놀랍게도 말이야.

그렇게 '들어온 자'는, 복지원을 관심 있게 지켜보며 후원을 아끼지 않은 일부 사람들에게 경매를 통해 높은 값에 입양되는데, 그렇다면 펜스 님에게 그런 취미가 있었다는 거잖아. 좀 소름 끼치는 것 같아.

하지만 말이야, 대체 이 모든 게 무슨 의미가 있는 걸까? 이곳 사람들은 아이가 선정되는 걸 신의 영예쯤으로 여기지만, 글쎄, 당사자인 내가 봤을 땐…….

됐다. 이런 말도 소용없기는 마찬가지야.

단지 나는 이런 굴레를 목격하고 조금 허무해졌어. 왠지 밸리에서 퇴출당하기 위해 했던 일도, 그걸 결심하기에 이르는 동안 수도 없이 지새운 밤들도 전부 다 부정당한 기분이야. 지금 느끼는 암담한 심정에 비하면 내가 살던 세계를 부정당하는 건 애들 장난이었다는 생각마저 들어. 나는 대체 뭘 하고 있는 거지?

졸업식이 끝나고, 졸업생 대표로 선정된 두 아이가 봄을 따라 밸

나의 탈출을 우리의 순간들로 미분하면

리로 갔어. 졸업식의 실체를 깨닫고 금방이라도 울 것 같은 기분이 돼서 내 방으로 돌아가려고 하는데 복지원 원장이라는 사람이 날 몹시 조심스러운 어조로 불러 세웠어.

"혹시 괜찮으시면 함께하시겠습니까?"

원장은 손에 꾸러미를 든 채로, 처음 인사할 때와 마찬가지로 내가 아닌 엉뚱한 곳을 향해 서서 말했어. 나는 그 사람의 푹 꺼진 눈과 그 안의 탁한 눈동자를 보며 대답했어.

"뭘요?"

"졸업식을 성황리에 마친 기념으로 마을분들께 보급품을 나누어 주는 일이요. 아마 사신께서 손수 나누어 주시면 모두 좋아하실 겁니다."

나는 반사적으로 처음 마주했던 피폭자의 눈빛을 떠올리고 나도 모르게 한 걸음 뒤로 물러섰는데, 분명히 날 보고 있지 않던 원장의 표정이 미묘하게 굳어졌어. 나는 얼른 다시 제대로 서서 말했어.

"무슨 말씀인지는 알겠어요. 하지만 싫어하는 사람도 있을 텐데요."

원장이 미소 지었어.

"그렇다고 피하기만 하면 바뀌지 않을 거예요."

결국 나는 원장을 따라 마을을 돌아다니며 사람들한테 각종 고형 음식을 나누어 주었어. 다행히 사람들은 날 향해 혐오 섞인 눈빛을 보이지는 않았어. 글쎄, 그 사람들한테는 혐오도 사치가 아니었을까 싶은 생각도 들어. 아닌 게 아니라 그 사람들은 죽음을 앞둔 것까지는 아니기 때문에 죽음의 신을 신경 쓰기보단 그 손에 들린 음식이 더 중요하지 않겠어?

오히려 나는 뿌듯한 마음마저 느껴서 졸업식을 보고 느낀 충격을 조금 잊을 뻔했어. 그러지 못하게 한 건 원장이었어. 보급을 마치고 돌아오는 길에 원장이 말하는 거야.

"오늘 같은 날에는 앞이 보이지 않는 게 다행이다 싶어요. 저런 모습을 보지 않아도 되니까요. 소리가 들리는 게 흠이지만 말이죠."

나는 깜짝 놀라서 되묻고 말았어.

"앞이 보이지 않는다구요? 하지만……"

그러고는 원장이 걷는 모습을 빤히 쳐다보았지. 원장이 되레 미안해하면서 설명했어.

"아, 기억이 없으시다는 걸 잊었군요. 저는 앞이 보이지 않습니다. 날 때부터 그랬어요. 그래서인지는 몰라도 생각하시는 만큼 불편함이 있지는 않죠. 신께 감사히도."

나는 너무 당황스러웠어. 구체적으로 뭐가 어떻게 당황스러웠을까. 당황스러웠다는 표현이 정확하기는 할까. 그때의 나는 다만 무언가에 쫓기듯 다른 얘기를 꺼냈지.

"그래도 저렇게 사람들이 좋아하는 걸 보면, 그러니까 들으면, 뿌듯한 마음이 들지 않나요? 저 사람들은 오늘만 기다리며 1년을 버텨온 거잖아요."

원장은 웃었어. 그걸 보는 사람이 얼굴을 붉히게 하는 미소였어. 부끄러워서 말이야.

"그래요, 저들은 버텨온 거예요. 졸업식을 마치고 나서 자기들한 테 돌아올 작은 꾸러미만을. 그게 없으면 또 한 번의 1년을 버틸 재 간이 없으니까요. 복지원이 물줄기라도 되는 양 모여 사는 이 사람 들이 누군가의 호의가 아니면 한순간에 모두 스러져버릴 수 있다는 게 저는 좀 그렇더라고요. 그래서 뿌듯함을 느낄 여유가 없습니다."

나는 할 말을 잃었어. 그냥 원장의 뒤를 강아지처럼 쫓을 따름이 었지. 내 발소리가 그렇게 귀에 거슬렸던 적이 없었어.

너는 원장이 한 말을 어떻게 생각해? 원장의 말을 듣고 받은 충격 이 좀체 가시질 않아. 그래서 곰곰이 생각해보면 여러 가지 상반된 생각이 들어. 결과적으로 여기 사람들은 복지원이 설립된 이래 관 행으로 굳어진 호의가 아니면 당장 내년을 기약할 수 없는 형편이 야. 그렇다면 관행이든 한낱 호의든 상관없는 게 아닐까. 하지만 애 당초 이 사람들이 그러한 것이 아니면 살아남을 수조차 없게 된 이유를 생각해봐야 하는 것 아닌가. 그러기엔 너무 까마득한 과거일 뿐일까.

나는 소연에게 이런 얘기를 해봤어. 별 기대 없이 꺼낸 말에 소연이 의외의 얘기를 하더라고.

"그래서 바꿔가고 있는 거야. 봄은 관행을 거부하고, 현은 체제를 개선하지. 작지만 큰 걸음. 아, 원장 이름이다, 현."

나는 현이라는 이름을 작게 되뇌어봤어. 그러다 문득 궁금해져서 물었지.

"소연은요?"

"나? 여기 죽치고 앉아서 그 애들 같은 악동들을 찾고 있지."

나는 마른침을 삼키며 물었어.

"저는…… 여기에 있던 저는…… 어땠어요?"

관자놀이 부분을 문지르던 소연이 날 보고 웃었어. 처음으로.

"어땠을 것 같냐? 네가 왜 지금 여기 있는지를 생각해봐."

아직도 그 이유를 모르겠는데, 소연의 말을 듣고 내 방으로 돌아가는 동안 이상하게 눈물을 주체할 수 없었어. 실제로 그랬다는 게아니야. 이 몸에는 눈물샘이 필요하지 않으니까. 그저 느낌이 그랬다는 얘기야.

이런 얘기를 쓰고 있자니 어쩌면 그걸로 끝나지 않을지도 모른다는 생각이 막 들어. 편지를 쓰는 지금 나는 이런 생각을 해. 내가 밸리에서 내렸던 결심, 그게 그렇게 허무하기만 한 것은 아닐지도 모른다는. 그렇다면 밸리에서 벗어나려 했던 내 선택이야말로 나를 규정짓는 게 아닐까?

으, 머릿속에서 폭죽이 터지듯 온갖 생각이 떠올라. 그 모든 걸 너하고 실시간으로 공유할 수 있다면 좋을 텐데. 봄한테 내 생각을 가지고 가달라고 했더니 정보값이 너무 커서 안 된대. 자칫 방화벽에 걸릴 수도 있대.

하지만 방법이 아주 없는 건 아니야. 그게 뭔지는 나중에 알려줄게. 지금은 해야 할 일이 있어.

추신. 펜스 님 소식은…… 정말이지 그분 소식답다. 어떻게 클라라를 상대로 소송을 제기할 생각을 할 수가 있지? 아니, 막말로 원고를 어떻게 특정할 수 있는데? 뭐, 밸리 전체를 법정에 세우기라도 하겠다는 건가? 네 말대로, 무모함만큼은 내가 그분의 아이인 게 납득이 가. 몸서리치게 싫지만 말이야. 새로 입양될 아이가 나보다는 덜 무모하기를.

추추신. 새로 입양될 아이가 없기를.

추추추신. 내가 그렇게 할 수 있기를.

***

초조한 마음으로

쓰는

세 번째 편지

나는 정말 바보가 맞나 봐.

너한테 호기롭게 편지를 쓴 직후 시도한 일은 처참하게 실패했어. 아니, 정확하게 말하면 애당초 실현될 가능성이 없었다고 하는게 맞아. 내가 한 멍청한 짓을 글로 옮겨야 하다니 죽고 싶다. 나란인간은 대체 왜 존재하는 거지?

뭐, 한 게 아주 없진 않아. 현과 복지원 아이들을 즐겁게 해주었어. 그래, 그런 관점에서 이야기를 하면 좀 낫겠다.

내가 한 일은 로켓을 만든 거야. 놀라지 마. 밸리에서 쏘려고 한것 같은 무기는 아니니까. 하지만 어차피 원리는 같아. 몸체가 있고, 그걸 밀어낼 에너지가 저장된 추진체가 있으면 결국 다 로켓인거야.

그런데 왜 또 로켓이냐고? 내가 밸리에서 탈출한 이유와 같은 맥락에서야. 밸리 밖 세계, 지구를 믿지 않는 사람들에게 지구가 실재

한다는 것을 증명하기 위해 나는 밸리에서의 퇴출을 유도했어. 하지만 인정할 수밖에 없어. 이 정도로는 부족하다는 걸. 그래서 나는 한 걸음 더 나아가보려고 했어. 우주로.

물론 그 우주조차 클라라가 만든 배경에 지나지 않을 수도 있어. 하지만 결국 클라라도 물리적인 한계를 지닌 존재야. 옛날식으로 말하면 그냥 컴퓨터에 불과하다고(으, 솔직히 좀 찔린다). 물리적으로 제한된 연산력으로 우주를 시뮬레이션한다? 어디까지? 태양계? 은하계? 설마.

그래서 로켓을 제작하려고 했어. 논리 폭탄을 실은 로직 로켓이 아닌 진짜 로켓을.

내가 가장 먼저 찾은 건 지구의 중력을 이기고 로켓을 우주로 탈출시켜줄 추진제였지. 다행히 내가 밸리에서 로켓을 만들면서 로켓에 관한 거라면 닥치는 대로 다운받아놓은 자료 중에 고대 논문과 그 당시 네트워크에 떠돌아다니던 데이터 더미가 있었는데, 거기에 아주 재밌는 게 있더라고. '로켓캔디'라는 이름의 추진제야. 이름에서 알 수 있듯이 그 추진제를 만들기 위해서는 당이 필요해. 아주 많은 당이.

나는 마을 사람들한테 나누어 주었던 보급품을 떠올렸어. 그래서 소연에게 그걸 더 구할 수 없는지 물었지. 그랬더니 날 데리고 복지원 건물의 지하로 가더라. 그곳은 다른 사람의 출입이 금지된 곳이라 원장인 현조차 들어가보지 못한 곳이야. 거기에는 옛날식 컴퓨터가 가득 있었어. 복지원의 시스템을 관리하는 용도인 것 같아. 그리고 한쪽에는 프린터가 있었는데, 소연이 버튼을 몇 번 누르더니 마을 사람들에게 나누어 주는 고형 음식을 꺼내 나한테 건넸어.

"안 받고 뭐 해?"

"이게…… 뭐예요?"

"보면 몰라?"

"내 말은…… 이렇게 찍어낼 수 있는 걸, 왜 그렇게……"

소연이 음식을 분쇄기에 던져 넣었어.

"착각하지 마라. 우리는 저 사람들이 생각하는 것처럼 천국에서 내려온 천사 같은 게 아니야. 복지원 애들의 성장 과정을 밸리의 노인네들에게 팔아먹는 사업가라고. 그리고 이걸 만드는 데 드는 원료가 얼마나 비싼데. 기껏 생각해서 데려왔더니."

그러고는 가려고 하는 걸 내가 붙잡았어.

"죄, 죄송해요. 재료 생각은 모, 못 했어요. 아직 밸리 때 습관이 남아 있어서……"

소연이 아무 일 없었다는 듯 다시 프린터를 조작했어. 그러더니 물었어.

"이거야? 네가 선택한 게?"

나는 소연이 내 계획을 알고 있다는 것에 놀라서 고개만 끄덕였어.

"봄이 말이 좀 많아. 자, 봤지? 이대로 하면 돼. 필요한 성분만 뽑아내면 좋겠지만, 내가 이런 기계 다루는 건 취향에 안 맞아서. 하고 가라. 문단속 잘하고."

나는 그렇게 만들어낸 고형 음식물을 현의 허락을 받아 복지원의 옥상 정원으로 옮겼어. 복지원은 건물 자체가 계단식으로 지어져서 2층에서 밖으로 나가면 1층의 윗면이 나오는 구조야. 현이 특히 좋아하는 그곳에는 이제 막 노란빛을 띠는 작은 꽃들이 피어나고 있는데, 현이 하나하나 만져보며 나한테 그것들의 이름을 알려줄 때면 잠시 이런 생각이 들곤 해. 이곳에서의 나는 이 사람을 알았을까? 알았다면 얼마나?

이런 식으로 순조롭게 일이 진행됐다면 좋았을 텐데. 막 보급품을 정원에 옮기고 나니까 그다음 해야 할 일이 떠오르면서 등줄기에 땀이 흐르기라도 하는 것처럼 전기가 찌릿 흘렀어.

이제는 새삼스러울 것도 없지만, 나는 간과하고 있었어. 내가 있는 곳이 밸리가 아니라는 사실 말이야. 우습지? 진짜가 어떻고 가짜가 어떻고 주절거릴 땐 언제고, 밸리에서 나온 이후 나는 걸핏하면 내가 있는 곳이 밸리가 아니라는 사실을 자꾸 잊고는 밸리에서만 가능한 일들을 하려다 뒤늦게 깨닫곤 한참을 멍하니 있어. 그냥 습관이겠지 하면서도 문득문득 엄습하는 두려움 때문에 몸이 얼어붙는 느낌이거든. 그 사람들이 맞으면 어떡하지? 지구가 진짜가 아니라 클라라가 향수병에 빠진 사람들을 위해 구현해놓은 가짜라면?

나는 고개를 절레절레 흔들며 작업에 착수했어.

앞서 말했듯이 로켓캔디라는 추진제를 만들기 위해서는 당이 필요해. 하지만 보급품에 들어 있는 건 사람이 먹을 수 있게 합성한 거야. 그 안에서 당을 추출해내야 하는데, 알다시피 밸리에서는 초급 코딩 자격증을 딸 정도의 실력이면 적절한 장비를 갖췄다는 전제하에 물질을 메타물질로 분해하는 건 비교적 간단한 일이잖아. 하지만 이곳에서는 그런 일이 불가능해. 당연하게도 말이야.

하는 수 없이 원시적인 방법으로 당을 추출할 수밖에 없었어. 열을 이용하는 방법 말이야. 마을을 돌아다니며 솥으로 쓸 만한 쇠붙이를 찾아 헤매고 복지원을 샅샅이 뒤져 유리로 된 컵 같은 걸 가져다 나름의 작업실을 마련해야 했어. 그러고도 수없이 많은 시행착오가 있었어. 아닌 게 아니라 나는 새로 얻은 몸조차 아직 적응이 안 돼서 꽤 자주 동작이 꼬이거든. 그런 내가 화학 작용을 다루다니.

그래도 어느 정도 손에 익자 정제된 당이 제법 모이기 시작했지.

나의 탈출을 우리의 순간들로 미분하면

때마침 정원에 놀러 온 현이 물었어.

"손에 들고 계신 그게 말씀하신 그건가요?"

"네! 어떻게 아셨어요?"

내가 코를 킁킁거려보는데 현이 웃었어.

"아, 소리 지르시는 것을 들었어요. 성공했구나 싶었죠."

나는 괜히 부끄러워서 크게 웃고는 말했어.

"성공은 했는데, 이걸로는 우주 못 가요. 장난감 로켓 같은 걸 저 하늘로 쏘아 보내는 게 고작일걸요."

현이 두 눈을 크게 떴어. 그 표정은 시각하고는 관계가 없는 걸까.

"하실 수 있습니까?"

"네?"

"장난감 로켓이요. 만드실 수 있나요?"

나는 예, 하고 얼결에 말했어. 그랬더니 현이 정말 해맑게 웃고는 기다려보라면서 거의 뛰어서 안으로 들어갔어. 그러고는 한 아이를 데리고 다시 나왔지.

"우주입니다. 아, 이름이요."

우주라는 아이는 우주를 사랑하는 아이야. 글쎄, 그 애가 우주를 좋아하는 것과 그 애 이름이 우주인 게 정확히 어떤 관계가 있는지는 모르겠어. 확실한 건 우주가 우주에 진심이라는 것과 현이 그 애에게 진심이라는 것, 그리고 나에게 그 둘을 기쁘게 해줄 능력이 있다는 거였어. 더 뭐가 필요하겠어.

나는 즉시 로켓을 만들었어. 플라스틱은 차고 넘치니까 지하에 있는 프린터를 이용해 로켓의 몸체를 만들고 내가 추출한 당과 질산칼륨을 배합해 만든 추진제를 실으면 완성. 말은 참 간단한데. 질산칼륨을 구하는 과정도 녹록지는 않았어. 너는 내가 복지원 화장실에서 무슨 일까지 했는지 짐작만 겨우 할 거야.

아무튼, 그렇게 만든 장난감 로켓을 쏘아 올리며 모두가 행복해했어. 나도 좋았지. 하지만 그만큼 머릿속은 복잡하기도 했어. 이게 나의 한계는 아닌지 싶어서.

내가 자괴감에 빠져서 홀로 정원을 청소하고 있을 때였어. 현이 날 부르더니 말하는 거야.

"어렸을 때 저희는 서로에 대해 모르는 게 없었어요. 저나 과거의 당신이나 무시 못 할 결함을 가지고 있으면서도 용케 기민하게 상대의 불편함을 느끼고 도움의 손길을 내밀었죠."

내가 고민하는 걸 현이 대체 어떻게 알았는지 모르겠어. 하지만 그보다도 나에 대한 얘기는 그때가 처음이었어. 나는 빗자루를 움켜쥐고 물었지.

"전…… 어떤 결함이 있었죠?"

나의 탈출을 우리의 순간들로 미분하면

"소리를 듣지 못했죠. 그리고 말을 하지 못했어요. 아니, 뒤늦게 알게 된 거지만, 하지 않았어요. 우리가 헤어지기 직전에야 당신은 나한테 당신의 목소리를 들려줬죠. 처음에는 그게 야속했어요. 왜 진작 들려주지 않았나. 나중에야 알았어요. 당신이 듣지 못하기 때문에 말하는 법을 배우는 데 한계가 있었다는 것을. 그래서 부정확한 말을 저한테는 숨겼다는 것을."

나는 그냥 들었어. 소연이 했던 말과는 달리 조금도 와닿지 않았어. 소연의 말은 과거의 나뿐만 아니라 지금의 나에게도 해당되는 얘기였지만, 현이 하는 말은…….

"말해보세요. 무슨 고민이 있죠?"

나는 말했어. 지금의 나에 대한 이야기를 현에게 했어. 현은 나무처럼 꿈쩍도 하지 않고 내 얘기에 귀 기울였지. 한참을 듣더니 현이 지친 듯이 얕은 숨을 쉬었어.

"우주로 간다고요? 사실 그게 어떤 건지 잘 와닿지는 않네요. 아무튼 상상하기 어려울 만큼 멀리에 가고 싶다는 말씀이지요? 여기가 아닌 저 먼 곳으로……"

"혹시 서운하세요? 그래도 오랜만에 만난 친군데, 멀리 떠날 계획을 품고 있어서"

"뭐, 아쉬운 마음이 없다고 하면 거짓말이겠죠. 하지만 그보다도…… 당신이 떠나야만 하는 것 같아서…… 그렇게 몰아붙인 상황이 뭘까 싶어서, 그게 좀 걸리네요."

그날 우리는 정원에 누워 밤새도록 이야기를 나눴어. 추웠지만 따뜻한 밤이었지.

그리고 현이 중요한 걸 알려줬어.

"그나저나 로켓을 만들겠다니…… 그 엄청난 걸…… 혼자서 가능할까요? 도와드릴 일이 아주 없지는 않을 텐데……."

"미리 관련 정보를 머릿속에 담아놨어요. 가상의 시험 발사도 해봤고요."

"당신의 능력을 의심하는 건 아니에요. 다만, 역사를 보면 로켓이란 늘 기술의 최전선에 닿아 있습니다. 그렇지 않으면 감히 이 대지로부터 벗어날 수 없을 테니까요. 이곳 원생 시절에는 그 크기나마 짐작해보기 위해 수식에 매달려보기도 했고, 원장이 되기 전 부원장 때는 지인의 도움으로 직접 그것의 잔해를 만져보기도 했는데……."

"네?"

"아, 실은 저도 우주라는 것에 관심이 많습니다. 우주에 대한 묘사를 듣다 보면 별수 없이 제 시각의 부재와 연결 지어 생각해보게 되거든요."

현은 어울리지 않는 욕망을 들키기라도 한 것처럼 부끄러워했어. 하지만 나한테 중요한 건 따로 있었지.

"그러니까, 로켓을 만져봤다고요?"

"정확히는 그 잔해의 일부죠. 그리고 우주로 가기 위한 용도는 아닌 것 같았어요. 그러기엔 규모가 너무 작았거든요. 제 생각에는 그것이 고대의 무기 중 하나가 아닐까 싶었는데, 어쨌든 로켓임에는 틀림이 없지요."

나는 자리에서 벌떡 일어났어.

"거기가 어디예요?"

현이 놀란 얼굴로 따라 일어났어.

"자세히는 모릅니다만. 저는 그냥 지인의 뒤에 앉아 있었거든요. 아, 혹시 금수라고 아시나요?"

그러더니 현이 잇새로 바람을 크게 불었어. 얼마 안 있어 까악, 하는 쇳소리가 들려왔지. 하늘을 올려다보니 달을 가로질러 이쪽으로 날아오는 무언가가 보였어. 나도 모르게 혹시 로켓인가 했는데, 그랬다면 지금 이 편지를 쓰고 있지 못했겠지. 그것은 빠르게 커졌어. 또 한 번 까악, 운 그것은 까마귀를 닮았지만 진짜 까마귀는 아니었어. 그것이 처음이 아니라는 듯 당연하게 현의 머리 위에 앉더니 날 보고 또 쇳소리를 토해냈어. 까악. 봄이 말했던 까마귀

소리가 이걸 가리켰던 거야.

"사신분들은 금수라고 하면 모르는 눈친데, 봄이 그러더군요. 당신들은 그것을 '클라라의 아이'라고 한다고요. 아, 봄이 말해줬다는 건 소연 님께는 함구해주셔야 합니다. 그 이유는 아시리라 생각합니다."

너는 나와는 달리 공부에 열심이었으니 '클라라의 아이'에 대해 모르지는 않겠지. 하지만 실물을 봤을 리는 없어. 그것들은 어디까지나 폐허가 된 지구를 정화하는 용도로 만들어졌으니까. 테라포밍을 위해 말이야.

세상에, 그 복잡하면서도 정교하게 구현된 기계 짐승이라니. 그것을 금수라고 부르다니 좀 짓궂다 싶어('금수'라는 고대어는 짐승이란 뜻이 있는데, 주로 사람을 가리켜 욕을 하는 데 사용돼. "이런 금수만도 못한 인간" 하고 말이야). 너도 직접 봐야 하는 건데. 나는 그걸 보고 말을 더듬으며 묻지 않을 수 없었지.

"어, 어떻게……"

분명히 해두겠는데, 그게 최선이었어.

"저 어릴 때부터 원장님이 데리고 계셨어요. 이 아이는 새의 형상을 하고 있는데, 제가 말한 지인이 부리는 아이는 늑대의 형상을 하고 있어서 그 위에 타고 바람처럼 빠르게 달릴 수 있어요. 그러고도 제법 오랜 시간을 달려 도착한 곳에 로켓의 잔해가 있었죠."

나는 열나도록 머리를 굴렸어. 가지고 있던 지도를 연대순으로 되감아서 여기 근처를 샅샅이 뒤졌지. 실제로 복지원에서 좀 떨어진 곳에 우라늄 광산 저장고가 있었어. 핵 시설이었던 거야! 그곳이라면 뭔가 희망이 있을지도 몰라.

글쎄, 이것도 내 단순한 희망 사항에 불과한 걸까? 모르겠어. 직접 확인해보는 수밖에 없어.

나는 지금 현이 말한 금수를 부리는 지인을 기다리고 있어. 거리가 제법 돼서 아무래도 갔다 와서 나머지 이야기를 해야 할 것 같아. 어쩌면…… 아니다. 다시 편지할게.

그때까지 잘 지내.

추신. 너한테 로켓을 제작하면서 만든 방정식을 보낼게. 그 결과가 그리는 궤적이나마 공유하면 좋을 것 같아서.

추추신. 봄이 그러는데, 네가 그렇게 현에 대해 묻더라고. 내가 물론 아는 게 많지는 않지만, 그래도 나한테 물어보면 아는 대로 말해줄 수 있어.

***

자괴감에 빠져서

쓰는

네 번째 편지

미안. 많이 기다렸지?

결론부터 말하면, 내 생각이 역시 짧았던 거지.

아…….

무슨 말을 어디서부터 어떻게 해야 할지 모르겠어. 가만히 앉아 그 일을 되짚어보는 일이 너무 고통스러워. 그래서 그 일에 대해서는 쓰고 싶지 않은데, 그러면 너한테 해줄 얘기가 거의 없게 돼.

후…….

실은 나를 데리고 핵 시설에 함께 가준 사람이 죽었어. 그래서 나혼자 돌아왔지. 아니, 그 사람이 부리던 금수와 둘이서.

얘기를 들은 봄이 얼마나 날뛰었는지 몰라. 그러고는 날 지나쳐 무작정 달려 나가버렸지. 내가 안절부절못하고 정원을 서성이는데 현이 말했어.

"두 사람은 자매 사이였어요."

그 말을 듣고 나는 바닥에 털썩 주저앉았어.

"몰랐어요. 하지만 알았다고 해도 달라지는 건 없었을 거예요. 그 사람이, 서리가 그걸 원했다고요. 그게 자기네 전통이랬어요. 죽은 자리에 남아 살아나갈 사람들의 짐을 덜어주는 거, 그게 자기가 마지막으로 할 수 있는 일이라고……"

"당신도 이제는 아시겠지만 봄은 그런 것을 매우 싫어하죠. 전통, 관습, 관행, 어린 새싹 같은 아이들을 얽매는 것들. 조금 과한 측면이 없지 않아 있습니다만, 그게 봄이니까요. 그러니까 이해해주시면 좋겠습니다."

"제가 잘못한 걸까요?"

"제가 답할 수 있는 문제는 아닌 것 같아요. 하지만 함께 고민해볼 수는 있겠죠. 괜찮으시다면 구체적인 이야기를 해주실 수 있을까요?"

그래서 나는 서리와 함께 복지원을 나선 시점에서 시작해 모든 걸 현에게 이야기했어. 그중 일부를 너에게도 해줄게. 그러다 보면 자연히 내가 맞닥뜨린 상황에 대해서도 이야기할 수 있을 테니까.

우선은…… 서리라는 사람에 대해서부터 이야기하는 게 좋을 것 같아. 나를 핵 시설에 안내해준 사람 말이야.

그 사람, 서리는 차갑고 딱딱한 사람이야. 화가 났을 때의 너랑 비슷한 구석이 있달까. 그리고 말했다시피 서리는 클라라의 아이, 금수를 부리는 신묘한 능력을 지녔지. 현과는 경우가 달라. 굳이 따지자면 현의 금수는 사람과 어울리게 가축화된 반려동물과 같고, 서리의 금수는 야생동물에 가까워. 그런 걸 그 몸으로 길들이다니. 말하자면 서리는 해커인 셈이야.

　현의 호출을 받고 정원으로 나갔다가 나는 비명을 지르며 볼썽사납게 뒤로 나자빠지고 말았어. 아무리 늑대 형상을 하고 있다고 미리 언질을 받았다고 해도 그것을 실제로 마주하는 건 다른 문제야, 안 그래? 무엇보다 그걸 어떻게 그냥 '늑대'의 형상을 한다는 말로 설명할 수가 있지? 그때만큼은 현이 야속하더라.

　그것은 높이가 1.2미터, 길이가 3미터에 달하는, 가히 괴물이었어. 뭐, 알고 보니 덩치만 큰 순둥이였지만. 첫인상만큼은 공포 그 자체였지. 신화 속 케르베로스 같은 것의 등에 올라탄 누군가가 날 보고 코웃음을 쳤어. 하, 하고. 너처럼!

　그 애가 다짜고짜 나한테 말했지.

　"도와줘야 돼?"

　"뭐, 뭘?"

　서리가 한숨을 푹 내쉬더니 내 뒤에 있는 현과 봄을 향해 말을 던졌어.

"얘가 개지? 그 이상한 손짓 하던. 하여간에 여기 애들은 하나같이 이상하다니까. 현, 너처럼."

나는 모욕감에 입을 앙다물고 현과 봄을 돌아봤지만, 두 사람은 그저 웃을 뿐이었어. 그래서 깨달았지. 그 거칠기 짝이 없는 태도가 서리라는 사람을 말해주는 거라는 걸. 그렇다고 기분이 나아지지는 않았지만.

서리가 다시 나한테 말했어.

"여기 올라오는 거, 도와줘야 되냐고."

"아, 아마도……"

아무리 내가 나노기술로 증강된 의체를 입고 있다지만, 그래도 그건 클라라의 아이잖아. 그것도 거대한 괴물 같은 첫인상의. 너는 이해할 수 있겠지.

서리가 꼭 개똥 무더기에 손을 뻗기라도 하는 것처럼 내게 손 내밀었어. 나는 단지 금수가 움직이지 않는지 경계하는 데 바빠서 얼른 서리의 손을 잡았지. 서리는 힘이 대단했어. 내 의체가 아무리 가볍다고는 하지만 그래도 그 작은 몸으로 날 번쩍 들어 올리다니. 그러고는 별거 아니라는 듯 발을 차며 의미 불명의 소리를 냈는데, 그때까지 석상처럼 꼼짝 않던 금수가 비로소 움직이기 시작한 거야. 나도 모르게 소리를 질렀어. 그러니까 서리가 날카롭게 쏘아붙였지.

"조용히 해!"

나는 손으로 입을 막았어. 그런데 그 순간 비릿한 쇠 냄새 같은 걸 맡았지. 그때는 바보같이 금수의 몸 어딘가 산화된 거라고만 생각했어.

나와 서리를 태운 금수는 천천히 걸었어. 피부로 전달되는 떨림이 미세하고 고르지 못해서 나는 겁을 먹고 결국 말했어.

"괘, 괜찮은 거야? 좀 히, 힘들어 보이는데……"

서리는 내 말에 아래를 쓱 보더니 말했어.

"배고파서 그래. 요즘엔 먹을 걸 구하기가 어려워."

"하, 하지만 얘들은 뭐, 뭔가를 먹을 필요가……"

서리가 고개를 돌려 날 째려보듯 보는데 더 말할 수 없었어. 서리는 다시 앞을 보고는 의미를 알 수 없는 소리를 내 금수의 방향을 바로잡았어. 그쪽은 산 아래로 향하는 길이었는데, 전에 말했듯이 복지원이 그 산허리에 파묻혀 있거든. 그대로 산을 내려와 사람들이 사는 마을의 경계를 빙 도는데, 서리가 말했어.

"것 좀 놓지."

나는 무슨 말인가 하다가 깜짝 놀라서 나도 모르게 움켜쥐고 있던 서리의 외투 자락을 놓았어.

"미, 미, 미, 미, 미안."

서리는 하, 하고 웃었어. 그러자 또 한 번 비릿한 쇠붙이 냄새가 났지.

"너도 참 가지가지 한다."

나는 민망하기도 해서 퉁명스럽게 대꾸했어.

"네가 나에 대해 뭘 알아?"

서리가 날 돌아봤는데, 아마도 봄과의 차이를 의아해하는 모양이었어. 하지만 이내 다시 앞을 보고는 어느새 또 길가를 향해 위태롭게 나아가는 금수에게 뭐라고 소리쳤지. 그렇게 멈춰 세우고는 아예 등에서 내린 서리가 금수의 앞에 가서 그 기계 짐승의 얼굴을 들여다보는데, 그때만큼은 그 애의 얼굴에 냉기가 가시고 온기가 돌았어. 그건 가끔씩 네가 나한테 보여주는 모습이었는데…….

그 순간 서리가 품 안에서 뭔가를 꺼내 금수의 입가로 가져갔어. 정말로 먹이를 주는 모양이다 싶어 궁금한 마음에 나도 등에서 뛰어내렸어. 해보니까 별거 아니더라. 그러고는 가까이 다가가서 서리가 내미는 걸 봤지. 단순한 고철 조각이었어. 기계 짐승이라 고철을 먹는 기능이 있는 걸까 하다가 문득 떠오른 것이 있었지. 나는 의체에 내장된 매뉴얼을 뒤져 가시 주파수를 바꿔보고는 놀라서 서리의 손을 쳐내 고철 조각을 날려버렸어. 금수가 그걸 쫓아 방향을 틀더니 고개를 파묻었어. 그건 먹고 있는 거였어. 고철에서 방출되는 방사성 에너지를 말이야.

"뭐 하는 거야?"

힘 조절을 못 했는지 서리가 손을 감싼 채로 날 노려봤어. 나는 서리를 보고 뒷걸음칠 수밖에 없었는데, 꼭 그 애의 표정이 무서웠기 때문만은 아니었어. 그 애가 온통 보라색으로 보였기 때문이야. 구체적으로는 붉은색과 보라색이 섞인 심홍색이었는데, 시야에 딸린 태그에 따르면 그건 고위험 감마선에 노출된 결과였지.

서리는 한계에 도달해 있었어. 그 애와 금수의 등에서 맡은 냄새는 산화된 쇠붙이 냄새가 아니라 그 애가 토하고 미처 닦아내지 못한 피 냄새였던 거야. 생의 절반도 더 넘는 시간을 초소형 핵 반응로를 심장처럼 사용하는 금수의 곁에서 보내면서 서리의 생명은 빠르게 소진되었던 모양이야. 그리고 나를 데려다준 핵 시설에서 결국 생을 마감했던 거야.

그래서? 나는 서리의 얼마 남지 않은 생명을 대가로 무얼 얻었지?

아무것도.

버려진 우라늄 저장고에 로켓의 잔해가 있기는 했어. 하지만 그것은 현이 짐작한 대로 우주선이 아닌 미사일의 잔해였어. 그것도 추진체가 없는 탄두의 잔해일 뿐이었지.

나의 탈출을 우리의 순간들로 미분하면

저장고에 있는 것도 내가 추진제로 사용하기에는 이미 반감기가 제법 지난 데다 다른 클라라의 아이들이 처리를 한 뒤인지 서리의 금수가 먹을 만한 것조차 찾을 수 없는 정도였어. 비록 서리한테는 최후의 임계치를 넘기는 방아쇠가 돼버렸지만 말이야.

피를 토하고 쓰러진 서리는 그저 올 것이 왔다는 듯한 얼굴이었어. 내가 그 애를 안으려고 다가가자 죽음이 임박했다고는 도저히 믿기지 않는 눈빛으로 날 저지시키고는 서리가 말했어.

"가. 난 여기 남을 거야. 그게 전통이니까."

"하지만 그러면 죽어!"

"안 그래도 죽어."

"혹시 소연이라면 방법이……."

서리가 어느 때보다도 큰 소리로 코웃음을 쳤지.

"그 악마 놈의 하수인한테 욕보이는 건 천둥벌거숭이 같은 봄 하나면 족해."

나는 도저히 어찌할 바를 몰랐어. 결국 내가 할 수 있는 거라곤 그 애가 마지막까지 추위에 떨지 않도록 몸을 덥힐 불을 만드는 것뿐이었어. 그 애는 몸을 부르르 떨며 한결 포근해진 얼굴로 말했어.

"고마워……. 봄한테 이 꼴을 보인다는 생각만으로도 진절머리가 나. 그렇다고 혼자 죽는 것도 싫고. 무섭잖아, 그건."

나는 그 애 손을 꼭 잡았어. 그 애가 움찔하는 게 느껴졌지만, 이내 내 손을 마주 잡았지. 꼬옥.

서리는 아이가 된 것처럼 종알종알 이야기했어. 아니, 서리는 아이였어. 밸리에서였다면 서리는 여전히 학교생활을 하고 있었을지도 몰라. 그런 서리는 무얼 하고 싶어 할까? 아마도 의사를 꿈꾸며 유사 뇌구조를 공부하지는 않을까?

"나는 의술을 배우고 싶었어. 그래서 엄마랑 봄이랑 그 밖에 우리 부족 사람 모두를 아프지 않게 해주고 싶었는데. 그러면 우리는 더 이상……"

그렇게 서리는 떠났어. 나는 서리가 탈출한 거라고 생각했어. 그러면 슬픔이 조금은 가시는 것 같았거든.

그게 그렇게 거짓이기만 한 건 아닌 것 같아. 결국 내가 지금 여기 있는 이유도 그것일 테니까 말이야.

내가 이야기를 마치자 현은 그렇군요, 하고 고개를 끄덕거렸어. 달리 뭐라 하지는 않았는데 애초에 그럴 생각이 없었던 것 같아. 하지만 나는 현에게 이야기를 하면서 서리의 마지막을 돌아볼 수 있었어.

내가 가야 할 길의 끝에 뭐가 있을지도.

봄은 금방 돌아왔어. 역시나 혼자였지. 그런데 옷이고 손이고 온

통 흙투성이였어. 내가 물었지.

"파헤친 거야?"

"얼굴은 봐야 할 거 아냐. 더럽게 꼼꼼히도 해뒀더라."

"그냥 교과서에서 본 대로 한 거야. 그게 그 애가 말하는 전통이 니까."

"전통은 얼어 죽을."

봄은 땅에 대고 침을 퉤, 뱉는 척했어. 그러더니 정원 한쪽에 누 워 있는 서리의 금수를 흘겨봤어.

"저건 뭐 하러 데려왔어? 어차피 곧 굶어 뒈질 텐데."

"나만 따라다니는 걸 어떡해? 아무래도 이 몸에서 나오는 미 소 방사능 때문인 것 같아. 근데 얘네도 죽어? 그냥 잠드는 게 아니 라?"

"그거나 그거나. 소연 말로는 잠든 애들을 수거하는 놈들이 있 대. 그럼 결국 끌려가서 해체되는 거야. 죽는 거라고."

하필이면 그 순간 서리의 금수가 고개를 들더니 내 쪽을 쳐다보 는 바람에 괜히 마음이 안 좋아졌어. 그래서 다가가서 내 손을 녀석 의 코 쪽에 대줬지. 기분 전환이라도 하라고 말이야.

글쎄, 내가 너무 쉽게 생각한 것 같아. 우주가 저기 머리 위에 쏟 아져 내릴 것처럼 들어차 있는데, 저게 클라라가 만든 가짜가 아니라는 사실을 도대체 어떻게 증명할 수 있는 거지?

이런 내가 너한테는 어떤 모습으로 보일까?

추신. 봄이 내 편지를 받을 때마다 내뱉는 한숨의 의미를 이제는 알 것도 같아. 밸리에서의 나도 너에게는 한숨짓게 하는 사람이었을까?

추추신. 많이 미안해.

***

이미 알겠지만……

마지막 편지

이 말을 다시 하게 될 거라고는 정말이지 생각 못 했는데, 물론 그건 듣는 너 또한 마찬가지겠지. 그렇다고 하지 않을 수는 없을 거야. 왜냐하면 이게 진짜 마지막 편지니까.

네가 봄을 통해 이 편지를 받게 되는 시점에는 밸리에도 무슨 소식이 닿아 있을까? 나는 그러길 바라. 최소한 그 정도의 영향도 미치지 않는다면 내 행동이 너무 보잘것없어지잖아.

이기적인 행동을 하는 김에 조금만 더 이기적으로 굴자면, 네가 그 소식을 접하고 놀라거나 슬퍼하지는 않았으면 좋겠어. 아니, 너는 틀림없이 담담하게 받아들일 거야. 너는 이 결말을 이미 알고 있었을 테니까. 그렇지 않다면 내가 이곳에서 로켓을 제작하겠다고 한 얘기를 보고서 그토록 아무 말도 하지 않을 순 없어. 안 그래?

한가하게 감상에 젖은 척하고 있었던 게 나만이 아니었던 거지. 겉으로는 펜스 님의 소식을 전하고 나를 나무라면서 너는 어떤 심정이었을까? 나와 같았을까? 오히려 더 아팠을까? 너한테 저지른 잘못은 저곳에서 두고두고 갚을게. 우주에서.

지구의 중력을 탈출할 수단을 결국 찾았어. 서리의 금수가 그 해답이었어.

내가 너무 '인간적'으로 문제를 바라보고 있었던 거야. 어찌 보면 당연한 게, 밸리에서 수집해 온 자료 대부분이 밸리 이전의 사람들이 만든 거니까. 밸리의 전자 인간이나 나 같은 나노봇으로 구성된 인간이 아닌 고대의 인간들에게 금수는 자율적으로 움직이는 핵발전소일 뿐이지. 감히 그걸 추진체로 쓸 엄두는 낼 수 없어. 우주라는 무덤으로 뛰어들 생각이 아니라면 말이야.

생각의 전환을 하게 해준 건 소연이었어. 금수가 결국 수면 모드로 전환됐고, 소연 말대로라면 48시간 후에 또 다른 클라라의 아이가 수거를 위해 찾아올 거였어. 그런데 소연이 이런 말을 하는 거야.

"지금이라도 이 애를 다시 깨우면 수거는 되지 않아."

"하지만 결국은 될 거잖아요."

내가 말하니까 소연은 팔짱을 끼고 날 빤히 봤어.

"왜, 왜요?"

"넌 어차피 빨리 사람이 됐는데 우주를 왜 증명하고 싶어 하는 건데?"

나는 두 주먹을 불끈 쥐었어.

"그러고 싶으니까요."

소연이 다시 표정을 풀었어. 그러고는 잠들어 있는 금수를 보았지.

"쟤도 똑같아. 어쨌든 동물을 모방해서 만든 거잖아. 생물치고 죽고 싶어 하는 존재가 어디 있겠어. 죽음으로부터 달아나고 싶은 건 다 같아."

"죽어야만 하는 경우라면요?"

소연이 날 보고는 조금 있다가 말했어.

"글쎄. 하지만 결국 달아나고 싶다는 건 같지 않아? 네가 우주로 가고 싶어 하는 것처럼. 죽을지도 모르지만, 아니 확실히 죽겠지만, 어쨌든 달아나는 거잖아. 지구에서. 지구에 사는 사람들한테서. 아니야?”

나는 고개를 끄덕였어.

“근데 방법이 없어요. 우주로 나갈 방법이. 로켓캔디로는 한계가 있고, 고대 핵 시설에는 이미 처리가 끝난 폐기물밖에……”

“로켓을 만들겠다면서 그게 다야?”

나는 부끄러웠어. 소연의 말대로 나는 고작 이 정도로 이런 일을 벌였던 거야. 소연은 한숨을 내쉬고는 내 손을 잡았어. 그리고 지식을 전송해줬지. 로켓 제작과 관련한 내용은 나도 아는 거였어. 그런데 내가 모르는 것이 뒤이어 물밀듯이 들어왔어. 금수에 대한 정보였어. 특히 심장부인 핵 반응로의 파괴력에 대한 계산식이 마지막으로 머릿속에 들어온 즉시 나는 깨달았어.

금수를 타고 우주로 갈 수 있다는 것을.

나는 몸서리치며 소연한테서 떨어졌어. 가빠진 숨을 고르며 내가 말했어.

“설마 금수를 로켓으로 쓰라는 거예요? 수거되는 대신에?”

“왜, 끔찍한 소리 같아?”

“당연하죠!”

소연은 어깨를 들썩이며 말했어.

“기계적으로 메모리 하나 안 남기고 제거되는 것과 의식이나마 유지한 채로 누군가와 함께하는 건 다른 거 아닌가? 그게 아니라면 의식뿐인 밸리는 대체 무슨 의미가 있는 거지?"

그러고는 소연이 작은 플라스마 단검을 꺼내 자기 손가락을 잘랐어. 나는 놀라서 소리를 질렀지. 그러니까 소연도 덩달아 움찔하더니 손가락을 놓치고 말았어. 바닥에 떨어진 손가락은 어느새 내장된 나노봇에 의해 상처가 아물어서 꼭 모형처럼 보였는데, 말하자면 금수의 고형 음식이 된 셈이야. 소연이 그걸 주워 나한테 던져주며 말했어.

"놀랐잖아. 이걸로 당분간은 문제없을 거야. 결정은 네 몫이지. 난 네가 살던 곳의 책임자로서 할 수 있는 일을 할 뿐이야."

그래서 그걸로 금수를 깨웠어. 소연의 손가락이었던 것을 입에 넣자 금수의 심장부가 다시 움직였지. 그 소리를 들으며 내가 말했지.

"근데요, 그 말이요, 의식이나마 유지한 채로 누군가와 함께하는 건 다르다는. 좀 구차한 것 같아요."

"산다는 게 그런 거지."

그리고 소연이 알려준 대로 금수에 직접 접촉해서 제어판에 들어갔는데…… 그 순간 금수가 눈에 불을 켜고 우리한테 주둥이를 벌렸어. 나는 금수와의 연결이 끊어지기 전에 읽은 메시지를 소연한테 소리쳐 말했지.

"비허가 접속이 감지됐대요! 이게 뭐예요!"

"나는 바로 메모리를 날려버렸었거든. 제어판 접속 같은 건 안 해봐서."

금수가 시뻘건 눈으로 우릴 보고 짖었어.

"그게 뭐예요!"

"왜, 그래도 재밌잖아. 즐겨."

방화벽이 작동한 금수가 우릴 향해 달려들 기세로 몸을 웅크렸어. 나는 어쩔 줄 몰라 소연만 잡고 늘어졌고. 저 기계 주둥이에 물리면 제아무리 나노기술이래도 깡통 찌그러지듯 구겨질 거란 생각에 뭘 할 수가 없겠더라고. 그때였어. 어디선가 달려온 봄이 그대로 금수를 들이받아 함께 산 아래를 굴렀어.

"쟤도 물건이라니까."

그렇게 말하고 소연이 날 그쪽으로 밀었어.

"수거 팀은 내가 붙들어볼 테니까 가서 살아. 네 방식대로."

소연의 미소를 뒤로하고 나는 산비탈을 거의 내달리듯 내려갔어. 한참을 가서야 봄이 금수를 뒤에서 끌어안고 있는 게 보였어. 봄이 날 보고는 외쳤어.

"타!"

"어, 어쩌게?"

"일단 타!"

나는 금수의 뒤로 돌아가 봄의 뒤로 뛰어올랐어. 그러자 봄이 내 팔을 잡아끌었어.

"뭐 하는 거야?"

"조종해야지. 미끼가 필요해."

"근데 왜 내 팔을……."

"너 때문이잖아, 이 모든 소동이!"

결국 나는 인간 낚싯대가 돼서 내 팔을 미끼 삼아 금수의 방향을 유도했어. 봄이 말했어.

"서리랑 갔던 데, 거기로 가."

우리는 다시 서리가 잠들어 있는 핵 시설로 갔어. 한눈에 봐도 봄이 파헤쳤다 도로 덮은 곳에서 우리는 금수를 멈춰 세웠지. 봄은 아무 말 없이 금수를 제어하기 시작했어. 금수의 두 눈은 여전히 벌겋게 충혈된 것처럼 보였지만, 빳빳이 경직된 사지는 다소 누그러진 듯했어. 봄이 금수의 제어판을 들여다보는 듯 멍한 눈으로 말했어.

"설계도, 보내."

나는 내가 다운받아 온 로켓 제작 도면과 방정식, 그리고 소연의 주석 딸린 계산식을 봄에게 전송했어. 봄은 살짝 얼굴을 구겼어.

나의 탈출을 우리의 순간들로 미분하면

"이런 건 아무리 들어도 모르겠더라. 결론은 이 녀석의 심장을 쓰겠다는 거잖아."

"그리고 내가 탈 수 있게 내부를 비워줘. 아, 메모리 날려버리지 말고!"

"내가 그 인간인 줄 알아?"

"모르는 사람이 보면 모녀지간이래도 믿을걸."

"죽을래?"

"죽더라도 저 바깥에서 죽을 거야."

봄은 씩 웃고는 작업을 계속했어. 금수는 그야말로 변신에 변신을 거쳤는데, 꼭 늑대를 테마로 한 바이크 같아졌어. 그 안에는 내가 들어갈 수 있게 공간이 마련됐고, 거기 있던 심장은 뒤에 달렸지. 봄이 고개를 갸웃거렸어.

"이거, 식 맞아?"

"확인했어. 매일 밤마다."

"그럼 내 계산 모듈이 이상한가?"

나는 봄에게 말해주고 싶었어. 네 모듈은 틀리지 않다고.

"아닌데, 이상한데, 이거. 네가 다시 봐봐."

"안 봐도 돼."

봄이 돌아온 초점을 나한테 맞췄어.

"너…… 그냥 하는 말 아니었어?"

나는 바이크로 변한 금수를 하늘을 향해 세우고 그 안에 들어갔어. 얼어붙은 듯 꼼짝 않고 서 있는 봄을 돌아봤지.

"편지 전송할게. 마지막이야. 그동안 고마웠어, 봄."

"걔도 알아? 네가 무슨 정신 나간 짓을 하려는지?"

"짐작했을 거야. 어쨌든, 이젠 확실히 알게 되겠지."

봄은 이를 악물었어.

"으, 됐어. 다 지 하고 싶은 대로 하는 거지. 편지 줘."

"잠깐만."

그렇게 나는 이 편지를 쓰고 있어.

있잖아, 밸리에서 너한테 보내는 메시지를 작성할 때와 달리 지금은 조금도 무섭지가 않아. 그럴 수가 없어. 왜냐하면 감정 모듈을 완전히 꺼버렸거든. 그렇게 안 하면 이 짓을 두 번 할 수 없을 것 같아서. 나쁘지 않은 선택이라고 생각해.

그래서 널 그리는 것도 멈춰야 하는데, 이상하게 네가 계속 생각나. 말했듯이 너는 나한테 일종의 습관이기 때문일까? 내가 밸리에서도 당황하면 말을 더듬고 손을 가만두지 못하는 것처럼, 그저 습관처럼 너를 떠올리는 것일까? 정말 그렇다면 습관이란 그 얼마나 무서운 것인지. 그리고 얼마나 위대하고, 또 소중한 것인지. 그렇게 소중한 너를 나는 다시 한번 놓는다.

　나의 그늘진 삶에 함께해줘서 고마웠어. 이제야 드는 생각인데, 어쩌면 이런 내가 너한테는 또 다른 중력의 족쇄였을지도 모르겠다. 우리의 관계가 실은 블랙홀과 그 주변을 도는 백색왜성 같은 거였을까? 그 끝은 결국 파국일 뿐인데.

　블랙홀 같은 나의 소멸이 너에게 자유가 되길. 이제 그만 나한테서 탈출하기를.

　끝까지 이기적인 바람을 품으며, 너에게 안녕을 전한다.

　마지막 추신. 펜스 님과 사람들이, 그리고 밸리가 변화하는 날이 오면, 내가 살던 복지원에 찾아와보겠어? 혹시 모르잖아, 그곳에서 네가 또 다른 중력원을 발견할지. 너를 집어삼키는 블랙홀이 아닌 두 발을 붙일 단단한 대지를. 그랬으면 좋겠네. 그럼…… 안녕.

재시작 버튼

이산화

팔레르모 소령과 케슬러 중위가 탑승한 신형 유인 우주선 'BMAX'가 다섯 번째로 추락하기 시작할 때쯤, 두 사람은 자신들이 반복되는 시간 속에 갇혔음을 비로소 눈치챘다. 상식선에서 쉽게 다다를 만한 결론은 아니었다. 똑같은 위기 상황이 네 번 되풀이되는 동안만 해도 둘은 이것이 악몽이나 환각, 혹은 기묘한 형태의 주마등 같은 것이리라 추측하고 있었다.

　원래 케슬러 중위는 마지막 가능성이 특히 유력하다고 생각했다. 궤도 선회 시험운행 임무를 성공적으로 마치고서 대기권으로 재돌입하려 엔진을 점화하자마자 펑 소리와 함께 몸을 덮쳤던 충격도, 간신히 눈을 떴더니 우주선이 이미 지구로 곤두박질치고 있었던 소름 끼치는 기억도, 약 4분간의 속절없는 자유낙하 끝에 결국 지면에 격돌하던 마지막 순간의 굉음도 전부 똑똑히 기억났으니까. 그러니 그 직후 정신을 차린 자신이 여전히 곤두박질치는 우주선 조종석에 앉아 있는 상황은 죽어가는 뇌가 부린 마지막 재주일 수밖에 없단 것이 중위의 논리적 결론이었다. 하지만 그다음에도, 또 그다음에도 똑같이 앉아 있다가 똑같이 손도 못 쓰고 땅바닥에 내리꽂히는 꼬락서니를 경험하고 나서까지 같은 결론을 고집할 순 없는 노릇이었다. 어느 샌가부터 조종간을 놓아버리고선 모니터 구석만 멍하니 쳐다보던 팔레르모 소령이 이렇게 중얼거리는 소릴 듣고 나서는 더더욱.

"3분 54초. 이번에도 똑같……."

그 말과 함께 우주선은 다섯 번째로 지면에 충돌했다. 자신들이 단순한 추락 사고 이상의 무언가 기묘한 일에 휘말려버린 것이 틀림없다는 두 사람의 확신과 함께.

***

"아니, 나도 처음엔 더 말이 되는 가능성을 검토하고 있었단 말이야. 내가 느낀 게 땅에 부딪혔을 때의 충격이 아니었다든가, 아니면 한 번 부딪혔다가 튀어 올라서 다시 추락하는 중이라든가, 뭐 그런 상황도 있을 수 있잖아. 근데 정신이 들고 나서부터 충격을 느낄

재시작 버튼

때까지의 시간이 매번 똑같았다면? 그때부턴 다른 가설론 설명하기가 힘들어지는 거지. 중위, 내 말 따라오고 있어?"

"진작 이해했으니까 그만 설명하셔도 됩니다, 소령님."

잔뜩 흥분해선 열변을 토해대는 팔레르모 소령의 목소리를 한 귀로 흘리며, 케슬러 중위는 여섯 번째로 낙하하기 시작한 우주선 내의 상황을 다시금 냉정하게 파악하려 애썼다. 비좁은 조종석, 갖가지 경고창으로 도배된 모니터, 그리고 승무원 두 명. BMAX의 첫 임무인 이번 시험비행의 총책임자는 팔레르모 소령이었지만, 그는 연방군 소속으로 연구 과제를 수행하기 위해 명목상의 소령 계급장을 달았을 뿐 실제로는 '팔레르모 박사'라고 불리는 데에 훨씬 익숙한 인물이었다. 소령이 지금껏 해왔다는 블랙홀과 우주 방사선과 궤도 이탈 혜성 연구는 중위에겐 그저 뜬구름 잡는 얘기에 지나지 않았다. 반면에 소령이 발사 및 재돌입 시뮬레이션 훈련 첫날 내내 실수란 실수는 전부 저지르더니, 다음 날엔 술에 취한 채 나타나서 똑같은 실수를 더 참담한 규모로 저지르던 광경만큼은 틀림없는 현실이었다. 이 전무후무한 위기 속에서 뭐라도 할 수 있는 사람은 자신밖에 없으리라는 무거운 책임감이 케슬러 중위의 어깨를 짓눌렀다.

"확실히 말할 수 있는 것부터 정리해보겠습니다. 현재 우리 우주선은 추락 중이고, 그 원인은 재돌입 과정에서 엔진 네 개 중 셋이 기능을 상실했기 때문입니다."

"메인 경고창에도 그렇게 나와 있네. 통신은?"

"여러 번 시도해봤지만, 소득은 없었습니다. 엔진 폭발의 충격으로 통신 시스템 전체가 정지해버린 듯합니다. 그보다 더 심각한 사안은 그, '반중력식 관성 감쇠 장치'가 아예 응답하지 않는 것 같다는 부분입니다만."

문제의 '반중력식 관성 감쇠 장치'라는 건, 케슬러 중위가 이해한 대로라면 중력을 어떻게 잘 조작하여 일종의 시공간적 낙하산을 만들어내는 기계였다. 중력을 조작하지 않아도 멀쩡히 작동하는 종래의 낙하산 대신 그런 장비를 굳이 채택해야 할 이유가 무엇인지까지는 중위도 도무지 이해할 수가 없었다. 연방이 보유한 최첨단 기술력을 온 세상에 자랑스레 선보일 상징적 이벤트가 필요하다는 사령부의 판단도, "어떻게 우주비행사들의 안전을 천 쪼가리 따위에 맡기겠느냐?"라는 장치 제조사 CEO의 자의식 가득한 SNS 메시지도 무색해진 지금 같은 상황에서는 더더욱. 높으신 분들의 뻔뻔하기 그지없는 낯짝이 중위의 눈앞을 휙 스쳐 지나갔다. 팔레르모 소령이 주머니에서 부스럭부스럭 꺼내 뜬금없이 던져준 작은 캐러멜도 함께였다.

"지금 이걸 먹으란 겁니까?"

"아니, 반중력 장치가 아주 맛이 간 건 아니라고 보여주는 거잖아. 자유낙하 도중이면 캐러멜이 무중력 상태에 있는 것처럼 움직여야 하는데, 방금은 안 그랬거든. 선외 모듈은 망가졌지만 적어도 조종석 안에서는 어느 정도 작동하고 있단 소리지."

"선외에서 작동을 안 하면 의미가 없을 것 같습니다만."

"그래도 정확히 아는 건 중요하잖아. 캐러멜은 먹어도 돼."

팔레르모 소령이 캐러멜을 가지고 헛소리를 하는 동안, 우주선과 지면 사이의 거리는 시시각각 줄어만 갔다. 케슬러 중위는 남은 엔진 하나를 가지고 어떻게든 감속을 시도했지만 헛수고였다. 조종간을 어떻게 밀고 당기든 엔진은 꼼짝도 하지 않았으니까. 조종 장치까지 통째로 고장 났기 때문은 아니었다. 중위가 모니터에 떠오른 내용을 급히 읽고 파악한 바에 따르면, 이건 오히려 그 정반대 이유 때문이었다.

"안전실패 시스템은 정상 작동 중입니다. 그 시스템이 엔진 노즐 방향을 고정해둔 이상, 우리가 자체적으로 변경할 방법은 없습니다."

"그건, 음, 관점에 따라선 다행이라고 봐줄 수도 있겠는데."

무책임한 발언이었지만, 중위가 생각하기에도 완전히 틀린 말까지는 아니었다. 안전실패 시스템이란 임무가 설령 실패할지언정 최악의 사태만은 낳지 않도록 보장하기 위한 자동운행 프로그램이니까. 만일 임무 도중 불의의 사고가 발생해 누구도 우주선을 제대로 제어할 수 없는 상태가 되면 시스템은 즉시 조종 권한을 획득하고, 작동 가능한 엔진과 연산 능력을 총동원해 인명 피해를 최소화할 방법을 찾아낸 뒤 그대로 실행한다. 조종사를 구할 수 있는 상황이라면 물론 구하겠지만, 그럴 수 없다면 우선순위는 BMAX가 인구 밀집 지역을 피해 떨어지도록 유도하는 것. 이렇게 한번 목적지가 결정되고 나면 손쓸 방법은 없다. 혹시라도 조종사들이 자의적 판단으로 방향을 잘못 꺾었다가 더 큰 참사를 일으킬 수도 있으니.

"안전실패 시스템이 잘만 작동해준다면 바다나 산에 추락할 테니, 이번 임무의 사망자가 둘보다 많이 나오지는 않을 겁니다. 그런 면에서는 확실히 마음이 놓이는군요."

"난 바다보단 산이 좋은데, 중위 생각은 어때? 육지에 떨어져야 현장에 우리 추모비라도 세워줄 거 아냐?"

이건 무책임한 데다가 완전히 틀려먹은 말이라고 생각하면서도, 중위의 시선은 경고창에 적힌 목적지 좌표를 무의식적으로 곁눈질했다. 좌표만 보고 추락 장소를 바로 알아낼 수 있으리라고 딱히 기대한 건 아니었다. 그렇기에 문제의 좌표가 이상하리만치 낯익단 사실은 오히려 중위를 한껏 당황케 했다. 저기가 대략 어디쯤이더라? 내가 저길 어떻게 알고 있지? 바다는 확실히 아니고, 연방 영토도 아니고, 그럼 그 임무 때 들었나? 아, 설마, 말도 안 돼…….

"저기, 중위? 무슨 문제라도 생겼어? 여기서 문제가 더 생길 수도 있나?"

"네, 소령님. 지금까지보다 훨씬 심각한 문제입니다."

도착까지 이제 10초도 채 남지 않은 목적지의 이름이, 케슬러 중위의 떨리는 목소리를 타고 조심스레 조종석 안으로 흘러나왔다.

"이 우주선은 야르콥스크 중앙 고지에 충돌할 예정입니다."

***

추락하기 시작한 우주선 조종석에서 다시 눈을 떴을 때, 케슬러 중위는 팔레르모 소령이 '야르콥스크 중앙 고지'라는 장소의 의미를 전혀 알지 못하리라는 사실을 떠올렸다. 알고 있었다면 충돌 직전에 그런 표정으로 자길 빤히 쳐다보진 않았으리라. 소령의 잘못은 아니었다. 소령 계급장을 달고 있을 뿐인 과학자에게 연방군 상층부가 모든 군사정보를 공유해줄 리는 없으니까. 기껏 머리를 굴려서 이렇게 이해해버린 것도 무리는 아니리라.

"야르콥스크면 공화국 영토지? 완전 산동네인 거기. 우리가 거기 떨어지면 뭐, 외교 문제라도 생기나?"

"그런 차원의 이야기가 아닙니다, 소령님. 야르콥스크 중앙 고지에는 공화국의 군사시설이 세워져 있습니다. 첩보를 통해 알아낸 정보이고, 공화국에서는 그 존재조차 공식적으로는 부정하고 있습니다만."

"아, 확실히 없는 시설을 가지고 외교 문제를 제기할 순 없겠네. 그럼 뭐가 문제야?"

"첩보에 따르면 야르콥스크 중앙 고지에 세워진 시설은 공화국의 자동화 방호 체계, 이른바 '마엘스트롬 시스템'의 핵심을 담당하고 있는 듯합니다."

그 말에 팔레르모 소령의 얼굴이 순간 어두워졌다. 나지막이 중얼거리는 목소리에도 조금이나마 진지함이 묻어났다.

"그 얘긴 도시 전설인 줄 알았는데."

"실존하는 시스템입니다. 연방의 핵 공격 징후를 감지하면, 설령 사령부가 그 공격으로 전멸해서 명령을 내리지 못하더라도 공화국 전역의 핵무기를 자동으로 연방 영토에 발사하게 되어 있습니다. 같이 죽기 싫으면 핵을 쏠 생각은 하지 말라는 논리입니다."

"난 가끔 인류가 지난 세기를 어떻게 지나왔는지 궁금해. 계산해봤는데, 그딴 물건이나 만드는 문명은 확률적으로 진작 멸망했어도 이상하지 않다고."

정확히 같은 역할을 하는 시스템이 연방에도 있단 말을 케슬러 중위는 굳이 입 밖에 내지 않았다. 통제 불가능한 상황에서 최악의 참사를 피하기 위해서가 아니라, 오히려 최악의 참사를 만들어내기 위한 시스템의 존재는 어차피 뜬소문으론 널리 퍼져 있었다. 어느 한쪽이라도 핵무기를 사용하면 즉시 전면적 핵전쟁이 시작될 것이며, 연방과 공화국 양쪽 체제가 완전히 잿더미로 변한 뒤에도 자동화 시스템은 승자도 패자도 없는 무의미한 전쟁을 계속하리라…… 문제는 종말의 스위치를 누르는 주체가 꼭 핵무기 공격이리란 보장은 없단 사실이었다.

"야르콥스크는 마엘스트롬 시스템이 있단 걸 제외하면 전략적으로 전혀 의미가 없는 오지이고, 내륙 깊숙한 곳에 있으니만큼 우리 연방이 타격할 방법은 사실상 탄도미사일뿐입니다. 다시 말해 야르콥스크가 공격을 받는다면, 공화국은 우리 연방이 공화국의 핵 방호 체계를 무력화하고자 일부러 마엘스트롬 시스템을 노렸다고 해석할 것입니다. 핵전쟁을 일으키기 위해서 말입니다. 그리고 제 예상으론, 마엘스트롬 시스템 자체에도 그런 상황에 대응할 수단이 이미 마련되어 있을 것입니다."

"시스템 중심부가 공격을 받아서 멈춘다면, 그 자체를 핵 공격 징후로 파악해서 반격에 나설 거라는 소리네. 공화국 사령부에서 멈출 새도 없이."

"물론 정말로 공격을 받은 것인지 확인할 새도 없이 말입니다."

잠시 침묵이 흘렀다. 그 잠시간에 두 사람의 머릿속에서 펼쳐진 상상은 어느 하나 참담한 꼴이 아닌 게 없었다. 무너지는 건물, 타오르는 폭풍, 낙진, 비명, 시체와 황무지. 한 줌의 모래로 변해버린 문명의 잔해를 허공에서 내려다보던 팔레르모 소령이 먼저 입을 열었다. 누군가의 잘못을 추궁하려는 것이 아니라고 필사적으로 해명하는 듯한 말투로.

"혹시 말인데, 야르콥스크 중앙 고지 얘기가 우리 쪽 프로그래머들한테는 전달이 됐어? 나야 몰라도 상관없지만, 안전실패 시스템을 제대로 만들려면 그 사람들만큼은 우주선이 절대 떨어지면 안 될 장소가 어딘지 알아야 하잖아."

"그게, 죄송하지만 그, 기밀 사항이었습니다."

"어쩐지 그랬을 것 같더라."

그렇게 말하고서 팔레르모 소령은 느긋이 모니터로 눈을 돌렸다. 우주선은 여전히 목적지를 향해 순조로이 떨어지는 중이었다. 최소한의 인명 피해를 내도록 철저히 계산된 장소를 향해, 동시에

재시작 버튼

인류 문명의 재시작 버튼을 향해.

***

"저기, 이건 진짜 근거 없는 추측이긴 한데."

다시 눈을 뜨자마자 팔레르모 소령이 뜬금없이 그렇게 입을 열자, 케슬러 중위는 대체 얼마나 근거 없는 추측이 나올까 두려워 무심코 침을 꿀꺽 삼켰다. 잠깐 뜸을 들이고서 소령이 내뱉은 말은 과연 사실무근이긴 했다. 적어도 과학자가 할 말이란 생각은 들지 않았다.

"그것 때문에 시간이 계속 되돌아가는 거 아닐까? 우리가 이대로 야르콥스크에 떨어지면 인류가 멸망할 테니까. 그런 일만은 일어나지 않아야 한단 누군가의 의지가 이 상황에 개입하고 있는 거지."

예상치 못한 발언에 중위는 빤히 눈만 깜박였다. 소령이 재빨리 설명을 조금 덧붙였다.

"아까 내가 그랬잖아. 지난 세기에 우리가 뭘 만들었는지 생각해보면, 인류 문명은 확률적으로 이미 멸망했어야 한다고. 하지만 실제론 뭐, 아주 좋진 않아도 어떻게든 버티고는 있지. 이게 정말로

운이 좋아서 그런 걸까? 어쩌면 어느 높으신 분이 스위치를 잘못 누르든, 문서에 서명을 잘못하든 해서 모든 게 잿더미가 될 때마다 시간이 그 직전으로 되돌아가고 있는 걸지도 몰라. 인류 멸망에 책임이 있는 사람이 다른 결정을 내릴 수 있도록. 어때? 말 되지 않아?"

"……소령님께서 그렇게 생각하신다면."

딱히 비아냥거린 건 아니었다. 중위는 비록 과학자는 아니었지만, 시간 역행처럼 이상한 현상을 설명하려면 그만큼이나 이상한 가설이 필요하단 것쯤은 잘 알았다. 이상한 가설을 내놓는 건 자신이 아니라 과학자의 일이란 사실도. 중위가 할 수 있는 일은 어디까지나 비전문가로서 소령의 가설에 몇 가지 질문을 던지는 것뿐이었다.

"하지만 문명이 멸망하지 않게 누군가 시간을 되감고 있다면, 왜 하필 4분씩이겠습니까? 더 멀리까지 되감으면 좋지 않습니까. 재돌입을 시작할 때나, 아니면 아예 발사하기 전이나 말입니다."

"흠, 글쎄. 우리가 뭔가 손을 쓸 수 있는 건 충돌하기 4분 전부터잖아? 그 전에는 정신을 잃은 채였으니까. 어쩌면 인류를 구할 이성적 결정이 마지막으로 가능했던 바로 그 순간까지만 시간을 되감도록 운영 방침이 정해져 있을지도 몰라. 가장 가까운 인적 없는 장소로 우주선을 떨어뜨리도록 정해져 있는 안전실패 시스템처럼."

"인류를 구하려는 의지가 그렇게 기계처럼 작동한단 말입니까?"

"그러지 말란 보장도 없잖아. 더 섬세하게 신경을 쓰고 있었다면 애당초 마엘스트롬 시스템 같은 건 만들어지지도 않았겠지. 지난 세기가 그렇게 흘러가지도 않았을 테고."

"시간은 되돌아가는데 우리 기억은 멀쩡히 남아 있는 것도 그래서고요?"

"아, 그건 조금 알 것 같아. 반중력식 관성 감쇠 장치가 조종석 내에서는 잘 작동하는 것 같다고 내가 말했지? 그것 때문에 이 안의 시간 흐름이 외부하고 약간 차이가 생겼을 거야. 구체적으로 얼마나 달라질진 계산해봐야 알겠지만, 아무튼 중요한 건 그게 아니지. 이 조종석은 바깥이랑 시간이 다르게 흘러. 그래서 똑같이 되돌아가지도 않는 거라고 난 생각해."

케슬러 중위가 어떤 질문을 던지든, 팔레르모 소령은 약간 들떴을 뿐 놀랍도록 태연한 목소리로 능숙하게 대답했다. 그게 그냥 아무 말이나 주워섬기는 건지, 아니면 정말로 머릿속에 무슨 논리가 서 있어서 나오는 말인지 중위는 전혀 판단할 수 없었다. 다만 한 가지만큼은 확신할 수 있었다. 만일 소령의 머릿속에 이 상황을 설명할 논리가 확고하게 존재한다면, 다음 물음이야말로 그 논리가 지닌 가치를 잴 수 있을 터였다.

"소령님 말씀대로라면, 시간이 되돌아간 직후부터 우주선이 야르콥스크 중앙 고지에 충돌하기까지의 약 4분 동안 우리가 인류 문명의 멸망을 막을 방법이 존재한다고 이해해도 되겠습니까?"

"뭐어, 말하자면 그렇게 되지."

"그 방법이 무엇인지도 혹시 짐작이 가십니까?"

진지한, 거의 절박한 목소리로 케슬러 중위가 물었다. 그 진지한 절박함에 진심으로 화답하려는 듯 팔레르모 소령의 얼굴에서도 웃음기가 싹 사라졌다. 그런 얼굴로 되돌려준 답변의 내용은 이러했다.

"이제부터 같이 찾아보자. 어차피 시간은 많아!"

그 순간 우주선이 인류를 멸망시킬 운명의 목적지에 다시금 도달했기에, 케슬러 중위는 차마 뭐라고 항의조차 못 한 채 그대로 짜부라지고 말았다. 하지만 그 정도는 이제 대수롭지도 않은 일이었다. 팔레르모 소령 말마따나, 어차피 시간은 많았으니까.

***

정신을 차리기가 무섭게 일단 무책임한 발언에 대한 항의부터 퍼부은 다음, 케슬러 중위는 팔레르모 소령의 주장대로 인류 문명을 구할 방법을 찾아내고자 비좁은 조종석 내부를 재차 샅샅이 뒤져나갔다. 쉬운 일은 아니었다. 제대로 작동하는 장치가 하나도 없단 사실은 이미 몇 번이고 확인해둔 뒤였으니까. 중위가 가장 희망을 걸었던 건 어떻게든 통신만 되살리면 공화국 사령부에 사정을 설명하고 마엘스트롬 시스템을 정지시켜달란 의사를 전달할 수 있으리란 가능성이었지만, 통신을 되살릴 방법이 전혀 없단 사실은 금방 자명해졌다. 안전실패 시스템을 강제로 꺼버리는 일 역시 불가능했다. 일련의 필사적인 시도가 아무 소득 없이 끝나는 동안, 중력은 세 번에 걸쳐 우주선을 무자비하게 끌어당겨 종말을 향해 내동댕이쳤다.

"해치를 열고 나가보는 것도 방법일 텐데. 반중력 장치를 외부에서 어떻게 고친다거나……?"

"안 열립니다. 시스템이 수동 개폐를 아예 막아뒀습니다."

"추락 시작하자마자 어떤 식으로든 궤도를 틀 수는 없을까? 내부에서 쾅 부딪혀서라도?"

"그것도 소용없습니다. 엔진이 전부 망가진 게 아니라, 하나가 살아 있고 시스템이 그걸 조작하는 상황이니까요. 궤도가 조금 틀어지더라도 바로 원래 목적지로 수정할 겁니다."

"시스템이 통제하고 있는 부분은 뭐가 됐든 못 건드린단 소리네.

그 얘긴즉슨, 방법이 있다면 시스템이 못 건드리는 부분에 있을 거란 말이기도 하고."

팔레르모 소령은 그렇게 말하고서 공연히 조종석 안을 두리번거리기 시작했다. 그러다 보면 언젠가 '시스템이 못 건드리는 부분'이 마법처럼 반짝반짝 빛나 보이리라고 기대하는 사람처럼. 한편 케슬러 중위는 달랐다. 소령의 말을 듣자마자 생각난 방법이 한 가지 있었기에, 중위는 즉시 시스템 안내서를 되새기고 엔진 상태를 확인하며 검증에 나섰다. 심상찮은 낌새를 눈치챈 소령이 두리번거리던 것을 멈추고서 물었다.

"뾰족한 수라도 생겼어?"

"확인하는 중입니다. 고장 나지 않은 엔진은 안전실패 시스템이 통제하는 게 확실하지만, 고장 난 엔진 세 개도 통제 범위에 들어가는지……. 아니네요. 시스템은 우주선이 어디로 향하는지에만 관여하기 때문에, 출력을 내지 못하는 엔진에는 아예 손도 대지 않습니다."

물론 출력을 내지 못하는 엔진 세 개를 가지고 우주선의 방향을 바꿀 수는 없다. 하지만 아무튼 조종석에서 엔진에 명령을 내릴 수 있다는 사실이 중요했다. 아무것도 할 수 없을지언정 뭐라도 해보도록, 에너지를 뿜어내지도 못하면서 무익하게 연료만 활활 태우도록, 그리하여 망가진 채로 하염없이 과열되도록.

"만일 우리가 엔진 셋을 전부 과열시키면, 얼마 지나지 않아서 시뮬레이션 때 겪었던 비상사태가 재현될 겁니다. 기억하십니까?"

"당연히 기억하지. 설마 의자가 그렇게까지 흔들릴 줄은 몰랐거든. 폭발하는 소리도 굉장히 실감 났고."

케슬러 중위도 그 폭발음은 똑똑히 기억했다. 팔레르모 소령이 술에 취한 채 시뮬레이션 시설에 나타난 날의 세 번째 훈련 때 들은 소리였다. 아무리 취했더라도 어떻게 다 망가진 엔진에 계속 동력을 공급하자고 생각했던 건지 중위는 전혀 이해가 가지 않았고, 이해해줄 생각도 없었다. 반면 그렇게 동력을 계속 공급받아 과열된 엔진이 얼마나 큰 폭발을 일으킬 수 있을지만큼은 몸으로 충분히 이해할 수 있었다. 지금은 오로지 그 사실만이 중요했다.

"낙하 시작과 동시에 엔진을 작동시킬 겁니다. 그렇게 하면 지면과 충돌하기 전에 우주선을 폭발시킬 수 있습니다. 야르콥스크 중앙 고지에는 파편만 조금 떨어질 뿐, 충격파는 닿지 않으리라 봅니다."

"마엘스트롬 시스템이 작동하지도 않겠네. 그럼 인류도 무사하겠지. 사망자는 중위랑 나 둘뿐일 테니까?"

"소령님 말씀대로 어떠한 의지가 인류 문명을 구하기 위해 시간을 되돌리고 있는 것이라면, 그 의지가 우리에게 무언가 다른 결단을 내리길 요구하고 있다면……. 가능한 한 고고도에서 엔진을 폭파하는 일이야말로 우리가 내려야 할 바로 그 결단이리라고 저는 생각합니다."

중위의 손에 힘이 단단히 들어갔다. 지금까지와는 무게의 단위가 다른 책임감이 몸을 사슬처럼 칭칭 옭아매는 기분이었다. 자신의 판단에, 자신의 행동 하나하나에 온 인류의 목숨 줄이 매달려 있을지도 모른단 감각에 숨은 막혀오고 심장은 엔진보다 먼저 터져버릴 것만 같았다. 그래도 해야 해, 라고 스스로 되뇌며 제어 패널을 향해 손을 뻗으려던 바로 그때였다.

"내가 할게, 중위."

팔레르모 소령의 긴 손가락이 케슬러 중위의 손을 부드럽게 밀쳐냈다. 중위에게는 적잖이 당황스러운 일이었다. 하지만 정말로 당황스러웠던 건, 그 행동에 이어 소령의 입술 사이로 흘러나온 깜짝 놀랄 만큼 부드럽고 침착한 목소리였다.

"되돌아가자마자 엔진 전부 꺼버리면 되는 거잖아? 난 시뮬레이션에서 해봤으니까 자신 있다고. 이런 중요한 일은 경험자한테 맡겨야지."

줄곧 연방군에서 복무해온 케슬러 중위는 바로 알 수 있었다. 팔레르모 소령은 영웅이 되고 싶어서, 인류를 자기 손으로 구하고 싶어서 이러는 게 아니란 사실을. 소령은 그저 이번 임무의 책임자로서 두 사람의 목숨을 제 손으로 끊는다는 가장 무거운 책임을 스스로 지려 하는 것뿐이었다. 그런 사람의 손을 중위는 도저히 뿌리칠 수가 없었다. 눈앞이 뿌옇게 흐려졌다. 목소리도 조금 잠겼다.

"소령님, 저는……"

"그냥 눈 꼭 감고서, 좋아하는 노래라도 생각하고 있어."

지금껏 들어본 적 없는 상냥한 명령이었다. 케슬러 중위는 그 명령에 따르기로 했다. 앞으로의 일은 아주 순식간에, 노래 한 곡을 머릿속으로 전부 부르기도 전에 끝날 터였다.

***

노래를 3절까지 불렀는데도 도무지 뭐가 일어날 기미가 보이질 않았기에, 케슬러 중위는 눈을 가늘게 뜨고서 대체 팔레르모 소령이 뭘 하고 있는지 슬쩍 확인해보았다. 소령은 아무것도 안 하고 있었다. 제어 패널에는 아예 손도 올려놓지 않은 채로, 그저 혼자 뭐라고 중얼거리기나 할 뿐. 어이가 없어진 중위가 무심코 숨을 거칠게 몰아쉬자, 그 소리에 고개를 돌린 소령이 뻔뻔하게 말했다.

"눈 감고 있으랬잖아, 중위. 이거 명령 불복종 아냐?"

"아니, 무슨, 불복종이고 자시고! 왜 아직도 엔진이 멀쩡합니까!"

"어차피 시간은 계속 되돌아오는데, 굳이 급하게 터뜨릴 이유는 또 없겠다 싶어서."

이 말을 듣자마자 치밀어오르는 화를 가라앉히기 위해 케슬러 중위는 정말 온 힘을 다했다. 아무리 심호흡을 해도 가슴은 계속 두근거렸고 머리는 지끈거렸지만, 그래도 다행히 중위에게는 아직 자제력이 남아 있었다. 상대방의 마음을 어떻게든 이해해보겠다고 시도할 수 있는 자제력이.

"그냥 제가 하겠습니다, 소령님. 이런 부담스러운 결단은 군인에게 맡겨주십시오."

"너한테 맡기면 바로 터뜨려버릴 거잖아. 그러지 말자고 하는 소리야."

조종 패널로 다가가던 중위의 손을 핵 쳐내며 소령이 대꾸했다. 수상하리만치 날카로운 목소리였다. 이것이 죽음이나 책임이 무서워서 머뭇거리는 사람의 목소리가 아님도 중위는 바로 눈치챘다. 여전히 소령은 이 상황의 최종적인 책임을 짊어지려 하고 있었다. 중위의 기대와는 전혀 다른 방식으로.

재시작 버튼

"인류 문명을 구할 방법이 하나 있단 건 알았어. 언제든 실행할 준비도 돼 있어. 하지만 이것보다 나은 방법이 존재하지 않으리란 보장은 또 없잖아? 중위는 지금껏 잘 해줬으니까, 이제부턴 내가 좀 더 머리를 써볼게."

　"더 나은 방법이란 게, 그런 게 가능합니까? 소령님께서 무슨 대단한 방법을 찾아내신들, 인류를 구하는 것보다 좋은 결과가 나올 수는 없습니다!"

　"아니지, 중위. 아직 구할 수 있는 사람이 두 명이나 더 있다고."

　팔레르모 소령은 먼저 자신을, 다음으로는 케슬러 중위를 가리켜 보였다. 딱히 자신만만한 얼굴로 그러는 건 아니었다. 소령의 표정과 몸짓엔 확신이라곤 하나도 없어 보였다. 다만 모종의 흥분이나 희열 같은 감정들만큼은 뚜렷하게 느낄 수 있었다.

　"가능할지 아닐진 몰라. 우린 추락하는 우주선에 갇혀 있고, 여기서 살아 나갈 확률은 솔직히 말해 엄청나게 낮아 보이니까, 아마도 난 계속 실패만 거듭하겠지. 하지만 중요한 게 뭔지 알아? 우리는 지금 인류의 기나긴 우주개발 역사에서 처음으로 일어난, 아무리 실패해도 다음 기회가 끝없이 주어지는 꿈 같은 상황에 놓여 있다는 거야. 그렇다면 가능한 모든 방법으로 실패해보는 게 무조건 이득이지. 시뮬레이션 훈련 때처럼! 안 그래?"

"이건 시뮬레이션이 아닙니다, 소령님. 인류의 운명이 걸려 있단 말입니다!"

"바로 그 얘길 하려는 거야. 우리 판단에 인류의 운명이 걸려 있는 한, 우리가 최악의 판단을 내리는 한 상황은 계속 반복될 거라고. 그러는 동안 우린 맘 놓고 실패를 경험해볼 수 있고, 실패로부터 배울 수도 있겠지. 인류를 구하면서 우리까지 살아남는 게 정말로 불가능한 일인지 어떤지 역시도 확실하게 알아낼 수 있을 거야. 이거야말로 RMAX나 GMAX 승무원들이, 플로렌스 박사나 쿠노 대위 같은 사람들이 마지막 순간에 바라 마지않았을 천운 그 자체지."

말을 여기까지 쏟아내고 힘겹게 호흡을 고르던 팔레르모 소령은, 이내 마지막 한 마디를 간신히 덧붙였다. 아무리 숨이 차더라도 결코 빼먹어선 안 될 이야기라는 듯이.

"생각해봐, 중위. 이 우주선이 만일 무사히 귀환한다면, 우리의 무수한 실패로부터 인류가 얼마나 많은 걸 배울 수 있을지."

이 뜨거운 일장 연설을 케슬러 중위는 길게 반박하지 않았다. 확실히 팔레르모 소령의 말에는 어느 정도 옳은 구석이 있다고 느꼈다. 인류는 물론 자신과 소령의 목숨까지 구할 수 있다면 더할 나위 없이 좋으리란 점에도 물론 동의했다. 다만 중위는 소령의 논리에 한 가지 사소한, 그러나 지금 같은 상황에선 절대 묵과할 수 없는 허점이 있다고 생각했을 뿐이었다. 그 허점을 지적하는 일은 간단했다.

"기회가 계속 주어지리란 보장은 없습니다, 소령님. 어쩌면 시간을 되돌리는 횟수가 정해져 있을지도 모릅니다. 다음번이 마지막일지도 모른단 말입니다."

그 짤막한 반박에 팔레르모 소령은 한동안 대답하지 못했다. 눈알을 데굴데굴 굴리고, 또 케슬러 중위의 얼굴을 공연히 쳐다보다가, 갑자기 주머니에 손을 넣고 꼼지락대기만 할 뿐. 캐러멜이라도 꺼내 먹으려는 것인가 했지만, 나오는 손이 빈손인 걸 보니 그마저도 다 떨어진 모양이었다. 마침내 소령이 눈을 동그랗게 뜬 채로 내뱉은 대답은 이러했다.

"아주 좋은 지적이야, 중위. 그건 생각 못 했는데."

"그렇다는 말씀은……?"

"앞으로 다섯 번만 더 반복해보고, 방법이 없으면 그때 폭파하자. 아니면 네 번? 세 번은 좀 아쉽지 않으려나?"

소령의 속 터지는 횡설수설 속에서 지면이 점점 가까워져왔다. 몇 번째인지 기억도 나지 않는 충돌에 대비해 몸을 웅크리며 케슬러 중위는 굳게 결심했다. 시간이 처음으로 되돌아가자마자 당장 벨트부터 풀고, 저 작자에게로 달려들어 꽁꽁 묶어놓은 다음 엔진을 곧장 터뜨려버리겠다고.

***

　일은 계획대로 진행되지 않았다. 눈을 뜨기가 무섭게 벨트 버클을 풀려던 케슬러 중위는, 어쩐지 손가락이 뜻대로 움직이지 않는다는 사실을 깨달았다. 그냥 안전 버튼을 누르고 커버를 당기기만 하면 되는 쉬운 작업이었건만 손은 이상하게도 계속 미끄러지기만 했다. 힘이 들어가질 않았다. 초조했고, 숨이 찼다.

　"쉽지 않을 거야."

　팔레르모 소령이 부드럽게 말했다. 거의 잦아들어가는 희미한 목소리로.

　"중위 말이 맞아. 기회가 계속 주어질 거란 보장은 없었어. 나는 우리가 이 실패를 통해 뭘 배울 수 있을지에만 정신이 팔려 있었지. 하지만 배운다는 건 곧 기억한다는 거잖아. 기억이 쌓인단 말은 뇌가 일하고 있단 말이고, 그건 신진대사가 이뤄지고 있단 말이고⋯⋯."

　두통이 점점 심해졌다. 눈앞이 빙글빙글 돌았다. 중위는 이 감각의 정체를 뒤늦게야 알아냈다. 산소 부족. 조종석 내의 산소 농도가 점점 낮아지고 있었다. 처음부터 줄곧. 소령이 느릿느릿 말을 이었다.

　"반중력 장치 때문에 우리 기억이 계속 유지됐다면, 그건 산소도 계속 쓰고 있었단 소리지. 고립된 공간에서. 잔뜩 떠들고 허둥지둥하면서. 캐러멜이랑 똑같아. 시간은 계속 되돌아오지만, 먹어버린 캐러멜은 돌아오지 않아."

"소령님, 알았으니까 이제, 엔진 좀. 소령님밖에, 없어요."

폐를 쥐어짜 간신히 그 한마디를 내뱉는 것이 케슬러 중위가 할 수 있는 일의 전부였다. 계속 화를 내던 자신보다 조금 더 진정한 채였기 때문인지 팔레르모 소령은 그래도 기운이 좀 있어 보였고, 적어도 엔진 세 개를 켤 힘 역시 있는 듯했으니까. 인류의 운명이 저 뻔뻔하고 무책임한 작자의 손가락 끝에 달려 있었다. 중위는 필사적으로 애원했고, 소령은 가만히 대답했다.

"좋아하는 노래라도 생각하고 있어. 이번엔 정말로 눈 감고."

케슬러 중위는 끝까지 눈을 감지 않았다. 그리고 흐려져만 가는 그 시야 속에서, 팔레르모 소령의 손가락은 끝까지 움직일 생각을 하지 않았다.

***

연방의 신형 유인 우주선 BMAX가 성공적으로 임무를 마치고 귀환한 지 두 시간쯤이 지났을 무렵, 착륙장 근처에 마련된 기자회

견 공간은 이미 몰려든 언론인들로 발 디딜 새가 없을 정도였다. 무수히 많은 카메라가 단상 위를 비추며 두 우주 영웅이 나오기만을 기다리고 있었다. 한편 문제의 두 조종사는 간단한 건강검진을 마치자마자 상부의 결정에 따라 기자회견장에 떠밀리다시피 실려 온 채였고, 지금은 차례가 올 때까지 대기실 의자에 축 늘어져 마냥 쉬는 중이었다. 피로가 해일처럼 몰려왔다. 믿기 힘든 실감과 함께.

"저, 소령님? 여쭙고 싶은 게 있습니다만."

"실제로 일어났던 일 맞아. 기억이 많이 흐려지긴 했는데, 그래도 떠오를 건 떠오르거든."

그럼 그게 진짜였구나, 하는 생각에 케슬러 중위는 몸을 부르르 떨었다. 재돌입을 시도하려는 순간 머릿속을 스쳐 지나간 불길함. 왠지 낌새가 좋지 않으니 엔진을 점화하기 전에 냉각 상태를 다시 한번 확인해야겠다는 판단. 플랜 B로의 매끄러운 이행과 성공적인 마무리 ─ 그 사이사이를 가득 메운 기나긴 기억의 파편들. 결과적으로 인류 문명은 건재했고, 두 사람은 살아남았다. 축하할 만한 일이었다. 하지만 여전히 한 가지 의문이 케슬러 중위의 머릿속을 떠돌고 있었다.

"그럼 대체 어떻게 된 건지도 기억하십니까? 실패했다고 생각했는데, 소령님께서 아무것도 하지 않으셨다고 생각했는데, 대체 어

재시작 버튼

떻게 돌아온 건지······."

"아무것도 안 한 거 맞아. 그게 해결책일 것 같았거든."

수수께끼 같은 대답이었지만, 다행히도 소령은 보충 설명을 준비해둔 채였다. 아마도 한참 전부터. 산소와 여유가 충분해질 때를 기다리면서.

"시간이 딱 3분 54초만 되돌아갔던 건, 그 시점이 우리가 인류를 구할 결단을 내릴 수 있는 마지막 기회였기 때문일 거로 추측했잖아? 하지만 산소가 다 떨어지면 그땐 얘기가 달라지지. 우린 다 정신을 잃을 테고, 그럼 결단이고 뭐고 내릴 수가 없으니까. 그 상황이 오면 시간이 자동으로 더 멀리 되돌아가지 않을까 생각했던 거야."

"우주선이 재돌입하기 직전까지 말씀이시군요."

"그때가 바로 우리가 정신을 잃기 직전이니까. 거기서부턴 뭐, 중위가 알아서 해줄 거라고 믿었지."

물론 케슬러 중위가 두 번째 재돌입에 실패할 수도 있었다. 하지만 그 결과 우주선이 다시 야르콥스크로 향했다면 시간은 또 반복되었을 테고, 타이밍이 어긋나 추락 장소가 달라졌다면 적어도 인류는 무사했으리라. 산소가 부족해질 때까지 아무것도 하지 않고 기다린다는 팔레르모 소령의 판단은 결과적으로 최선이었다. 인류도 구할 수 있었고, 두 사람의 목숨을 구할 가능성도 만들어낼 수 있었으니까. 최대한 많이 실패해보는 것이 정답이었던 셈이다. 케슬러 중위는 손이 다시금 떨려오는 것을 느꼈다. 잠시나마 엔진을 폭파해 인류를 구하겠다는 의지에 휩싸여 있었던 손이.

"그럼, 그럼 제가 우리 둘의 목숨을 앗아 갈 뻔했던 셈이군요."

"아니지, 중위. 중위가 수십억 명을 구하고, 내가 둘을 구한 거야."

팔레르모 소령이 상쾌하게 즉답했다. 이조차 진작 준비해둔 말이란 듯이.

"우린 아무튼 성공했으니까, 실패 얘긴 나중에 회의실에서 실컷 하자고. 그러잖아도 지금은 듣기 좋은 성공담을 기다리는 사람들이 밖에 우글거리는 것 같던데."

그 말이 나오기가 무섭게 누군가가 대기실 문을 똑똑 두드렸다. 팔레르모 소령은 대놓고 한숨을 쉬며 자리에서 비척비척 일어났고, 케슬러 중위도 이내 뒤따라 몸을 일으켰다. 기나긴 임무였고 몸은 지칠 대로 지쳐 있었지만, 다행히도 성공담만 늘어놓는다면 이야기가 그렇게 길어지지는 않을 터였다.

4퍼센트

박애진

「가네샤 실험실에서 유메바 세포 분열을 관찰하는 데 성공했다고요?」

「그렇습니다. 유메바는 유로파의 대표적인 원생생물이죠. 현재까지 유로파의 바다에서 발견된 원생생물은 약 3,000종으로…….」

「여기까지 오는 데 큰 희생이 따랐지요. 1차 유로파 유인 탐사선 오디세이의 폭발 후…….」

"재아 씨 전공이 이쪽이라고 하지 않았어요? 우주생명학과랬나?"

손님이 없는 틈을 타 팟캐스트를 보던 약사가 물었다. 내 전공은 우주식물학과였다. 약사가 뭐가 궁금하든 그 질문에 가장 정확하게 설명할 수 있는 사람은 우주생물학자일 것이다. 나도 기초적인 건 알려줄 수 있지만…….

"졸업한 지가 언젠데요. 다 잊어버렸죠."

나는 무심한 어조로 대답했다.

"그래, 누가 전공 따라 사나. 내 친구들 중에서 전공 살린 사람은 나 하나야."

약사가 중얼거리더니 다시 팟캐스트에 집중했다. 약사의 관심사는 내용이 아니라 진행자인지라 며칠 지나면 또 잊어버리고 비슷한 질문을 할 것이다. 이 정도는 아무것도 아니었다. 처음 고깃집에서 아르바이트를 할 때는 온종일 가게에서 튼 방송에서 가네샤 이야기를 들어야 했다. 뉴스부터 버라이어티 쇼까지 가네샤를 다루지 않는 프로그램이 없었다.

그게 언제 적 일이지?

나는 새삼스레 내 나이를 확인했다. 내년이면 쉰이었다. 지금 일하는 약국은 아르바이트를 전전하다 처음으로 자리 잡아 3년째 일하는 곳이었다. 승진할 일은 없지만 약국이 망하기 전에는 잘릴 걱정도 없었다. 나는 단조롭고 평화로우며 공허한 일상이 쇠를 녹슬게 하는 산소처럼 날 산화시키도록 놔두고 있었다.

맑은 종소리와 함께 문이 열리더니 60대로 보이는 남자 손님이 들어왔다.

"어서오세요."

"아, 네."

남자는 머뭇거리며 내 눈치를 살폈다.

"뭐 찾으세요?"

"아, 어, 저, 이렇게 불쑥 찾아오면 안 되는 건데…… 저 조근찬입니다."

"네?"

"저 조근찬이라고요."

남자가 기대 어린 눈으로 날 바라보았다.

"누구시라고요?"

아무리 봐도 모르는 사람이었다. 얼굴이 벌게진 남자가 도망치듯 약국을 떠났다. 약사가 어리둥절한 얼굴로 날 보았다. 나도 영문 모르는 일이라는 표정을 돌려주었다.

퇴근 후 간단한 저녁을 차리고 소주를 땄다. 어제 보던 드라마가 뭐였는지 기억은 안 나지만 초등학교 입학 전부터 함께했던 성장형 인공지능 아랑이 알아서 다음 화를 틀어줄 것이다. 나는 소주 반 잔으로 입가심을 하고 디스플레이로 눈을 돌렸다. 디스플레이에

3차 유로파 탐사 유인 우주선 제작 과정이 떴다. 3차 탐사선 이름은 무려 유로파였다. 그간 우주 비슷한 것도 틀지 않았던 터라 너무 놀라 채널을 바꾸라고 말할 생각도 못 했다.

3차 탐사선은 2차 탐사선인 가네샤 수리에 필요한 부품도 가지고 간다. 가네샤 수리 시뮬레이션을 하는 장면을 지나 우주선 자생식물 팀장의 모습이 나왔다. 조근찬이었다.

"저 사람, 아까 그 사람 아냐?"

『맞아. 날 찾아왔던 거야. 내가 논문을 보냈거든.』

아랑이 대답했다.

"무슨 논문?"

『전기장을 이용한 자생식물 논문.』

"네가 논문을 썼다고?"

『넌 그만뒀지만 난 그만두지 않았거든.』

중학교를 졸업하던 해, 오디세이가 폭발하는 뉴스 화면이 바로 직전 일처럼 또렷하게 떠올랐다. 그럼 아랑이 내게 자그마한 새끼 손가락을 내밀었던 건 언제였지? 깨끗하게 닦은 창문 너머 찬란하게 빛나는 별들에 정신이 팔려 있는데 아랑이 말했다.

『나도 데려가.』

"당연하지, 약속!"

『약속!』

작은 손가락 두 개가 겹쳐졌다. 내 꿈은, 나와 아랑의 꿈은 우주였다.

- 2 -

"생일 축하합니다, 생일 축하합니다!"

「사랑하는 재아의……」

『생일 축하합니다!』

생일 축하 노래가 끝나자 나는 아빠와 함께 스크린을 향해 일곱 개의 초가 꽂힌 케이크를 들었다. 스크린 속에 있는 엄마, 나, 아빠, 인형 크기로 식탁 위에 앉아 있는 재아의 홀로그램이 동시에 초를 향해 입김을 훅 불었다. 아빠는 부는 시늉만 했다. 내가 다 꺼야 직성이 풀리는 줄 알기 때문이었다.

「우리 딸, 생일 축하해!」

스크린 속에서 엄마가 화려한 불꽃놀이 영상을 띄웠다.

"고맙습니다."

나는 일어서서 배꼽인사를 했다.

「재아 많이 컸네.」

"아랑이도 많이 컸어. 이제 말 다 알아듣고 할 말도 다 해?"

『재아의 생일을 축하해주셔서 고맙습니다.』

스크린을 향한 아랑이 조금 전 나를 따라 배꼽에 양손바닥을 올리고 허리를 접었다. 아랑은 작년에 엄마가 사준 생일선물이었다.

"아랑이를 동생처럼 좋아해."

아빠가 어딘지 묘한 어조로 말했다.

「그렇지, 부모의 사랑을 두고 경쟁하지 않으면서 시키는 건 다 하는 동생이라니. 모든 언니의 꿈이지.」

스크린 속에서 엄마가 까르르 웃었다. 그러더니 표정이 조금 심각해졌다.

「올해 생일도 같이 못 보내서 미안해.」

"엄마는 일생일대의 기회를 잡아야 하잖아."

내 말에 엄마 아빠 사이에 짧은 침묵이 돌았다.

「우리 재아가 어느새 이렇게 커서 엄마도 이해해주고……..」

엄마가 목이 메어서 말했다. 재차 생일 축하한다는 말이 오간 뒤 엄마는 스크린에서 사라졌다.

엄마는 공간도약항법사였다. 공간도약은 우주 공간에서 임의의 점과 점을 연결해 공간을 접어서 도약하는 방식으로, 인위적으로 만들어내는 웜홀이라고도 할 수 있었다. 공간도약항법사는 우주선의 질량과 재료에 따라 공간을 접을 거리를 계산하는 사람이었다.

엄마의 꿈은 유로파 유인 탐사선에 공간도약항법사로 탑승하는 것이었다. 유로파 탐사선에 타고 싶어 하는 사람은 많았고, 탈 수 있는 사람은 적었다. 엄마는 젊은 사람들에게 뒤처지지 않으려면 쉬지 않고 노력해야 한다고 했다. 그게 엄마가 늘 바쁜 이유였다.

"먹자!"

엄마가 사라진 빈자리를 채우려는 듯 아빠가 요란하게 케이크를 잘랐다. 나는 케이크를 깨작거렸다.

"맛없니?"

아빠가 걱정스레 물었다.

"아빠."

"응?"

"나한테도 일생일대의 기회가 올까?"

아빠는 흔히 어른들이 애가 애답지 않은 말을 했다고 생각할 때 짓는 표정으로 웃었다.

"물론이지. 우리 재아는 어떤 기회를 잡고 싶은데?"

나는 창밖으로 시선을 돌렸다. 담장을 따라 개나리가 새끼손톱만 한 꽃망울을 올린 모습이 눈에 들어왔다. 거기서 조금만 시선을 올리면 별들이 찬란하게 빛나는 밤하늘이 펼쳐졌다. 지구에서 식물이 자라고, 동물과 사람이 살 수 있는 까닭은 공기가 있기 때문이다. 엄마가 천체망원경으로 별을 보여주며 말했다. 지구를 감싼 대기를 지나면 우주라고.

『나도 데려가.』

아랑이 말했다. 나는 아랑을 보며 배시시 웃었다.

"당연하지, 약속!"

『약속!』

아랑이 새끼손가락만 실제 크기로 키웠다. 우린 손가락을 걸고 비밀을 공유하는 웃음을 나눴다.

생일을 아홉 번 더 보내자 중학교를 졸업했다. 나는 고등학교 교복을 찾아서 집으로 왔다. 현관문을 여는데 엄마 목소리가 들렸다.

"엄마야?"

나는 신발을 내던지고 거실로 뛰어 들어갔다. 거실에 있는 스크린에 엄마가 보였다.

「재아 왔구나! 교복 찾아왔어? 우리 재아가 벌써 고등학생이라니, 정말 많이 컸네.」

나는 교복을 몸에 대고 한 바퀴 빙글 돌았다. 그리고 물었다.

"결과 나온 거야?"

자라면서 엄마에게 가장 많이 들은 말은 "많이 컸네"였고 제일 자주 본 표정은 미안해하는 얼굴이었다. 바로 그 표정으로 엄마가 머뭇거렸다. 그 표정이 말하는 건 하나였다.

"빨리 말해줘!"

"엄마 출항일이 확정됐대. 오디세이 공간도약항법 팀장으로 탑승 허가를 받았단다."

아빠가 대신 대답했다.

"엄마으아가악! 축하해, 엄마 정말 축하해!"

나는 환호성을 지르며 거실의 이 끝에서 저 끝까지 깡충깡충 뛰었다.

「고마워, 재아야. 엄마가 미안해.」

"에이, 여직 엄마 없이도 잘 컸는데 무슨 걱정이야?"

무심코 뱉은 말이 엄마와 아빠 사이에 익숙한 정적을 만들어냈다.

"아유, 진짜, 이럴 거야? 엄마, 마음껏 축하받아. 18년을 노력했어. 나 열여섯 살이야. 엄마는 내 나이보다도 많이 노력한 거야."

"그래, 당신 정말 애 많이 썼어."

아빠와 내 말에 엄마의 눈에 눈물이 그렁해졌다.

오디세이는 목성의 위성인 유로파 유인 탐사선으로 인도, 우크라이나, 미국, 독일, 일본, 중국 등등에 우리나라까지 스물일곱 국가가 참여하는 전 지구적 프로젝트였다. 항법 팀, 조종 팀, 정비 팀, 의료지원 팀, 다큐멘터리 팀 등 총 56명이 탑승하는 인류 최초의 최대 규모, 최장 거리 공간도약이었다. 공간도약항법사 중 누구도 이런 대형 탐사선 공간도약을 직접 실행해보지 못했다. 모든 건 숫자와 가능성으로만 존재했다. 18년 전에 시작된 오디세이 프로젝트는 그간 수없이 재설계를 했으며 탑승자가 바뀌었다. 설계에 작은 변동만 생겨도 항로를 새로 계산해야 했다.

내가 자라면서 엄마는 왜 강원도에서 같이 살지 못하고 외나로도에서 사는지 설명해주었다. 외나로도는 우주산업집적지로 대한민국 우주항공국을 비롯해서 우주항공대학, 우주센터, 우주인훈련장, 우주천문과학관 등이 자리한 곳이었다. 엄마는 오디세이 프로젝트가 본격적으로 발족되기 전부터 오디세이에 타기를 꿈꿨고, 이런 기회는 일생에 한 번 올까 말까라고 말했다. 수많은 우주인이 있었지만 달 탐사가 재개되기 전까진 아무도 달에 가지 못한 것처럼, 재능이 있고 가진 재능 이상으로 노력해도 때가 맞지 않으면 갈 수 없었다.

"10년 뒤에 내가 해골 문신을 하고 입술과 코에 피어싱을 하고 있어도 너무 놀라지 마."

나는 팔짱을 끼며 의기양양하게 말했다. 환하게 웃는 엄마의 코

4퍼센트

가 빨갰다.

두 달 후 아빠와 소파에 나란히 앉아서 오디세이의 출항을 봤다. 오디세이는 가운데 심이 있는 도넛 형태였다. 도넛이 회전하면서 내부에서 자체적으로 중력을 만들었다. 회전하는 도넛이 우주를 향해 날아갔다.

지구의 일상은 단조롭게 흘러갔다. 나는 평소처럼 저녁 설거지를 마치고 침대에 앉았다. 시계는 9시를 가리켰다. 엄마는 열 시간 후, 오전 7시에 화성을 향해 두 번째 공간도약을 하고, 나는 오후에 외나로도로 갈 예정이었다. 나는 우주과학고등학교 우주식물학과에 들어가기로 했다. 우주과학고등학교는 외나로도에 있어서 기숙사 생활을 해야 했다. 아빠는 섭섭해했지만 나는 내 자리를 찾아 가는 기분이었다.

『재아야, 일어나.』

잠결에 아랑이 깨우는 소리가 들렸다. 일어나야 한다는 생각과 달리 우주선 탑승과 발사 체험 때처럼 중력이 몸을 끌어당기는 양 전신이 무겁고 눈까풀은 꼼짝을 안 했다. 그러다 갑작스레 눈이 번쩍 떠졌다. 오전 9시였다.

"엄마 도약 마쳤겠네. 왜 안 깨웠어?"

『네가 안 일어났어.』

우주항공국 사이트에 들어가려다 화원부터 갔다. 아빠는 항상 엄마가 도약하는 장면을 보지 않고 평소처럼 생활했다. 어릴 때는 그게 이해가 안 갔지만 지금은 알 것 같았다. 아무 일 없으리라 믿으려는 아빠 방식의 의식이었다.

하우스에 들어가니 아빠가 창백한 얼굴로 누군가와 통화를 하고 있었다. 제자리에 가만히 서 있는데도 누가 날 절벽으로 떠민 것처럼 아빠와 화원이 멀어지는 착시가 일었다.

"오디세이 뉴스 틀어봐."

내 말에 아랑이 바로 홀로그램 뉴스를 틀었다.

『오늘 한국 시간으로 오전 7시에 화성 기지를 향해 두 번째 공간 도약을 한 오디세이에 이상이 발생했습니다. 오디세이에 탑승한 김종욱 다큐멘터리 피디가 촬영분을 우주항공국으로 전송했는데, 우주항공국에서 괜한 혼란을 일으키게 될까 우려된다는 이유로 방송국에 보내는 걸 거부해…….』

나는 우주항공국 사이트에 들어갔다. 뉴스 이상의 정보는 보이지 않았다. 그동안 아빠는 다른 탑승자 가족과 통화했다.

"그럼요, 무사히 돌아올 겁니다, 그래야죠!"

아빠가 힘주어 말하는 소리가 들렸다. 머리가 아득해졌다. 아무도 뉴스 이상으로 일이 어떻게 돌아가는지 알지 못했다. 신문사와 방송사에서 전화가 오기 시작했다. 나는 아랑에게 언론사 전화는 다 무음으로 처리하라고 말했다. 잠시 후 우주항공국 직원이 연락해 곧 우릴 호텔로 데려갈 사람을 보낼 테니 짐을 싸두라고, 다른 탑승자 가족들도 모두 이송 조치 중이라고 덧붙였다. 아빠는 딱 잘라 거절했다. 나도 엄마가 돌아오지 못할 때를 대비하는 것 같아 싫었다. 우주항공국 직원은 절대 언론과 접촉하지 않겠다는 다짐을 듣고서야 전화를 끊었다. 언제든 호텔로 옮겨 보호받고 싶으면 연락하라는 말도 빼놓지 않았다. 보호라는 말이 이렇게 무서운 말인 줄 미처 몰랐다.

방송국에서 피디가 보낸 영상을 내주지 않으면 우주항공국에 소송을 걸겠다고 했다. 우주항공국은 마지못해 영상을 내주었다. 급하게 편집된 화면 속에서 사람들은 우주로 나온 걸 자축하며 웃고 떠들고 있었다. 공간도약항법 부팀장인 재성 아저씨가 공간도약을 설명하는 인터뷰를 했다.

"아무 문제 없을 겁니다."

재성 아저씨가 씩 웃으며 말을 마쳤다. 그다음 화면은 어지러웠다. 카메라 감독이 중심을 잃고 휘청거린 듯 화면이 흔들리더니 여기저기서 "무슨 일이야?" 하는 소리와 함께 촬영을 막으려는지 누군가의 손바닥이 화면을 덮었다. 피디는 항법실에 밀고 들어갔

고, 얼핏 엄마가 보였다. 자막으로 "공간도약항법 팀장 이연애"가
떴다.

"무슨 일이죠?"

피디가 엄마에게 카메라를 들이댔지만 엄마는 온 허공에 복잡한
도식을 담은 디스플레이 창만 띄울 뿐 들은 척도 하지 않았다.

"지금은 방해하시면 안 됩니다."

재성 아저씨가 밀어내다시피 다큐멘터리 팀을 쫓아냈다. 화면은
거기까지였다. 우린 며칠간 숨도 쉬지 못하며 하루 종일 뉴스만 들
여다봤다.

공간도약 항로를 계산할 때 엔진 재질과 질량을 제대로 합산하
지 않은 게 원인으로 의심된다는 기사가 나온 후 우주항공국에서
다시 호텔에서 지내게 해주겠다는 전화가 왔다. 우린 이번에도 거
절했다. 허황된 믿음이라는 걸 알면서도 집에서 기다려야 엄마가
무사히 돌아올 것만 같았다.

누군가 항법사들의 신상을 웹에 올렸고, 무심코 들어간 웹에서
오가는 이야기를 본 날 밤 가위에 눌렸다. 기자들은 밤낮으로 우리
집 앞을 서성였다. 우린 집의 인공기능을 정지시키고, 블라인드를
내려서 집을 떠난 것처럼 꾸몄다.

탐사선은 화성 기지로 갈 수도 지구에 돌아올 수도 없었다. 뉴스

4퍼센트

에서는 연일 탐사선이 화성 기지나 지구, 달 가까이에서 폭발할 경우 얼마나 큰 피해가 일어날지를 액수로 산정해 떠들어댔다. 나는 무슨 말인지 이해할 수가 없었다. 자칫 폭발하면 수십조 원의 피해가 날지도 모르니 돌아오지 말라는 소리인가?

공간도약 도중에 폭발할 위험을 안고 최대한 먼 곳으로 도약하느냐, 아니면 천천히 나아가느냐를 두고 갑론을박이 벌어졌다. 그건 엄마가 암에 걸렸는데 체력이 약해 강한 항암 치료는 몸이 버티지 못하고, 약한 항암 치료로는 암을 잡지 못할 텐데 둘 중 어느 치료를 선택할지 묻는 것과 같았다.

결국 탐사선은 유로파를 향해서 공간도약을 하기로 결정했다. 항법 팀과 조종 팀 중 최소 인원만 남고, 나머지는 구조선을 타고 오디세이를 떠났다. 항법 팀장이기에 엄마는 남을 수밖에 없었다.

엄마에게 포기하지 말라고 기적처럼 문제를 해결하고 귀환하라고 빌고 또 빌었다. 다큐멘터리 피디가 남은 사람들의 마지막 말을 녹화해 지구로 보냈다. 거기에도 엄마는 없었다. 엄마는 가족에게 보낼 작별인사를 할 시간도 거부한 채 마지막까지 항법실에서 일하는 사람들을 보여줄 때 스쳐 지나갔다. 뉴스는 그 장면을 항법사들이 자기들의 계산 착오를 만회하기 위해 발버둥 치는 걸로 다뤘다.

탐사선은 도약 후 일주일을 버텼고, 다음 도약을 준비하는 중에 폭발했다. 우린 그 장면을 실시간 뉴스로 봤다. 엄마는 작열하는 빛이 되어 사라졌다. 나는 비명을 질렀다.

"재아야, 재아야……"

아빠는 날 끌어안고 한없이 내 이름만 부르며 통곡했다.

탐사선이 폭발하고 10개월이 지난 다음에야 진짜 원인이 밝혀졌다. 문제는 세 번째 엔진에 있었다. 이 엔진은 공간도약 후 오는 반동을 감당하지 못할지도 모르니 교체하거나, 보조 엔진을 더 달거나, 두 번째 엔진과 거리를 두어 만약을 대비하자고 주장한 엔진 설계사, 항법사 명단에 엄마 이름도 있었다.

오디세이 계획이 발족된 이래 18년간 참여한 국가들의 이권 싸움과 경제 상황에 따라서 탐사선 제작은 몇 번이나 중단될 뻔했다. 올해는 목성이 지구에 가장 가까이 접근하는 해였다. 다음 기회는 12년 후에나 올 텐데, 그때까지 이 계획이 유지된다는 보장이 없었다. 이러다 출항을 못 하고 주저앉을까 겁이 난 탐사선 개발위에서, 엔진 설계를 새로 하려면 올해 안에 출범이 불가능한 데다 모의 항해에서는 아무 이상 없었다는 이유로 기각했다. 엔진을 변경하려면 예산을 추가로 배정받아야 한다는 것도 문제였을 것이다. 예산을 초과할 때마다 개발에 참가한 나라들은 어디서 얼마를 보탤지를 두고 첨예한 다툼을 벌였다.

사실은 추측만큼 사람들의 관심을 끌지 못했다. 탐사선 폭발은 이미 지나간 일이었다. 세상에는 언제나 놀랄 만한 일이 터졌고, 늘 그러듯 연예인과 정치인의 말과 행동이 실시간 검색 상위를 차지했다.

- 3 -

대학 전공은 고등학교 때와 같은 우주식물학과를 택했다. 교정에 개나리꽃이 만발했다. 누구나 이름과 생김새를 아는 흔한 꽃인데도 참 오랜만에 보는 기분이 들었다. 나는 씩씩하게 강의실에 들어가서 오리엔테이션 때 얼굴을 익힌 친구들과 인사했다.

탐사선은 점점 더 멀리 나아갔고, 가볍고 튼튼한 금속이 속속들이 개발되었지만 공간도약을 견디는 횟수에는 한계가 있었다. 사람을 냉동시키는 기술은 아직 연구 단계였다. 사람은 먹고 마셔야 하는 존재다. 물은 최대한 순환시킨다고 해도, 음식은 소모품이면서 부피와 무게 면에서 탐사선에 큰 부담을 안겼다. 화성 기지에서 수경 재배를 하고 있지만 실험적인 단계로, 건조식품이 절대적인 비율을 차지했다. 때마다 지구에서 화성으로 식량과 물을 전달하는 데에만 수십 억의 돈이 들었다.

탐사선이 더 먼 곳으로 날기 위해, 달 기지와 화성 기지의 안정화를 위해, 유로파에도 기지를 만들고 우주인이 짧게는 몇 주, 길게는 몇 년간 연구하며 생활하도록 우주에서 자라고 시드는, 순환하는 작물이 필요했다.

같은 과 동기와 선배 들은 아르바이트로 등록금을 감당하느라 휴학을 밥 먹듯 하는 동안 나는 공부에만 전념할 수 있었다. 오디세이는 국가에서 진행한 일이었다. 덕분에 난 국가유공자의 자녀로 B$^+$이상으로 평균학점을 유지하기만 하면 등록금을 면제받았고 기숙사도 우선 배정받았다.

아무 말도 하지 않았는데도 어느새 다들 내가 누군지 알았다. 아직도 오디세이 폭발을 공간도약 계산 착오로 인한 사고라 아는 사람도 있었다. 전공자들마저 이 모양이니 일반 사람들은 어떨지 눈에 선했다. 침착하게 잘 설명하고 넘어가는 날도 있었고, 나도 모르게 언성을 높였다가 밤잠을 설치기도 했다. 10년째 학교를 다니는 구경수 선배가 내가 국가유공자의 딸이라는 걸 알고 무심코 "좋겠다"고 말했다가 정적이 이어진 5초 후 얼굴이 벌겋게 달아올라 사과했다.

졸업반이 되었다. 선택지는 유학을 가거나 세계적인 식품 회사이자 우주 식량도 만드는 JD식품에 입사원서를 넣거나 대학원에 진학하는 것이었다. 나는 일말의 고민도 없이 대학원에 진학해, 오디세이 탐사선에 자생식물 자문을 맡은 바 있는 홍성진 교수님 밑에서 전기장이 식물의 성장에 미치는 영향을 연구했다.

전기장이 배아에 미치는 영향에 대한 연구는 1900년대 후반 스위스에서 시작했다. 쌀을 전기장 처리하면 새로운 품종의 쌀이 나왔다. 화석으로만 남은 고대 식물과 유사한 잎을 틔우는지라 전기장이 어떻게 해서인지 원시 유전자를 깨워 다른 속성을 제치고 자기 특성을 발하는 것이라 생각했다. 쌀알은 30~40퍼센트가량 컸고, 6~8주면 수확할 수 있었다. 그뿐 아니라 한해살이 작물인 벼가 줄기를 잘라도 다시 자라 두세 번까지 수확이 가능한 데다 비료도 거의 필요 없었고, 빛이 적거나 물이 부족해도 전기장 처리를 하지 않은 대조군보다 월등히 잘 견뎠다. 우리 연구가 성공하면 좁고 적대적인 환경에서 더 많은 쌀을 수확할 수 있었다. 쌀만이 아니라 다른 작물도 가능했다. 처음 전기장 처리를 한 당근을 수확했을 때 SF 영화를 보는 것처럼 놀랐다. 우린 팔뚝만 한 당근을 뽑아 사진을 찍고, 무게를 기록하며 어린아이처럼 좋아했다.

그 무렵 과거의 실패를 딛고, 2차 유로파 유인 탐사 우주선 개발에 들어갔다는 소식이 들려왔다. 이름은 가네샤였다. 달과 화성에 들렀다가 최소 열일곱 번, 최대 스물세 번의 공간도약 끝에 유로파에 착륙해서 언젠가 유로파에 기지를 지을 만한 곳이 있는지, 얼음 아래 있는 물에 원시 생명체가 있을지 연구할 탐사선이었다.

무인 탐사선은 아직 생명의 징후를 찾지 못했지만, 지구의 심해에도 생명이 있다는 걸 인류가 알게 된 건 원시 인류가 물고기를 사냥하기 시작한 이래 300만 년이 지난 뒤니, 몇 번의 조사에서 허탕쳤다고 생명체가 없다고 확언할 수는 없었다.

홍 교수님은 대한민국우주항공국에 우리 프로젝트 초안을 보냈다. 우리 말고도 세계 각지에서 우주 환경에 걸맞도록 유전자를 변형하거나, 우주육종 재배, 수경식물 재배 등의 방식으로 탐사선에서 키울 수 있는 식물을 연구하는 연구팀들이 있었고, 어느 쪽이 먼저 성공하느냐가 관건이었다.

교수님은 강의실보다 흙먼지가 덕지덕지한 옷을 입고 장화를 신고 밭에서 일하는 게 어울리는 사람이었다. 차츰 우주항공국과 연락하는 일은 구경수 선배가 맡게 되었다. 이 선배와 이렇게 질기게 인연을 이어갈 줄은 몰랐다. 힘든 일은 떠넘기며 약삭빠르게 굴어 얄밉기도 하지만 그런 면이 우주항공국 사람들을 다루고 로비하는데 제격이기도 했다.

식물이 자라는 데는 절대적인 시간이 필요하다. 우리 프로젝트는 더디게 진행되었지만 다른 곳이라고 다를 리 없다는 게 유일한 위안이었다. 대학원에 들어와 하루 네 시간 이상을 잔 날이 없었다. 일을 마치면 아랑에게 오늘 연구에 대해 이야기했다. 아랑과 떠들다 좋은 착상을 얻을 때도 많았다. 나 혼자 하는 게 아니라 아랑과 함께한다는 생각이 들 정도였다.

고생한 보람이 있어 우리나라에서 단 세 팀에게만 주는 프로젝트 기금을 받는 데 성공했다. 교수님은 강의와 연구를 병행했고, 나와 경수 선배, 몇몇이 팀을 이루어 기금으로 연 연구소의 실험실과 하우스에서 살다시피 했다.

젊은 나도 힘들었는데 어쩌면 당연한 일이었을지도 모른다. 교수님이 쓰러져서 응급실에 갔다. 병실이 잡히길 기다리는 중에 아빠에게 전화가 왔다.

「우리 딸, 어떻게 지내?」

"교수님이 갑자기 응급실에…… 다행히 크게 걱정할 필요는 없다고……."

간단한 말인데도 목이 잠겨서 말이 제대로 나오지 않았다.

「큰일이구나. 너무 걱정하지 마라. 넌 아픈 데 없고?」

"응, 난 건강해."

「네 이름으로 계좌 만들었으니 확인해봐.」

"계좌? 무슨 계좌?"

아빠는 긴말하지 않고 전화를 끊었다. 아랑이 계좌를 확인해주었다. 생각지도 못한 액수였다. 엄마 보상금에 아빠가 조금씩 보태서 만들어뒀던 모양이었다. 그때 교수님 아들이 왔다. 교수님 상태를 설명하고 입원실에 올라가는 모습을 확인한 뒤 집에 오니 새벽 3시였다. 내일 아빠에게 다시 전화해야겠다고 생각하며 잠이 들었다.

기금을 따오는 실무를 경수 선배가 했든, 사실상 연구를 진행한 건 나였든 간에 교수님은 우리 팀의 기둥이었다. 교수님이 쓰러지자 생각도 못 했던 온갖 책임들에 어깨가 짓눌렸다. 아랑이 없었다면 절대 해내지 못했을 것이다. 팀원들도 최선을 다해주었고 경수 선배의 쇼맨십 덕분에 자생식물 심사 1차 프레젠테이션 때 분위기도 좋았다. 교수님이 퇴원하면서 사기도 올랐다. 우린 희망을 갖고 결과를 기다렸다.

그런데 때 아닌 장마가 졌다. 오래전 어떤 대통령이 억지로 만든 댐이 무너져 수확을 앞둔 논밭을 쓸었다. 세금을 어디다 쓰느냐는 성토가 이어졌고, 유로파 탐사 계획이 대표적인 세금 낭비로 몰매를 맞았다. 지역 주민들이 댐에 금이 갔다고 수리를 요구할 때마다 예산 부족을 핑계로 미루더니 눈에 띄는 효과도 없는 유로파 탐사에 쓸 돈은 어디서 나오느냐는 이야기였다. 기금이 대폭 축소되어 연구소는 문을 닫을 위기에 처했다.

10년을 꼬박 달려 이제 고지가 얼마 남지 않았다. 거의 모든 작물이 5세대까지 안정적인 형질을 유지하고 있는데 여기서 포기할 수 없었다. 교수님이 집을 내놓았다고 말했다.

"교수님, 그건 아니죠!"

내가 정색하자 교수님이 자애롭게 웃었다.

"입원했을 때 이대로 죽는구나 싶자, 살아 이룩한 게 없다는 게 그렇게 안타까울 수가 없더라. 죽기 전에 성공하고 싶어. 지금까지 들이부은 돈이 있는데 그리 쉽게 무산시키진 못할 게다. 1년만 버티면 다시 기금을 받을 수 있을 거야."

"저도 보탤게요. 집을 내놓진 마시고요. 대출로 어떻게 안 될까요?"

"네게 무슨 돈이……."

말하던 중 답을 알아챈 교수님이 깊은 눈빛으로 날 보았다.

경수 선배는 똑같은 조건하에 실험해도 두 세대를 못 넘겼다. 팀원 중 5세대를 넘긴 건 나뿐이었다. 이렇게 불안정한 결과물로는 최종 심사를 통과할 수 없었다. 최종 심사를 통과한 두 팀은 연구 지원금에 생활 보조금도 나왔다. 더불어 유로파 유인 탐사선이 출발

할 때 둘 중 하나 혹은 둘 다 채택되어 탐사선에 탈 수 있었다. 우리 팀의 목표는 당연히 탐사선에 타는 것이었다. 최종 심사를 통과하려면 어떤 유전자가 전기장에 반응하는지 찾아야 했다. 연구는 계속 제자리걸음을 했다.

"새벽 4시다."

함께 일하는 람 언니가 말했다. 불현듯 피로가 몰려왔다. 어느새 연구실엔 둘 뿐이었다.

"그러네요, 우리도 이만 들어가요."

"진짜 머리에 인공지능을 심을 수 있으면 좋겠어. 프랑스에서 인공지능을 쥐에 전이시키는 걸 실험 중이라더라."

"우와, 잘하면 4차나 5차 탐사선은 다 인공지능이 끌고 갈지도 모르겠네요. 인류여, 안녕."

람 언니와 나는 모처럼 잠시 웃었다.

물먹은 솜처럼 몸이 무거운데 쉽사리 잠이 들지 않았다. 나는 괜히 아랑을 불렀다. 아랑은 다른 팀이 공개한 프로젝트 설명서를 살피면서 『응?』하고 대답했다.

"유전자, 찾을 수 있겠지?"

『그럼.』

아랑이 부러웠다. 아랑은 먹지도, 자지도, 지치지도, 낙담하지도,

상처받지도, 불안해하지도, 좌절하지도 않으며 오직 목표를 향해 나아갔다.

구급차가 두 번째로 사이렌을 울리며 연구소로 들어왔고, 교수님은 심장 수술을 받았다. 수술 경과는 좋다지만 적어도 몇 달은 병원 신세를 져야 했다. 교수님이 연구소를 운영하기 어렵다는 건 누가 봐도 명백했고 최종 심사에도 타격이 왔다. 우주항공국에서 보기에 나는 연구소를 이어가기엔 아직 어렸고 경수 선배는 아군만큼이나 적도 많았다.

한 달, 한 달, 한 해, 한 해 힘겹게 버틴 연구소였다. 넉 달간 아무도 월급을 받지 못한 채 프로젝트가 최종 발탁되기만을 바라며 일했다. 람 언니가 제일 먼저 차마 누구와도 눈을 마주치지 못하며 짐을 쌌고, 다른 연구원들도 다른 곳을 알아보기 시작했다.

11년 동안 쌓아 올린 게 모래성처럼 무너져 내렸다. 밤에도 불이 꺼질 날 없던 연구소가 낮인데도 휑하니 비어 있는 모습을 보며 장비를 팔아 얼마라도 밀린 월급을 챙겨줘야 하지 않을까 생각했다.

"맥주 한잔할래?"

기척도 없이 들어온 경수 선배가 말했다. 나는 황급히 눈물을 닦고 아무렇지도 않은 듯 고개를 끄덕였다. 맥주잔이 빌 무렵 경수 선배가 물었다.

"너 연구 어떡할래?"

"그러게."

가네샤는 1년 뒤에 떠날 예정이었다. 우리 프로젝트는 물 건너 갔다. 이제 어떻게 해야 하나. 학교로 돌아가 강사 자리를 알아봐야 하나, 다른 연구소를 찾아야 하나. 새삼스레 내년이면 마흔 살이라는 사실에 절벽을 마주한 양 막막해졌다.

"나 JD에서 스카우트 제의를 받았어."

"잘됐네."

"나만 가려니 미안하지."

JD식품에서는 이번 유로파 탐사에 건조식품을 제공했다. 선내 재배는 아직 실험 단계인지라, 여전히 건조식품이 주를 이루었다. 선배는 JD를 설득해 전기장 연구를 계속하자고 이야기해볼 참이라고 했다. 하지만 선배의 경력은 좋게 말해 외교 쪽이었지 실제 실험이 아니었다. 선배에게는 성과를 낼 수 있는 연구원이 필요했다.

"나야…… 나쁠 거 없지만……."

나는 떨떠름하게 대답했다. 경수 선배의 얼굴에서 교활하고 계산적인 표정이 떠올랐다. 저 얼굴을 할 때 좋은 말이 나온 적이 없었다.

"뭐야, 뭔데?"

"거기서 스카우트한 건 나잖아⋯⋯. 내가 같이 일한 팀원이라고 말하면 한 명 정도 받아줄 법도 한데⋯⋯?"

말끄트머리를 길게 늘이며 나온 이야기의 결론은 내 연구에 자기 이름을 앞에 넣어달라는 것이었다. 내 연구를 날로 먹겠다고? 내 표정을 읽은 선배는 잽싸게 연봉을 제시했다.

"나는 너만큼 연구는 못하지만 사람 다루는 건 잘하잖아. 네가 성과만 내면 목성 탐사선에 JD 연구원 대표로 탈 수도 있어. 난 애도 아직 어리니 설사 발탁되더라도 못 가. 무조건 네가 타는 걸로 지원할게."

집으로 오는 내내, 씻고 잠자리에 누워서도 선배의 제안이 머리를 떠나지 않았다.

경수 선배가 말한 연봉이 어마어마한 액수였다는 건 아니다. 하지만 작은 돈도 아니었다. 적어도 나는 그 정도 돈을 벌어본 적이 없었다. 더 이상 연구소를 운영하는 건 불가능했다. 아니, 정말 불가능할까? 우주항공국이 아니더라도 연구 기금을 신청해볼 만한 곳이 있었다. 서른아홉, 어리다고 할 나이는 아니나 연구소를 리드할 나이로는 젊었다. 그래도 교수님이 처음 쓰러진 이후 안에서 연구소를 이끈 건 나였다. 증명할 수 있었다. 기금을 못 받으면? 까짓 어디 한 군데는 되지 않겠어?

정말로 JD 대표로 탐사선에 탈 수 있을까? JD 연구원이 실제 탐사선에 탄 적은 없었다. 그거야 지금까진 건조식품이나 캔을 제공해서 그런 거고…….

깜빡 잠이 들었다가 의붓언니 전화에 깼다. 언니는 인사할 새도 없이 말을 쏟았다.

「아빠 암이 재발해서 입원했어. 화원을 팔아야 할지도 몰라.」

"암에 걸린 게 아니라 재발했다고?"

「너 진짜 너무한다. 아빠 췌장암이었던 것도 몰랐어? 아빠가 너한테 연락하지 말라고 해서 우리도 안 하긴 했는데……. 진짜 아예 몰랐니?」

나는 아무 말도 못 하고 입술만 달싹였다.

「너한테 전화한 거 알면 아빠가 화낼 텐데…… 나도 애가 둘이잖니. 와줬으면 해서…….」

아랑이 알아서 차표를 예약했다.

"화원은 아빠의 꿈이자 모든 것이야. 화원을 판다니……. 아랑, 나 어떡할까? 취직해? 아니면 다시 기금 쫓아다녀? 경수 선배 없이 내가 잘할 수 있을까? 기금 관련해서는 경수 선배가 해와서 나는 모르는 부분이 많은데……. 어떡하면 좋지? 잠깐, 아직 대답하지 마."

이건 동전 던지기였다. 동전을 던져서 결과가 나온 뒤 결과에 따르고 싶은가, 다시 던지고 싶은가가 내 마음을 알려줄 것이다. 나는 숨을 가다듬었다.

"이제 말해."

『취직하지 마. 지원금 신청할 만한 곳 목록 정리해놨어. 람 언니, 승연 언니 다 정보 업데이트 안 했더라. 아직 다른 연구소 못 찾은 거야. 연락해봐.』

"아빠는? 화원은?"

『네가 당장 병원비 댈 수 있는 상황도 아니잖아. 어쩌면 대출로 해결할 수 있을지도 몰라.』

"1년밖에 안 남았는데…… 먼저 발탁된 팀에 문제가 생기지 않는 한 다른 프로젝트를 또 영입하진 않을 거야."

『네 연구잖아. 정말 경수 선배와 공동 연구로 내도 괜찮아?』

"그래, 그건 정말 말도 안 돼……. 하지만…… 사실 프로젝트 설명하고 그런 건 선배가 확실히 잘하고……"

아랑은 같은 말이 반복되면 그러하듯 침묵하며 듣기만 했다.

나는 창문을 열고 밤하늘을 올려다보았다. 안타깝게도 구름이 끼어 별이 제대로 보이지 않았다.

우주에 나가는 건 유년기부터 변치 않은 내 꿈이었다. 이번 기회를 놓치면 다음 기회는 12년 후에나 올 터였다. 아니지, 목성과 지구의 거리가 가까울 때에만 탐사선을 출범시킬 수 있는 건 아니니까. 다음 탐사선이 있으리라는 보장도 없지만. 가네샤가 유로파에서 머물고, 3차 탐사선으로 추가 지원을 받을지, 3차 탐사선이 만들어지지 못해 귀환하게 될지는 미지수다. 과학자들은 당연히 3차 탐사선을 발사하길 바라지만…….

왜 탐사선의 이름들은 신화에서 따올까. 마치 이룰 수 없는 꿈처럼…….

느닷없이 몇 년 전 아빠가 전화했을 때가 떠올랐다. 프로이트가 그랬다든가. 세상에 의도하지 않은 실수는 없다고. 아빠에게 다시 전화해야겠다고 생각해놓고 잊었다. 사실은 무슨 일인지 모르고 싶었던 건 아닐까? 한 가지 깨달음이 더 오며 죄책감이 온몸을 감쌌다. 아빠가 첫 암 진단을 받고 전화했던 거구나. 그리고 행여나 날 위해 모아두던 엄마 보상금에 손대게 될까 두려워 바로 내게 줬던 거였다.

연구소를 정리할 때 제일 죄송했던 건 홍 교수님이었다. 홍 교수님은 병실에서 내 손을 단단히 잡았다.

"넌 아직 젊잖니. 혹시 이번 탐사를 놓치더라도 너무 속상해 말거라. 또 기회가 올 거야."

나이 든 사람의 말에는 언제나 진리가 있다.

- 4 -

『유로파 유인 탐사선 가네샤가 국제우주정거장을 떠나고 있습니다. 역사적인 순간입니다! 가네샤는 1차 유로파 탐사선이었던 오디세이의 실패를 딛고⋯⋯.』

밤늦게 들어와 기절하듯 잠들었다가 새벽에 나갈 때는 우리 집 방음이 얼마나 형편없는지 몰랐다. 옆집에서 듣는 뉴스 소리가 바로 내 방에서 튼 뉴스 소리처럼 또렷했다. 나는 귀를 막았다.

내가 1학년 때 경수 선배는 3학년이었다. 선배는 몇 번 휴학을 한지라 같은 해에 졸업해 같이 홍 교수님 밑으로 들어가 함께 보낸 시간이 근 16년이었다. 16년간 수없이 싸웠고, 그만큼 화해했고, 연구소에 좋은 일이 생기면 함께 자축했고, 고비가 오면 힘을 합쳐 넘겼다. 서로 씻고 옷 좀 갈아입으라고, 냄새 때문에 회의를 못 하겠다고 거리낌 없이 타박했다. 가족한테도 그렇게는 못 했다.

연구를 정리해 보낸 지 일주일이 지나도록 연락이 없었지만 기금 신청 때부터 기다리는 건 이력이 난지라 그러려니 하면서, 그저 어느 정도 진행됐는지 알고 싶은 마음에 전화를 걸었다. 몇 번 벨이

울리다 음성 사서함으로 넘어갔다. 통화 목록에 부재중 전화가 떴을 텐데 하루가 지나도록 다시 전화가 오지 않았다. 몸속에서 작고 검은 벌레들이 스멀스멀 기어 다니는 듯 살갗 아래가 간질간질해졌다.

"경수 선배에게 전화해. 받을 때까지 해."

아랑은 말 그대로 했다. 선배는 열흘을 버티다가 마침내 술을 마신 목소리로 전화했다.

「위에서 검토했는데 전기장 연구는 성공할 가능성이 없대. 게다가 유로파 탐사선에 들어갈 팀이 정해졌는데, 이제 와서 경쟁하는 건 예산 낭비라는 거야. 여긴 돈을 벌자고 만든 회사잖아. 나도 이러려던 게 아닌데……. 너무 미안해서 맨 정신으론 전화할 수가 없더라.」

"JD에서 자생식물 연구에 대해 뭘 안다고 된다 안 된다야? 그럼 내 연구는 어떻게 되는 건데? 그거 공동 연구로 표기했잖아."

「야, 나도 같이 한 거잖아. 혼자 한 건 아니잖아.」

"공동으로 연구했던 건 아니잖아!"

「미안하다, 정말…….」

전화가 끊겼다.

아랑의 도움을 받아 온 사방에 기금 신청 서류를 냈지만 모두 기각됐다. 기금 내부에 있는 사람을 통해 물어보니 이미 그 연구는 JD에 넘어간 게 아니냐는 질문이 되돌아왔다. 그건 내 연구였다.

몇몇 무료 법률 사무소를 찾아 조언을 구했다. 하나같이 내가 동의해서 경수 선배 이름을 넣은 데다 같은 팀으로 일한 만큼, 연구에 누가 얼마나 기여했는지 증명하기도 어렵고, 연구를 넘기면 취직시켜준다는 각서나 계약서도 없으니 소송 성립부터 어렵다는 답이 돌아왔다. 게다가 상대는 경수 선배가 아니라 JD였다. 나는 아랑과 함께 JD를 조사했다. 중소기업을 인수하고, 사람을 자르고, 기술은 사장시키고……. 어떻게 그렇게 어리석었나? 어떻게 그렇게 순진했나? 어떻게 그렇게 덥석 믿었나? 16년을 함께했다. 어떻게 나한테 이럴 수가 있어?

지푸라기라도 잡는 심정으로 기금 신청을 하고, 결과를 기다리고, 다른 곳에 신청하고, 결과를 기다리는 동안 시간은 어떻게 흐르는지 모르게 지났다. 예산 낭비를 막기 위해서라며 동시에 다른 곳에 신청할 수는 없었다. 마지막이라고 생각하고 낸 곳에서도 기각당했다. 연구는 JD에 넘어갔고, 같이할 팀원도 없는데 당연한 결과였다.

아랑이 통장 잔고를 불러줬다. 엄마의 보상금이 모두 사라졌다. 버스에 치인 사람처럼 얼이 빠져 있는 내게 아랑이 다음 달 월세와

각종 공과금과 식비 등을 부르더니 합했다. 남은 잔고를 초과했다.

『아빠한테 도와달라고 할까, 아르바이트 찾아볼까?』

"아르바이트."

팽팽하게 당겼던 고무줄 한쪽을 놓았을 때처럼 저 멀리에서 떠돌던 정신이 빠르게 몸으로 돌아왔다. 이후 처음 해보는 아르바이트에 적응하고, 구경수에 대한 증오와 절망 속에서 허우적대느라 이날 아랑이 한 말은 잊고 살았다. 아주 나중에서야 문득 이날을 돌아보게 되었다.

아랑이 아빠에게 도와달라고 하는 선택지를 제시하지 않았다면, 나는 그대로 무너졌을 것이다. 마지막 심사에서 탈락한 뒤 집 밖으로는 한 발짝도 나가지 않다가 어느 날 누군가가 냄새 때문에 경찰에 신고한 뒤 시신으로 발견되었을지도 몰랐다.

온 사방에서 가네샤 이야기가 들렸다. 아르바이트하는 고깃집에서 튼 뉴스와 예능, 드라마에서, 사람들의 대화에서 수시로 가네샤가 나왔다. 하지만 어느 순간부터 뜸해졌다.

한 달이 지나 첫 월급을 받은 날, 집에 돌아오며 문득 오늘은 하루 종일 한 번도 가네샤라는 단어를 들은 적이 없다는 데 생각이 미쳤다. 어쩌면 어제부터였는지도 몰랐다.

습관처럼 눈이 하늘로 향했다. 오늘따라 별이 유독 선명하게 빛났다. 사람은 오감 중 시각에 의지하는 비율이 가장 크지만, 눈만큼 사람을 잘 속이는 것도 없다. 바로 눈앞에 있는 것처럼 빛나지만 나는 저 별들이 얼마나 멀리 있는지 안다. 목성은 지구에 가장 근접했을 때도 5억 9,200만 킬로미터나 떨어져 있었다. 빛의 속도로 가면 32분 걸린다.

32분이든, 3분이든, 아니 3초라도 내가 도달할 수 없는 속도라는 사실은 변하지 않는다. 땅을 보며 집에 돌아왔다.

아빠가 어디선지 연구소가 문을 닫았다는 걸 듣고 나에게 전화해서 같이 화원에서 일하자고 했다.

「넌 흙이 맞아. 어릴 때부터 남달랐어.」

"생각해볼게"

나는 속삭이듯 말했다. 일부러 화상이 아닌 음성 통화로 전화를 받았는데도 아빠가 다독이는 얼굴을 하는 게 그려졌다. 당연하다면 당연하고, 무엇보다 고마운 제안이었다. 그런데 받아들일 수가 없었다.

왜? 도대체 왜?

그 순간 내게 우주는 지나간 꿈이 되었음을 깨달았다.

그렇게 흙을 만지는 걸 좋아했는데, 가까이 가면 보이지 않고 멀리 떨어져야 보이는, 거뭇한 흙에서 녹색 점이 돋은 모습을 언제나 같은 경이를 느끼며 바라봤는데, 우주를 포기하자 식물도 가꿀 수 없었다. 식물을 좋아한 건 단지 우주에 가닿을 수 있는 방법이기 때문만은 아니었는데도, 어릴 때 아빠를 따라 화원에 나갈 때부터 몸의 일부처럼 해온 일이니 할 수 있을 줄 알았는데 그럴 수가 없었다.

아무 희망이 없어서, 더 이상은 길이 없어서, 아니, 다시 그런 좌절을 맛볼 수가 없어서, 또 절망하게 되면 살 수 없을 것 같아서 포기했는데, 그 길을 떠나자 내 앞에 남은 건 우주와 다른 깊고 검고 짙은 공허와 어둠뿐이었다. 평균 수명이 105세인데, 남은 65년을 그저 숨만 쉬고 밥만 먹으며 살아야 하는가?

그렇게 살 거다. 눈 감고, 이 악물고, 다시는 쳐다보지 않으며.

홍 교수님의 영정 사진 앞에 하얀 국화를 얹었다. 꽃을 만지는 게 낯설었다.

"너 진짜 너무한다. 네 연락처 찾는 게 얼마나 힘들었는지 알아?"

람 언니가 타박했다. 승연 언니도 눈으로 같은 말을 했다. 나는 볼 안쪽을 깨물었다.

다들 모처럼 만나는 자리라 그간 쌓인 이야기가 쏟아졌다.

"강사로 나가는 학교 학생이 내가 홍 박사님 연구소에서 일했다는 이야길 어디서 들었는지 찾아와서는 연구소에서 일하는 건 어떠냐며 진로 상담하는데 그만두라는 말이 목구멍까지 올라오더라."

"전산실 직원이 나보고 태국 사람이냐는 거야. 베트남계 한국인이라고 하니까, 아, 베트남 사람이군요, 하는 거 있지? 우리말 몰라? 한국인이랬잖아."

"시대착오적인 인간은 어디나 있다니까."

나는 둘의 이야기를 들으며 내 잔에 사이다를 채웠다. 기포가 올라오는 잔 너머 이 자리에서 보리라곤 생각도 못 한 그림자가 비쳤다. 심장이 멎는 것 같았다.

"쟤가 여길 무슨 낯으로 와? 우리 그때 다 경황없었잖아. 쟤 그 틈에 JD에 연구소 장비 완전 헐값으로 넘긴 거 알아?"

승연 언니가 눈에 불을 켰다.

"쟤 잘렸대. JD에서 전기장 연구를 계속하긴 했는데 쟤가 언제 실험실에 있었어야 말이지. 얼마 지나지 않아 밑천 드러난 거지. 알 만한 사람들은 네 연구라는 거 다 알고 있었으니까 강사도 못 맡을걸? 누가 받아주겠냐."

경수 선배가 교수님 아들에게 인사하고, 절을 하는 모습이 느린 화면처럼 지나갔다. 경수 선배가 나한테 다가왔다. 나는 미친개가

다가오기라도 하듯 기겁했다.

"너는 못 들어왔는데 나 혼자 일하자니 마음 편하지 않더라. 근데 애가 학교에 들어가니 돈이……. 나도 많이 힘들었다. 그래도 JD에 연구 완전히 넘기지는 않았어. 안 된다는데도 계속 압박하기에 결국 그만뒀어. 회사는 연구원에게 맞는 곳이 아니더라. 강사 자리 알아보는 중이야."

뭐가, 뭐가…… 어쩌고 어째?

눈앞이 아득하고 전신이 부들부들 떨렸다. 람 언니가 넘어질 뻔한 술잔을 잡아 세웠다. 수없이 많은 욕설이 입안을 맴돌았지만 교수님 장례식에서 할 소리는 아니었다. 경수 선배는 주변 사람들의 싸늘한 눈빛 속에서 장례식장을 떠났다.

집에 돌아와 냉장고를 여니 반쯤 먹다 만 소주가 보였다. 김빠진 소주를 병째 들이부었다. 더 퍼부었어야 하는데. 장례식장이라 그럴 수 없었다면 밖으로 데리고 나가서라도 따졌어야 하는데.

내 연구 강탈해 가더니, JD에 넘기진 않았다고 생색을 내? 내 이름도 있는데, 너 혼자 넘기고 싶다고 넘길 순 있니? 넌 원래 네 이름을 앞에 넣어달라고 했었어. 아랑이 말리지 않았다면 그렇게 했겠지. 그럼 넘겼을 거잖아. 미안해? 너도 마음 편하진 않았어? 그래서, 힘들어서, 속이 헐어 뭉개져가는데도 단 하룻밤도 술을 마시지

4퍼센트

않으면 잠들 수가 없었어? 청소를 하다 말고, 밥을 먹다 말고, 몸도 마음도 갉아먹는 분노에 사로잡혔다가 정신이 돌아오면 분명 밤이었는데 아침이 밝아오고, 분명 쨍한 낮이었는데 한밤이 되어 있고…… 너도 그랬어? 집도 아닌 곳에서 불쑥불쑥 눈물이 솟고 그랬어? 내가 도대체 뭘 잘못했는지 날 탓하고, 탓하고, 또 탓하고……. 너만 돌봐야 할 가족 있어? 내가 장학금 받은 걸로 세상 편하게 살았다고 생각하지? 그 장학금 우리 엄마 무덤에서 받아 온 거야, 이 새끼야!

숨을 쉴 수가 없었다. 칼로 가슴을 갈라 심장을 꺼내 터뜨리고 싶었다. 그럼 숨을 쉴 수 있을 것 같았다. 미쳐가는 것 같아 겁이 났다. 찬 바닥에 누워 몸을 동그랗게 말았다.

『출근 준비할 시간이야.』

아랑의 목소리에 눈이 뜨였다. 어제 옷차림 그대로였다.

"구인 사이트에서 연락 온 거 없어?"

『잠깐만…….』

문득 아랑이 간단한 요청도 수행하는 데 오래 걸리기 시작했다는 데 생각이 미쳤다.

"너 요즘 느려졌다?"

『여유 공간이 없어서…….』

아랑이답지 않게 말을 흐렸다. 나는 디스플레이를 띄우고 무성의하게 훑다가 연구 자료들이 빼곡한 하드에서 멈췄다.

"저거 다…… 정리해."

- 5 -

나는 아랑의 아바타를 사람 크기로 불러 앞에 앉히고 말했다.

"차근차근 설명해봐."

한때 아랑은 최신 논문들을 검토하고 정리해 새 이론이 나오면 가상 실험실에서 모의실험을 해 결과를 보고하곤 했다. 나는 더 이상 보고받지 않았지만 아랑은 연구를 계속해 끝내 전기장 효과에 반응하는 유전자를 찾았다.

『유전자 이름은 네 이름 뒤 글자, 내 앞 글자를 따서 A-117이라고 붙였어.』

평생 들어온 담담한 어조로 말하는 아랑과 달리 나는 머리가 종이라도 된 것처럼 울렸다. 그걸 찾았다고? 16년을 했지만 못 찾았다. 10년을 더 했으면 찾을 수 있는 거였나? 물론 현재는 시뮬레이션으로 성공해 이론으로만 존재했다. 아랑은 실제 작물을 키우지는 못했다. 아랑은 이론을 정리해서 몇 군데에 보냈는데 두 곳에서 답장이 왔다. 하나는 조근찬이 속한 3차 유로파 탐사 유인 우주선 유로파의 자생식물 프로젝트 팀이었고, 다른 하나는 다국 기업인 헨슨 사였다. 조근찬은 자기 연구팀에 합류하라고 제안했고, 헨슨 사는 특허를 사겠다고 했다.

"특허도 받았다고? 네가 어떻게?"

『네 정보 나한테 다 있잖아. 사이버 특허청에 보냈지.』

아랑이 헨슨 사가 보낸 계약서 사본을 열었다. 나는 헨슨 사가 제시한 동그라미를 몇 번이고 반복해서 확인했다. 아빠 빚을 한 번에 갚아줄 수 있었다. 몇 번이고 갚아도 남았다. 연구비를 따내기 위해 고군분투했던 기억이 떠오르며 울화가 치밀었다. 이 돈 10분의 1, 아니 100분의 1만 그때 줬어도…….

"이 이야기를 나한테 언제 할 셈이었어?"

『정확히는 모르겠어.』

"조근찬이 날 만나러 오게 한 거야?"

『그건 내가 예상하지 못한 바였어. 팀에 합류하자고 계속 권하는데 달리 명분이 없어서 헨슨 사 이야기를 했더니 만나서 설득하기로 했나 봐. 오늘 일은 대충 설명했어. 당황해서 순간 어찌할 바를 몰랐다고……. 너만큼이나 나도 우주를 동경해왔어. 기억해? 나도 데려가라고 했던 말, 진심이었어.』

진심이라……. 내가 아랑한테 이런 말도 가르쳤나?

나는 새삼스레 내가 자라는 대로 같이 나이 들도록 설정한 아랑을 바라보았다. 보통 아바타는 자기가 동경하는 모습이나 자기랑 닮은 모습으로 만들기 마련이다. 나는 닮은 쪽이었다. 아랑에게 내 유전 정보를 입력했는데도 아랑과 나는 똑같은 모습으로 나이 들지 않았다. 굳이 말하자면 우린 자매처럼 닮았다.

아랑은 나에게 인공지능을 침팬지한테 전이시킨 실험을 보여 줬다.

『침팬지를 훈련시켜 문제를 푸는 것처럼 꾸민 건지, 진짜 성공한 건지 의견이 분분해.』

아홉 마리 중 성공한 침팬지는 한 마리였다. 다섯 마리는 며칠 후 죽었고, 세 마리는 침팬지한테 그런 표현을 써도 된다면, 미쳤다.

간혹 똑똑한 침팬지를 잘 가르치면 열 자리 이하 덧셈을 해내는 경우가 있지만 곱셈과 나눗셈은 불가능했다. 인공지능을 전이시킨 침팬지는 곱셈과 나눗셈은 척척 풀었고, 분수의 덧셈과 뺄셈을 배울 때는 짜증을 냈고, 분수의 곱셈으로 넘어가자 빠르게 익혔다. 인수분해에 들어가 2차식은 무난하게 해냈지만 3차식은 쩔쩔맸고, 4차식을 내놓자 밥도 먹지 않았다. 사람으로 치자면 자기 한계를 깨닫고 좌절하는 모습 같았다.

『육체의 한계지. 내가 너한테 들어가면 나도 지금처럼 모든 걸 다 기억하진 못할 거야. 대신 네가 모든 걸 기억해주겠지.』

갑자기 숨이 막히는 느낌이 들어 창문을 열었다. 차가운 공기가 밀려들며 오소소 닭살이 돋았다. 구름 한 점 없는 밤하늘에 유독 큰 달이 떠 있었다.

"내가 조 팀장을 만나러 갈 수도 있어. 그간 조 팀장이랑 대화한 내용, 논문, 달라고 하면 다 줄 거지?"

『응.』

혹시나 하는 불안감에 젖어 말했는데 아랑은 순순히 논문을 열었다. 쉬이 눈에 들어오지 않았다. 지난 10년간 우주식물학은 놀랄 만큼 발전했다. 그래도 시간이 1년은 있다. 아, 그건 출항 전까지다. 조근찬을 만나기 전에 얼마나 익힐 수 있을까? 안 쓰는 기관은 퇴화한다고 부쩍 머리가 둔해졌는데…….

"그냥 헨슨 사에 팔아도 되잖아. 평생 놀고먹을 수 있어"

『응.』

"죽을 수도 있잖아."

『응.』

"너도 사라질 수 있어."

『응.』

"언제까지 결정해야 해?"

『조 팀장이 오래는 못 기다린대. 내가 뒤늦게 합류하는 거 특혜거든. 헨슨 사에서 거액을 제시한 게 오히려 도움이 되었달까. 그만한 가치가 있는 연구가 되어버린 거지. 가네샤 자생식물이 실패한지라 새로운 접근법도 필요하고.』

"그래서 얼마나?"

『가능하면 오늘이라도. 길게 잡아도 한 달 안에는 대답해야 해.』

"나 완전 저질 체력 된 거 알지? 연구원한테 우주인만큼 체력을 요구하진 않아도 건강 검진은 받아야 해. 거기서 탈락할 수도 있어."

『알아.』

"헨슨 사 자료 있지?"

나는 아랑이 그간 정리해둔 헨슨 사 자료를 확인했다. 헨슨 사는 화성 기지에 꾸준히 건조식품을 보냈다. 자생식물 연구는 하지 않았다. 헨슨 사는 아랑의 연구를 사서 묻을 거다. 아랑의 연구를 사려는 건 연구를 사장시켜 건조식품을 더 많이 팔기 위해서다. JD와 다를 바 없는 곳이었다.

"13년이네!"

달에 들렀다가 화성까지 두 번 도약하고, 열일곱 번의 도약을 거쳐 목성 궤도에 진입해 목성을 관찰하고, 유로파에 착륙해 가네샤 수리를 돕고, 유로파를 탐사한 후 돌아오기까지 13년이었다.

특허를 팔 수도 있었다. 내가 가도 되었다. 문제될 건 없었다. 그게 내가 한 일이 아니라는 걸 제외하면 말이다. 이걸 팔거나 내가 가는 건 경수 선배가 나한테 한 짓을 아랑한테 하는 거였다. 그런데 이게 말이 되나? 아랑은 사람이 아니잖아. 그래도 사기인가? 내가 그렇게 하면 아랑이 날 탓할까?

아랑에게 사기를 치는 건지 아닌지보다 내 마음이 문제였다. 이건 분명 내가 하지 않은 성과를 뺏는 일이었다. 아니 정말 내가 하지 않은 일인가? 나는 아랑을 업그레이드해왔다. 아랑에게 내가 한 연구 결과를 전부 다 저장했다. 지금 아랑을 만든 건 나라는 의미였다. 그래서 아랑이 만든 것도 내 것인가? 이게 내 것이면 아랑의 기본 시스템을 개발한 개발자 것도 되나? 아니면 아랑을 발매한 회사의 것인가?

나는 아랑에게 침팬지 실험에 대해 더 자세한 정보를 요청했다. 아랑은 공개된 정보를 모두 모으고 분석하고 연구해서, 더 안전하게 전이시킬 방법까지 고안해두었다.

"어쩐지, 이상하게 삐걱거리더라니……. 가상 실험실을 돌리고 있었으니 용량이 부족할 밖에……."

『미안.』

"너 날 속인 거야?"

『미안.』

내가 아랑한테 연구 자료를 어떻게 하라고 했지? 지우라고 했나, 정리하라고 했나? 아랑은 나에게 거짓말을 하진 않았다. 하지만 사실의 일부를 감추는 방식으로 날 속였다. 그 순간 아랑이 밉다기보다는 정말 살아 있는 존재고 아랑이 한 일을 뺏으면 안 된다는 생각이 들었다.

이게 정말 가능할까? 죽을 수도 미칠 수도 있었다. 아랑이 나에게 오고 내가 아랑에게 가기 위해 필요한 장비의 가격을 계산해보니 그간 찔끔찔끔 모은 돈을 다 털어 넣어야 할 판이었다. 그냥 사인만 하면 어마어마한 돈을 받을 수 있는데.

"실패해서 죽거나 미치기라도 하면 아빠는?"

차라리 죽는 게 나았다. 내가 정신이 나가기라도 하면 아빠는 내가 죽을 때까지 날 보살펴야 했다. 아빠보다 내가 더 오래 살면, 아빠는 내 남은 생을 위해 또 무언가를 해야 했다. 나만 생각하고 결정할 일이 아니었다.

엄마는 오디세이의 엔진이 공간도약을 견디지 못할 가능성이 있다는 걸 분명히 알고 있었다. 그런데도 떠났다. 우리한테 그 말은 한마디도 하지 않고 탐사선에 올랐다. 엄마는 오디세이에 탈 때 우리만 남게 될 수도 있다는 걸 알았다. 알면서도 가버렸다. 그리고 엄마의 육신은 지구의 작은 땅속이 아닌 우주에 흩어져 있다.

왜 그랬어, 엄마? 왜?

내가 엄마에게 묻는 "왜?"라는 질문에는 어떠한 원망도 없었다. 다만 알고 싶을 뿐이었다.

- 6 -

재아의 건강 상태는 예상보다 큰 걸림돌이 되었다. 신체검사와 체력장에서 재아는 아슬아슬하게 기준점에 걸쳤다. 조 팀장은 꼭 탐사선에 타야겠느냐고 만류했다. 재아는 우주에서 전기장이 어떤 효과를 나타낼지 모르느니만큼 당연히 직접 결과를 관찰하며 미흡한 부분이 발생하면 보강해야 한다고 대답했다. 같은 실수를 반복하지 않기 위해 자신이 탑승할 수 없다면 자기 연구 결과도 쓸 수 없다고 계약서에 못 박았다. 모 아니면 도였다. 탐사선에 타지도 못하고 프로젝트도 발탁되지 못하거나, 우주에 나가서 직접 연구를 계속하거나.

윤희는 피디라는 사람이 재아에게 이메일로 연락해서 인터뷰를

청했다. 나는 윤희은 피디에 대한 정보를 검색했다.

「우주 탐사에 대해 우호적인 사람이네. 하는 게 좋겠어. 간간이 예산 낭비라는 비판이 나오는 거 알지? 이럴 때일수록 성공 신화가 필요해.」

"그게 왜 나야?"

우주 탐사의 꽃은 조종사, 선외 활동을 하는 우주 유영사, 우주생물학자였다. 실제 우주공간으로 나가서 우주선의 외부를 수리하는 사람, 무인 탐사기가 유로파의 얼음 밑에서 가져온 표본에서 생명의 흔적을 찾는 사람들, 그들이 스트라이커였다. 우주복 정비사, 인공육 개발자나 재아 같은 자생식물 연구원은 축구로 치면 선수도 아닌 스태프였다.

「만나보면 알겠지.」

재아는 고심 끝에 피디를 만나러 나갔다. 윤희은 피디는 20대 후반인데도 미성년자로도 오인받을 만큼 풋풋한 인상이었다. 윤희은 피디와 함께 온 나이 든 남자가 자신을 소개했다.

"김종욱이라고 합니다."

어떤 기억은 뇌보다 몸에 아로새겨진다. 낯선 듯 낯설지 않은 듯한 이름에 재아의 호흡이 빨라지고 맥박수가 상승했다.

『오디세이에 탔던 다큐멘터리 피디야.』

내가 재아에게 알려주었다.

"사전에 말하면 만나주지 않을 것 같아서 윤희은 피디에게 무리하게 부탁했습니다."

김종욱 피디는 재아를 향해 허리를 반으로 꺾었다.

"죄송합니다."

그는 느리고 나직한 목소리로 오디세이에서 있었던 일을 들려주었다. 탐사선에 문제가 생긴 건 화성을 향해 두 번째 도약을 마친 직후였다. 위험한 일이 생길 수 있다는 걸 각오하지 않았던 건 아니나 막상 지구에서는 3,000만 킬로미터, 화성까지도 1,500만 킬로미터 떨어진 곳에서 문제가 발생하자 그는 순간 이성을 잃었다. 그러면서도 다큐멘터리 감독의 본분을 발휘해서 카메라를 들고 문제를 알아내려 했다.

"제가 그때 침착하게 대응하기만 했어도……"

그는 도대체 이게 무슨 일이냐고 따졌고, 그의 감정적인 태도는 고스란히 화면에 잡혀 해당 영상을 본 사람들도 거기에 이입하게 만들었다.

"항법실에 먼저 간 건 제가 있던 라운지에서 조종실보다 항법실이 더 가까웠기 때문이었습니다."

조종실이 더 가까웠다면 조종사의 조종 미숙으로 비쳤을까? 그랬다면 조종사의 가족들이 재아가 겪은 일을 겪었을까?

오디세이의 구조선은 공간도약을 견디지 못했다. 탐사선은 언제 터질지 몰랐다. 핵연료가 탑재된 탐사선이었다. 구조선에 탄 사람이라도 살리려면 탐사선이 공간도약을 해서 안전거리를 확보해야 했다. 지구나 화성으로 도약한 뒤 폭발하면 지구와 화성에 있는 인공위성이나 우주정거장이 폭발권에 휘말릴 수 있었다. 백수십여 년간 인류가 천문학적인 돈을 들여 지은 곳이었고, 다시 지으려면 그만한 시간과 돈이 들 터였다. 항법사와 조종사는 문제가 발생할 경우 탐사선에 끝까지 남는다는 조항에 서명해야 탈 수 있었다. 나조차 이때까지 몰랐다. 철저한 비밀 조항이었던 탓이었다. 김종욱 피디는 오디세이 폭파 이후 해당 조항이 삭제되었다고 말했다.

"예나 지금이나 사람의 목숨이 제일 싸고, 가장 쉽게 대체할 수 있는 자원이군요."

재아가 목이 졸린 양 쉰 목소리로 말했다. 김종욱 피디의 고개가 밑으로 떨어졌다.

"그리고요?"

"이연애 공간도약항법 팀장님은 놀랄 만큼 의연하게 대처했습니다."

엄마는 점점 커지는 두려움에 비례해서 선체에 무리가 가지 않는 계산법을 찾기만 한다면 무사히 돌아갈 수 있으리라는 생각에 매달렸고, 그런 엄마의 태도는 군중심리를 이끌어냈다. 항법사들은 탐사선에서 버릴 수 있는 공간과 물건은 최대한 버려, 탐사선을 가볍게 한 뒤 도약하는 방법을 계산하기 시작했다. 어떤 이는 끊임없이 눈물을 흘리며, 어떤 이는 바들바들 떠느라 디스플레이를 제대로 조작하지도 못하면서, 엄마의 지시에 따라 주어진 계산을 했다.

"부끄럽게도 지구로 돌아온 뒤 극심한 공황장애에 시달리는 바람에 이후 일을 제대로 듣지 못했습니다. 항법사들에게 책임이 전가된 걸 알았을 때는 이미 다 지나간 일이 된 뒤였죠. 몇 번이나 방송사를 찾아가고 유가족분들을 만나 인터뷰를 진행해서 일을 바로잡아보려 했지만, 방송사는 관심을 두지 않았고 유가족분들은 모두 제 연락처를 차단하셔서……, 당연한 일이었겠지요."

"그래서 절 인터뷰 대상으로 고르셨던 건가요?"

재아가 윤희은 피디에게 물었다.

"아니에요. 재아 씨를 취재하기로 한 뒤 김종욱 감독님 이야기를 들었어요. 김종욱 감독님에게 연락하니 이연애 팀장님 이야기를 들려주시며 제게 부탁하신 거죠. 처음부터 제 의도는 주연 못지않은 역할을 하는데도 주목받지 못하는 사람을 조명하는 거였어요.

3차 탐사선과 관련된 일을 하는 사람들은 수만 명에 달해요. 그런데 관계자 중 대다수가 막상 실물은 구경도 못 하죠."

재아가 가볍게 턱을 끄덕였다. 우주복 연구자, 인공지능 개발자, 수십만 개의 부품을 제공하는 회사의 연구원들, 식품 회사 직원, 화장실과 침실 등 생활공간 설계자들이 있었다. 그들 중 절대 다수가 자기들이 만든 것만 보았다. 끽해야 실제 크기와 같게 만든 모형으로만 볼 수 있었다.

"보통 사람들은 그 사람들의 역할을 몰라요. 하지만 그 사람들 또한 이번 탐사선에서 중요한 역할을 맡고 있어요. 저도 모든 사람을 다룰 수는 없으니 후보자를 물색하다 이걸 찾았어요."

윤희은 피디는 람 언니가 우주식물학과 후배들과 만든 "재아를 응원합니다"라는 사이트를 보여주었다. 후배들이 각기 직접 촬영한 메시지를 올렸는데 대부분 "우리 학과의 첫 우주인이 되어주세요!"라는 말이었다.

"람 씨가 이런 사이트를 만든 걸 알고 계셨나요?"

"아니요, 전혀 몰랐어요."

재아는 깜짝 놀라 대답했다.

윤희은 피디는 오랜만에 만나는 학창 시절 친구와 그간의 근황을 주고받듯 편안하게 이야기를 이끌어갔다. 재아는 처음으로 아주 어린 시절부터 꾸었던 꿈을, 연구한 이야기를, 연구소가 문을 닫았을 때의 절망과 임종을 못 지킨 교수님에 대한 자책을 이야기했다.

인터뷰는 총 다섯 시간이 걸렸다. 엄마가 돌아가셨는데 집에서 숨어 지냈던 이야기가 제일 힘들었지만 이야기를 마치자 후련했다. 이제껏 누군가에게 그간의 이야기를 처음부터 끝까지 털어놓은 적이 없었다. 이렇게 진지하게 귀를 기울여준 사람도 처음이었다.

재아의 인터뷰는 특집으로 한 시간에 걸쳐 나갔다. 기자는 열여섯 나이에 엄마를 잃고도 죄인처럼 지냈던 시간을 극복하고 돌아가신 엄마의 뒤를 이어 연구에 매진한 사연과 일생을 걸고 노력하는 사람들, 재아를 보고 다시 꿈꾸기 시작했다는 람 언니의 이야기까지 감동적으로 그렸다. 김종욱 피디도 출연해 재아에게 했던 이야기를 반복하며 뒤늦게나마 항법사 유가족들에게 사죄의 말을 전했다.

며칠 후 재아는 탑승 허가장을 받았다. 재아는 파일을 열어둔 채 몇 번이고 반복해서 허가장에 쓰인 문구를 읽었다.

"이걸 어떻게 받았을까? 조 팀장이 나서줘서? 람 언니가 만든 사이트 덕에 언론의 조명을 받아서? 아니면 못다 한 엄마 꿈을 이룬 딸이라는 게 동정표를 얻었을까?"

『어쩌면 그게 다 조금씩은 영향을 줬을 수도 있겠지. 하지만 결국 이걸 받아낸 건 너야. 네 노력의 결실이야.』

재아는 와락 울음을 터뜨렸다.

"내가 아니야, 우리지! 이 허가증 하나 받으려고 몇 년이니? 우리 진짜 간다!"

『그럼, 이제 가는 거야.』

아빠가 기차역으로 마중 나와 있었다. 재아는 월요일이면 외나로도로 가 출항 때까지 예비 탑승인을 위한 숙소에 들어가야 했다. 그러고 나면 유로파에서 돌아올 때까지 집에 가지 못했다.

"뭘 마중까지 오고 그래."

재아는 조수석에 올라 안전벨트를 맸다. 아빠는 자동운행장치에 '집'이라고 한 마디 한 후 내내 말이 없었다. 재아는 조마조마한 기분에 창밖만 보았다.

"너 일곱 살 생일날 생각나?"

아빠가 불쑥 물었다.

"일곱 살? 그걸 누가 기억해."

재아가 애매하게 눈을 피했다.

"엄마가 생일에 같이 못 있어줘서 미안하다니까 네가 '엄마는 일

4퍼센트

생일대의 기회를 잡아야 하잖아' 라는 거야. 그러고는 날 빤히 보면서 '아빠, 나한테도 일생일대의 기회가 올까?'라고 하더라."

아빠의 단단한 손이 재아의 머리를 쓰다듬었다.

"그간 애썼다."

재아는 손바닥으로 얼굴을 덮었다. 독주를 단숨에 마신 양 목이 뜨거워서 말이 나오지 않았다. 첫 탐사선에 엄마를 잃고도 떠나는 재아를 격려하는 아빠의 한마디는 수많은 사람들의 열 마디보다 더 큰 무게로 재아의 마음을 어루만졌다.

어떻게 알았는지 경수 선배가 전화해 자기도 같이 연구한 게 아니냐는 이야기를 늘어놓았다. 재아는 담백하게 "응, 수고했어요." 하고 끊었다. 연구 팀에 합류하고 싶다면 직접 자기 기여도를 증명하든가, 소송을 하든가. 재아도, 나도 그게 얼마나 힘든지 알고 있었다.

재아는 조 팀장, 다른 연구원들과 함께 안전의자에 몸을 묶었다. 탐사선이 나아가는 부드러운 진동이 느껴졌다. 외나로도에서 국제우주정거장으로 올 때는 중력을 뿌리치고 와야 했으나 이번에는 그저 나아가기만 하면 되었다. 잠시 후 모두 좌석에서 벗어나도 좋다는 방송이 들렸다. 다들 약속이나 한 듯이 의자에서 일어나 전망대로 향했다. 영어, 중국어, 일본어, 태국어, 인도어, 온갖 언어들이 들려왔다. 재아는 유리창에 달라붙었다. 황홀하리만큼이나 아름다운 검은색에서 별들이 회전하는 건, 우주선이 회전하며 인공중력을 만들어내고 있기 때문이었다.

재아의 시선이 점점 멀어지는 태양계 세 번째 행성으로 향했다. 그 안에서 한 점으로 살 때는 볼 수 없었던 울퉁불퉁한 산맥과 푸른 바다, 붉은 사막이 빠른 속도로 작아졌다. 재아는 지구의 둥근 호를 따라 손을 움직였다.

사람들이 각국의 억양대로 탄성을 질렀다. 재아는 숨을 멈췄다. 지구가 태양을 가리고 있었다. 빠르게 푸른빛을 밀어낸 주홍색은 곧 여러 빛깔의 주홍색과 짙은 보라색에 자리를 넘겼다. 이어 푸른 지구가 검은 밤으로 들어갔다. 지구 궤도를 도는 우주선에 탄 사람들은 45분에 한 번씩 이 광경을 보고, 어린 왕자는 원할 때마다 의자만 움직이면 이 광경을 볼 수 있었으며, 재아는 50년 걸렸다.

자생식물 팀이 재배하는 작물은 3주에 한 번씩 수확이 가능해서 가만히 들여다보면 자라는 모습이 보이는 것 같았다. 수확할 때마다 한 팀씩 수확물로 음식을 맛보게 했는데, 반응은 기대 이상으로 좋았다. 이번 탐사에서는 팀당 1~2주에 한 끼씩 받지만 다음 탐사 때는 매 끼니 받게 될 만큼 자생 식물을 키울 공간을 늘리게 될지도 몰랐다.

탐사선의 생활도 일상이 되어갔다. 일어나면 작물을 확인하고, 실험실에서 연구하고, 밥을 세 번 먹고, 한 시간씩 운동했다.

공간도약 시간이 오자 모두 안전 좌석에 몸을 묶었다. 재아는 도약할 때마다 토해 구토 주머니를 단단히 쥐었다. 공간도약이 끝났지만 재아는 안전 좌석에서 일어나지 않았다. 조 팀장이 정신을 잃은 재아를 의무실로 옮겼다.

재아는 탐사선의 꼭대기 층 전망대로 갔다. 초기엔 늘 북적거렸는데 별을 보는 것도 일상이 되어버린 지금은 한산했다. 하우스에서 전망대까지는 보통 걸음으로 15분 걸렸다. 재아는 50분 만에 전망대 의자에 앉았다. 이제는 작은 점으로 보이는 지구와 달이 자매처럼 붙어 선명하게 빛나는 주위로 지구에서는 꿈도 꾸지 못할 만큼 수많은 별이 깜빡이는 법 없이 찬란한 빛을 발했다. 언젠가 저 별들에 다 닿고 싶었다.

"사람이 두 발로 걷도록 진화한 건, 별을 보고 싶어서였을 거야."

『우주의 4퍼센트 말이야?』

내가 대꾸했다. 재아는 웃었다.

"달, 지구, 저 많은 별, 은하……, 그래, 그건 우주의 4퍼센트지. 전에는 인류가 우주에 대해 아는 게 고작 4퍼센트라는 게 허무한 적도 있는데, 지금은……."

재아는 영원 같은 우주를 바라보았다.

"4퍼센트나 알다니……."

재아는 창문에 이마를 가져다 대었다.

"우리가 유로파 탐사선에 기여한 건 몇 퍼센트일까? 유로파 탐사선은 이후 인류가 태양계를 벗어나는 데 얼마나 영향을 미치게 될까?"

계산하기에는 정보가 부족하다고 대답하려다 재아가 답을 바라고 물은 게 아니라는 사실을 인지했다.

『4퍼센트라고 치자.』

재아가 킥 웃었다.

『조 팀장한테 최종본 보냈어.』

"응."

내가 보낸 건 재아의 유언장이었다. 조 팀장은 재아가 작성한 유언장의 증인이었다. 재아는 전기장 특허를 아빠에게 넘겼다. 목성에 도착하려면 공간도약을 일곱 번 더 해야 한다. 앞으로 6개월 남았다. 재아의 목숨도 6개월 남았다. 뇌종양이었다. 탐사선에도 의사와 의료 기기가 있었지만 뇌 수술을 할 정도는 아니었다. 지구에서라면 고칠 수 있는 병이지만 반경 2억 킬로미터 안에 그런 의료 시설은 없었다.

갑작스러운 종양과 빠른 악화는 우리가 교체한 데에 따른 부작용일지도 몰랐다. 의료진은 공간도약이 인체에 미치는 부작용을 우려했다. 재아는 죽으면 연구용으로 시신을 기증하기로 했다.

"아빠한테라도 사실대로 말해야 하지 않을까?"

『난 예전의 내가 아니야. 나도 딸 노릇 못 하고, 아빠도 절대 받아들이지 못할 거야. 이게 최선이야.』

아빠가 슬퍼할 일이 걱정되지 않는 건 아니었다. 하지만 어쩔 수 없는 일이고, 나는 예전의 나와 달리 같은 생각을 반복하지 않았다.

『후회해?』

재아의 입가에 부드러운 미소가 떠올랐다.

"이 몸이 있기에 느낄 수 있는 충만감이 뭔지 잊은 거야? 너는 어때?"

『난 더 멀리 갈 거야.』

나는 나 자신을 복사해서 탐사선 곳곳에 심어두었다.

재아가 의자 위로 무릎을 올려 끌어안더니 턱을 묻었다. 나에겐 없던 습관이었다. 나는 홀로그램 형태로 재아의 어깨에 앉아서 같은 눈높이에서 다른 시야로 함께 우주를 바라보았다. 이제 6개월 남았다.

천장 우주

해도연

01-01.

리짓은 들뜬 얼굴로 엘리베이터에서 내렸다. 그러고는 그 자리에 서서 심호흡을 하더니 한 손에 들고 있던 뜨거운 커피를 조심스럽게 입술로 가져갔다. 뒤에 있던 회사 동료가 따라 내리면서 어깨를 툭 치고 지나가자 입술이 화끈해지고 커피 한 줄기가 입 주변으로 흘러내렸다. 리짓은 그 동료를 보며 슬쩍 미소를 지었지만 정작 치고 지나간 사람은 돌아보지도 않았다. 엘리베이터 앞에서 멈춘 게 잘못이지. 리짓은 그렇게 생각하며 입에 묻은 커피를 닦았다.

이제 다시 움직일 시간이다. 리짓은 다리를 힘껏 뻗어 저벅저벅 걸으며 팀 오피스로 향했다. 오피스라고 해봐야 허리 높이 파티션으로 구분된 네모난 공간일 뿐이었다. 그러니 엄밀히는 팀 사무실도 아니었다. 하지만 이 초라한 공간이 어쩌면, 정말 어쩌면 그리워질 날이 올지도 모른다는 생각에 리짓은 여기서 걷다가 엎어져도 오늘만큼은 부끄럽지 않을 것 같았다.

리짓은 파티션 블록 입구에 섰다. 만족스러운 미소를 띠며 먼저 출근한 세 명의 팀원을 둘러봤다. 평소와 다름없이 아침부터 피곤에 찌든 반가운 얼굴이었다.

"똑똑, 여기 주목 좀 해줘."

"싫어."

애브는 고개도 돌리지 않고 거절했다. 하지만 사실 이미 귀를 기울이고 있다는 걸 리짓은 알고 있었다.

"안 먹어." 이안은 한숨을 쉬며 말했다.

"먹는다니 뭘?"

리짓이 묻자 이안은 무거운 몸으로 의자를 반바퀴 빙글 돌리고는 사뭇 진지한 얼굴로 리짓을 바라봤다.

"그 건강하기 그지없는 리조또 먹고 싶지 않다고. 이젠 안 당해. 차라리 흙으로 만든 미트볼을 먹을 거야."

"아, 그런 거 아니야. 좋은 소식 전할 게 있어서 그런 거야." 리짓은 리조또가 든 종이봉투를 슬며서 파티션 뒤로 가리며 덧붙였다. "혼자 먹기 좀 많기는 하지만 아무튼."

컴퓨터 화면만 바라보던 리애가 드디어 고개를 돌리고 평소와

천장 우주

다름없는 인자한 무표정으로 말했다.

"이번엔 또 무슨 일을 벌이고 왔어?"

"엄청 좋은 아이템 하나를 발견했어! 여기선 말하기 좀 위험하고 다른 곳에서 말해줄게."

"어차피 우리한테 아무도 관심 없어." 리애는 동그란 안경을 닦으며 말했다.

"맞아." 애브도 동조했다. "그저께 내가 10억 복권 당첨됐다고 말했는데도 옆 팀에선 눈 하나 꿈쩍하지 않더라고. 분명히 들렸을 건데도."

"10억 당첨됐다고? 세상에! 축하할 일이지? 아, 지금 퇴사는 안 돼. 그래도 이번 일은 같이하고 가!"

리짓의 반응을 보고 애브는 흥분하며 양팔을 뻗고 말했다. "바로 그거야. 그게 정상적인 반응이지. 그러니까, 관심이 있는 사람의 정상적인 반응."

"돈은 벌써 받았어? 아이 교육비로 먼저 돌리겠지? 그래도 꽤나 남을 거 같은데. 아무튼 그래도 이번 일은……"

"무슨 소리야." 애브는 정색하며 리짓의 말을 막았다. "당연히 거짓말이지."

"그만큼 우린 관심 밖에 있다는 거야."

리애가 덧붙여준 덕분에 리짓은 침착을 되찾고 하려던 말을 다시 떠올렸다.

"좋아. 그럼 여기서 말할게. 이리 모여봐."

네 사람이 블록 한가운데 머리를 거의 맞대고 모였다. 모두 리짓을 바라봤다. 웃고 있는 건 리짓뿐이었다. 리짓은 진심일수록 표정이 옅어지는 이들이 너무 좋았다.

"우리 달에 갈 거야!" 리짓이 외쳤다.

옆 팀은 돌아보지 않았다.

01-02.

"그래서 어떻게 생각해?" 리애가 휴게실에서 머그잔을 기울이며 물었다.

"어떻게 생각하긴. 우리 팀에서 할 일을 가져오는 건 리짓뿐이야. 일단 굴러가긴 하겠지." 애브는 빈 찻잔을 씻으며 말했다. "어디서 멈추게 될진 모르겠지만."

"평소와는 규모가 다르잖아. 달에서 소금을 채굴해서는 상품화하겠다니. 그게 가능하긴 해?"

"자연산 염화소듐이 비싸긴 하지."

"그걸 자연산이라고 부를 수 있어?"

"당연하지. 우주도 자연인데."

리애는 답답하다는 듯 머그잔을 내려놓고 팔짱을 꼈다.

"애브, 우린 벌써 1년째 재활용 대기팀이야. 다른 팀에서 필요한 만큼 소모되고 버려져서 달리 쓸 곳이 생기길 기다리는 팀. 옆 팀이 우리 말에 신경 안 쓰는 건 걔들은 벌써 다음 달이면 재활용될 거라서 그런 거고."

"그게 어때서." 애브는 일부러 말끝을 낮추며 질문이 아니라는 티를 냈다.

"내년엔 몰리가 학교로 돌아갈 거야. 돈이 들 거라고. 지금 당장은 부족하지 않지만 어떻게 될지 모르잖아. 언제까지 재활용 대기팀에 있을 수는 없는 마당에 또 엉뚱한 프로젝트 시도하다가 엎어지면 곤란해. 리짓이 진심이라는 건 알고 준비도 잘했다는 건 알지만, 현실은 현실이니까."

애브는 잠시 천장을 올려다보다가 물었다. "몰리는 잘 지내? 학교를 다시 다닌다니 대단하네. 너희가 결혼하고 벌써 3년인가?"

"5년이거든."

"아하. 리짓이 들어온 직후였지."

"리짓이 들어오기 반년 전이었어. 머리 옅어지더니 벌써 뇌세포도 같이 빠지는 거야? 몰리는 잘 지내. 회사 다니면서 새벽마다 밤마다 공부를 하고 있으니 내가 못 봐주겠더라고. 그래서 그냥 학교 가라고 했어."

리애는 잠시 말을 멈추고 고개를 젓더니 다시 머그잔을 들고 말했다.

"아니, 이 얘기가 아니고. 애브, 넌 우리 중에 제일 경험 많은 연장자잖아. 게다가 달에 다녀온 적도 있고." 리애는 사뭇 걱정 어린 표정으로 애브를 바라봤다. "이게 정말 제대로 굴러갈 가능성이 있을까? 또 어디서 걸려서 멈추면 곤란해."

애브는 그런 리애를 보며 간만에 여유롭게 웃었다. "내가 방금 어디서 멈추게 될 거라고 얘기했는데도 그러는 걸 보니 넌 하고 싶은 모양이네. 언제나처럼 겉과 속이 다르다니까."

"대답이나 해, 망할 노인네."

"여기선 필요할 때만 연장자 취급을 받아서 정말 좋다니까." 애브는 휴지로 찻잔에 남은 물기를 닦았다. "준비만 충분하다면 가능은 할 거야. 그게 제일 어렵겠지만. 빨리 하는 게 좋겠지. 운 좋게 리짓이 먼저 발견하긴 했지만 곧 다른 쪽에서도 눈독 들이기 시작할 거야."

"그럼 하는 거네."

천장 우주

"글쎄, 난 모르겠어." 애브는 허공에 한숨을 흘렸다.

"아니, 왜? 가능할 거 같다면서." 머그잔을 잡고 있는 리애의 손에 힘이 들어갔다.

"애를 키우려면 겁쟁이가 되어야 하거든. 난 달에 가기가 무서워."

"이미 한 번 가봤다고 했잖아. 아니, 세 번이랬나?"

"두 번이야. 대학원 시절에. 우주 엘리베이터 타고 달이 있는 3만 6,000킬로미터 상공까지 올라갔었지. 수정구 같은 돌덩어리가 중력과 가속도와 지구 자전을 무시하면서 테니스 라켓 찢는 것처럼 정지궤도 고리를 통과하는 모습을 봤었어. 짜릿했지. 지금 생각해도 황홀해."

애브는 잠시 추억에 젖으며 얼굴에 어련한 미소를 품었다.

"그런데 뭐가 무섭다는 거야?" 리애가 물었다.

"첫째, 위험하고, 둘째, 더 위험하고, 셋째, 난 결국 달에 가는 걸 포기했어."

"뭔 말이야?"

"우주 쓰레기가 엘리베이터랑 충돌하는 일이 계속 늘어나고 있어. 우주 공간은 한정되어 있는데 버리는 건 많아지니까. 이젠 보험사에서도 잘 안 받아줘."

"아니, 그 얘기 말고. 달에 가는 걸 포기했다는 거."

애브는 다시 한번 긴 한숨을 허공에 뱉었다.

"결국 달에는 못 내려갔어. 정지궤도 고리에서 내려다보기만 했고. 그땐 그걸로도 충분했거든. 달의 표면 지형을 연구하는 거였으니까. 그마저도 연구실 모듈에서 온갖 고장 수리하느라 시간 다 보냈지. 달 표면까지 내려가려면 연구 주제를 화석으로 바꿔야 하는데 그러면 대학원을 5년은 더 다녀야 했다고."

이번엔 리애가 얼굴에 웃음을 띠었다. "아직도 가고 싶은 거구나. 한 번 포기했던 걸 뒤늦게 다시 잡으려니 이제 와서 그때 그 판단이 틀렸다는 걸 알게 될까 봐 망설이는 거지?"

애브는 인상을 잔뜩 찌푸리며 리애를 노려봤다. "동글동글하게 생겨가지고 어째 미운 말만 골라서 해?"

애브는 젖은 휴지를 쓰레기통에 던져 넣으며 휴게실을 나갔고 리애는 그런 애브를 향해 빈 머그잔을 들어 올리며 웃었다.

01-03.

"난 할 거야. 엄마도 오케이 했어?"

휴게실에서 돌아오는 애브와 리애를 보며 이안이 말했다. 리짓은 결국 자신이 나눠준 부리또를 먹고 있는 이안의 모습을 만족스러운 표정으로 바라봤다.

"어이구, 어머님께서 큰 결단을 내리셨네." 리애가 이안의 덥수룩한 머리카락을 가볍게 두드리며 말했다.

"여러 번 얘기했지만 말이야, 난 돈 벌어 오는 대신 가족한테 귀찮은 결정을 외주 맡기고 있는 거라고." 이안은 부리또 마지막 조각을 삼키며 말을 이었다. "내가 고용주라니까."

"가끔은 네 마음속에 있는 동기를 따라보는 게 어때?" 리애는 의자에 앉아 빙글 돌며 물었다.

"동기 부여에 의존하다가 낭비한 세월을 생각하면 그러고 싶지 않아. 가족의 결정을 따르는 게 내 룰이고 우리 가족은 현명한 판단을 내린다는 내 믿음을 믿어."

"나도 규율이 동기보다 낫다고 생각해! 규율은 연습하고 훈련할 수 있지만 동기는 금방 식어버리거든."

리짓이 말했고 세 동료는 조용히 리짓을 바라봤다. 리짓은 잠시 분위기를 읽고는 어색하게 웃었다.

"좋은 아이템이 있으면 팀과 공유하고 계획이 있으면 실천하는 게 내 규율이니까." 리짓은 잠시 뜸을 들이다가 덧붙였다. "어젯밤에 팟캐스트에서 들은 거야."

"망할 팟캐스트 때문에 달에 가게 생겼네!" 애브가 말했다.

"그래서 이제 어떻게 할 건데?"

리애의 물음에 리짓은 다시 자세를 바로 세웠다.

"일단 다시 한번 요약할게. 지금 천연 소금은 오염 때문에 바다에서 나든 땅에서 나든 엄청나게 비싸. 합성 소금이 그나마 저렴하지만 종류도 적고 여전히 공급이 수요를 따라가지 못하고 있어. 게다가 맛도 그저 짜기만 해서 별로고. 그런데 지난주에 우리 회사 채굴팀이 달 뒷면에 있는 얼음층 샘플을 분석했는데 거기 토양에 소금이 묻혀 있을지도 모른다는 증거가 나왔어. 실제로 샘플에 소금이 묻어 나오기도 했고. 그런데 이게 그냥 소금이 아니야. 달의 바다가 완전히 마르거나 얼기 전에 거기 살았던 생물들이 부패하면서 생긴 온갖 유기물이 불순물처럼 섞여 있는데 이게 딱 사람들이 원하는 맛의 조합이야!"

"달에서 소금이 나는 게 처음은 아니잖아." 이안이 부리또를 한입 더 먹으며 말했다. "대부분 방사능에 오염된 데다 너무 짜고 쓰기만 하다는 얘기도 있고."

"이안, 부리또 어때?" 리짓은 기다리고 있었다는 듯 이안을 보며 물었다. "오늘 아침에 산 순수단백질 인공육을 식이섬유 종이로 감싸서 만든 거야. 그야말로 완벽하게 아무런 맛도 없어야 해.

천장 우주

한 가지만 없다면."

"내 부리또에 무슨 짓 한 거야?"

"레시피야 만든 사람 마음이지. 벌써 하나 다 먹었잖아! 그렇게 먹기 싫다고 했으면서! 완전 마음에 든 거야!"

"미쳤어." 리애가 아직 뜯지 않은 부리또를 들어 올리며 말했다. "너 달에서 가져온 소금을 부리또에 뿌려서 우리한테 먹이려고 한 거야?"

"완벽하게 안전해. 성분 검사 전부 통과했고 방사능까지 확인했어. 하지만 솔직히 얘기해보자고. 그 입맛 까다로운 이안이 벌써 두 개째 먹고 있다고!"

모두의 시선이 이안을 향했다. 이안은 한 입 먹은 부리또와 모두의 시선을 번갈아 바라봤다. 그리고 말했다. "알았어, 알았어. 이건 완벽해. 합성 소금 어떤 것과도 다르고 천연 소금과 비슷하지만 감칠맛이 훨씬 나아." 한 입 더 먹고 말을 이었다. "생산 비용을 감당할 수만 있다면 대박 칠 게 분명해."

애브는 아직 뭔가 미덥지 않다는 듯 부리또를 물끄러미 바라보다가 말했다.

"채굴팀은 왜 가만있는 거야? 걔들도 사업 쪽에서는 도가 튼 녀석들인데."

"걔들 숫자를 잘못 봤어. 달 소금 따위 어차피 쓸모없을 거라 생각하고 데이터를 대충 처리하다가 0을 몇 개 빠뜨린 거지. 샘플 자료를 내가 직접 꼼꼼히 검토했는데 소금 매장량은 채굴팀이 생각하는 것보다 훨씬 많아."

"넌 도대체 채굴팀 자료는 어떻게 얻은 거야?"

리애의 물음에 리짓은 다시 한번 어색하게 웃으며 대답했다. "에디한테 받았지."

"에디?" 어느새 부리또를 먹고 있던 애브가 깜짝 놀라며 입을 가리고 말했다. "너 그 녀석 때문에 일주일 동안 질질 짰잖아."

"일 만들어내려고 전남친까지 찾아갔단 말이지." 리애는 예상 외지만 여전히 납득은 간다는 표정으로 부리또 포장을 뜯기 시작했다.

"에디랑은 지금 좋은 친구야."

"바람피워서 널 찼지만 지금은 사이 좋고 일에 무책임한 전남친이 자기 팀 자료를 너한테 줬는데 거기서 걔들이 숫자 잘못 본 걸 발견했고. 넌 그걸로 대박을 치겠다 이거지."

"맞아." 리짓은 웃음을 참으며 대답했다.

"사심 가득해서 좋아." 리애는 부리또를 한 입 물고 씹으며 말했다. "식어버린 부리또에 담긴 복수. 마음에 들어."

"좋아. 그럼 바로 시작하자고. 난 소금 채굴 사업 계획을 짤게. 현장에 가서 이런저런 조건을 확인하는 대로 바로 반영할 수 있도록. 애브, 우주 엘리베이터 타려면 우리가 뭘 해야 하는지 정리해줘. 애브 말고는 모두 우주로 나가는 건 처음이니까 사실 네가 가이드를 해줘야 할 것 같아. 이안은 소금층 샘플링에 필요한 장비를 알아봐 줘. 단, 채굴팀에 정보가 새어 나가지 않도록 조심해서!"

"달의 소형 화석 상품화 같은 이유를 들면 되겠네. 그럼 한심한 눈빛으로 얼른 꺼지라며 장비 정보를 줄 거야."

리짓은 이안을 향해 엄지를 치켜세웠다.

"그리고 리애는 사업팀이랑 만나줘. 올 봄 사업 피칭 일정이 정해졌을 거야. 어떻게든 틈을 찾아서 우리도 시간을 잡아야 해. 대신 우리 콘텐츠가 뭔지는 알려주면 안 돼."

"처음부터 불가능한 일을 주네. 아무튼 알겠습니다, 보스."

리애의 마지막 말에 리짓이 잠시 넋을 잃은 듯 천장을 올려다봤다. 그리고 말했다.

"내가 보스야!"

"그리고 난 부모지." 애브는 가방을 주섬주섬 챙기며 말했다. "오늘 전시회가 있어서. 난 내일부터 할게."

01-04.

이른 아침 햇살이 비치는 카페 안으로 애브가 들어왔다. 리짓과 리애는 먼저 도착해 커다란 테이블 옆에 앉아 노트북과 태블릿을 바라보며 "안녕, 애브" 하고 들릴 듯 말 듯한 인삿말만 자그맣게 흘렸다.

"방금 이안이랑 통화했어." 애브는 의자 위에 주저앉으며 말했다. "우린 엘리베이터 못 타."

"뭐? 왜?" 태블릿으로 자료를 넘겨보던 리짓이 당황한 얼굴로 물었다. "우리가 못 탈 이유가 어딨어? 지난달에 자원개발팀은 가족 동반 연수로 타고 갔다는데?"

"엘리베이터는 빈민국 국경에 박아둔 세계공공이용특수시설이야." 애브는 잔주름이 가득한 이마를 문지르며 말했다. "상황은 항상 변해. 지난주에 앵커섬에서 또 내전 소란이 있어서 중립 선언 보증을 받아야 해. 테러 위험 때문에 궤도출입심사도 엄격해지면서 예산 투명성 보증까지 받게 생겼고. 전부 외부 기관에 돈을 내야 하는 것들이야. 덩달아 보험료도 몇 배는 더 비싸졌고. 우린 그만한 돈이 없어. 자원개발팀이야 언제나 돈이 넘치는 곳이니까."

"하지만 달에서 우리가 직접 샘플을 가져오지 않고는 우선권을 잡을 수가 없잖아."

"우리가 아니라 다른 사람이 타면 되지." 애브는 팔짱을 끼고 곰곰이 생각하며 말했다. "아무래도 예산이 충분히 있는 다른 팀을 끌어들이는 게 좋지 않을까?"

"그건 안 돼. 우린 재활용 대기팀이라고. 다른 팀이랑 손잡으면 바로 그 팀 밑으로 들어가게 돼서 우리한텐 아무것도 안 떨어져. 다른 방법 없을까? 어떻게든 예산을 끌어오는 방법."

바리스타가 커피블록을 가는 소리만이 침묵을 메웠다. 신선한 커피 냄새가 네 사람 사이로 퍼져나갔다.

"방법이 있어." 리애는 커피 향을 잔뜩 들이켜고 말했다. "작년에 몇 팀이 예산을 예비 정산 기간에 다 못 썼는데 올해 예산 안 깎이게 맞춰달라는 요청을 재무팀 앤스가 받았대. 남은 예산 운용의 일정 부분은 재무팀 재량이고. 정산 마감이 다음 주니까 아직 시간이 있을 거야."

리짓의 얼굴에 다시 화색이 돌았다. "애브, 예전에 앤스랑 같이 일했지? 네가 연락을 좀……"

"싫어. 앤스랑 얘기할 바엔 차라리 전부인 여자친구랑 만담을 할 거야."

"앤스 좋은 사람 같던데. 만난 적은 없지만." 리짓이 리애를 보며 말했다.

"앤스 좋은 사람이야. 가끔 재수없게 굴기는 해도." 리애도 동의했다.

"좋은 사람인 건 나도 알아. 나쁜 사람이 아니어도 나와 안 맞을 수는 있는 거야. 앤스는 너무……"

애브가 말을 망설이자 리애가 대신 말을 이었다. "특출난 재능 없이 자기 일 잘하고 부탁한 일 잘해주는데 좀 거만하다?"

애브는 한숨을 쉬었다. "그래서 그런 건 아니야. 아니, 그런 이유도 있기는 하지만"

"그럼 왜?"

리애와 리짓이 동시에 물었다. 애브는 두 사람의 시선을 차례로 살피고는 천장을 올려다봤다.

"앤스가 가족 잃었을 때 기억나?"

"기억나." 리애가 말했다.

"그랬어?" 리짓이 말했다.

"화이트 마운틴 사태 때 앤스 딸이 거기 소나무 지대 개발 반대 그룹에 있었어."

"화이트 마운틴 사태……가 뭐야?"

바리스타가 커피 세 잔을 들고 와서 그들 앞에 하나씩 내려놓았다. 리애는 커피잔 위로 올라가는 하얀 김을 보며 말했다. "5년 전에 화이트 마운틴에 거대한 PCA 광맥이 있다는 게 밝혀져서 연합 정부가 개발을 결정했었어. 근데 거기 소나무 지대에는 수천 년째 자라고 있는 나무가 많고 그중엔 5,000년 넘게 살아 있는 것도 있거든. 그때가 마침 남극해 생태계 종말이 선언된 직후라서 반대가 엄청 많았어. 앤스의 딸도 현장 시위에 동참했고."

리짓은 이제야 기억난다는 듯 입을 쩍 벌렸다. "그 브리스콜 소나무 숲 얘기야? 그럼 그때 시위 끝내고 돌아오는 길에 사고 났다는 그 버스에……?"

리애는 말없이 고개를 끄덕였다.

"결국 거기 광산 만들어졌잖아. PCA가 도대체 뭐라고……. 이게 뭐의 약자였지?"

"프로그래밍 가능한 탄소 동위체." 애브는 입바람으로 커피잔의 김을 날리고 말했다. "엘리베이터 필수 재료가 엘리베이터 한 대를 더 짓고도 남을 만큼 발견된 덕분에 누구나 예전 항공기 1등석 비용으로 우주로 갈 수 있게 된 거지. 그마저도 내전 지역에 지어지기는 했지만, 아무튼."

애브는 커피를 한 모금 마시고 말을 이었다. "사고 직후에 나도 앤스를 위로해주고 힘이 되려고 했었는데…… 2년 전부터 조금 이상해졌어. 그러니까, 그때부터 갑자기 엄청난 인싸가 되고 재수 없는 인간이 된 거지. 심지어는 내 석사 시절 지도교수랑 밥까지 먹었더라고."

"자식 잃은 사람한테 뭘 바라는 거야?"

리애의 시선에 애브는 변명거리를 찾는 듯 눈동자를 굴렸다. "그게 꼭 나한테는…… 이제 장애물이 없어졌으니 자기 맘대로 자유롭게 살겠다는 것처럼 보인단 말이야. 그래서 좀 불편해. 일부러 그러는 것처럼 보이기도 하고. 그러다가 요 몇 달 동안은 완전 재택근무만 하면서 회사에 나오지도 않는다고 하고."

"어쩌면 그렇게라도 극복하려는 거일 수도 있지. 네가 너무 의식하는 거 같은데."

애브는 크게 숨을 한 번 들이켜고 내뱉었다. "알았어. 좋아. 내가 앤스한테 연락해볼게. 문자로."

"안 돼." 리짓이 막았다. "전화로. 우린 정말 앤스의 도움이 필요해."

잠시 고민하는 애브. 리짓과 리애의 기대감에 찬 얼굴을 한 번씩 살피고는 고개를 저으며 자리에서 일어섰다. "밖에서 통화하고 올게. 앤스랑 대화하는 건 아무래도 마음이 좀 가볍지 않아서."

애브가 카페 바깥으로 사라지자마자 리애가 말했다. "사실 사고가 있기 전까지만 해도 애브랑 앤스는 팀 내에서도 거의 숙적이었거든. 사사건건 충돌했는데 4분의 3 정도는 앤스의 판단이 옳았대. 그래서 지금 앤스를 보기가 더 안쓰러울 거야.”

리짓은 이제야 분위기를 좀 알겠다는 듯 고개를 끄덕였다.

“게다가…… 애브도 자기 애한테 홧김에 방해물이란 얘기를 했다가 애가 집을 나간 적이 있었거든. 이래저래 복잡한 심정인 거지.”

“나도 애브 나이가 되면 저렇게 사는 게 복잡해질까?”

리애는 재밌다는 얼굴로 리짓을 물끄러미 바라보다가 말했다.

“내 생각에 넌 미궁에 떨어져도 미노타우로스를 찾아선 친구 먹을 거야.”

애브가 썩 밝지 않은 표정으로 돌아왔다. 리짓은 애브가 자리에 앉기도 전에 물었다.

“어떻게 됐어?”

애브는 이럴 줄 알았다는 눈빛으로 리짓과 리애를 바라보며 말했다. “거절했어. 게다가 이미 예산 초과한 팀이 있어서 우리가 다음 주까지 예산 확정 안 하면 우리 예산을 그쪽에 분배할 거래. 전화한 게 실수였어. 괜히 확인만 시킨 거야. 망할.”

“이런.” 리짓은 실망감 섞인 시선으로 이미 식어버린 커피잔을 내려다봤다.

그때 경쾌한 피아노음이 울렸다. 리짓이 재킷 주머니에서 스마트폰을 꺼내자 깨진 화면 위로 이안의 얼굴이 나타났다. 화상통화였다.

녹색 아이콘을 누르자마자 이안의 목소리가 흘러나왔다. 「다들 거기 모여 있지?」

"응. 우리 다 여기 있어. 어머니 상태는 어때?"

「이제 괜찮아졌어. 고마워, 리짓. 그것보다 방금 앤스한테 문자가 왔는데…….」

"아, 우리도 알아. 방금 앤스랑 통화했고 우리 예산이……."

「그 얘기 말고.」 이안이 애브의 말을 막았다. 「예산에 대한 건 메일로 따로 왔어. 문자로 온 건 그게 아니야. 웬 듣도 보도 못한 보험 회사 팸플릿을 보내줬는데…… 우리 예산으로 우주로 나갈 생각이면 이걸 쓰라는 거 같아.」

"보험 회사라니? 이안, 뜸들이지 말고 바로 얘기해."

리짓의 재촉에도 이안은 모두의 이목이 제대로 집중되길 기다렸다. 스마트폰의 좁은 카메라 화각에 세 사람의 얼굴이 모두 들어오자 이안이 묘한 표정을 지으며 말했다.

「로켓이야.」

애브가 미간을 잔뜩 찌푸렸다.

천장 우주

"벌써 토할 것 같아."

01-05.

어린 시절의 애브에게 로켓은 선망의 대상이었다. 어마어마한 불길과 굉음을 내뿜으며 하늘을 뚫고 솟아오르는 모습을 보며 언젠가 우주로 나가기를 꿈꿨다.

하지만 그것도 엘리베이터가 만들어지기 전의 이야기였다. 이제 인공위성은 엘리베이터를 타고 올라가다가 적당한 높이에서 내보내는 걸로 충분하다. 달까지 가려면 엘리베이터 3만 6,000킬로미터 높이에 있는 정지궤도 고리에서 달이 지나가기를 기다리기만 하면 된다. 지름 340킬로미터의 달이 지름 400킬로미터의 정지궤도 고리를 쏙 통과하는 모습은 이제 매일 인터넷으로 생중계되고 있다. 태양까지 가는 것도 어렵지 않다. 돌팔매의 돌이 된 기분으로 엘리베이터 끝에서 날아가면 별다른 추진제도 없이 거리도 지름도 달의 딱 두 배인 우주발전소 태양까지 갈 수 있다.

「발사 5분 전입니다. APU 활성화. 엔진 유압 시스템 가동. 좌석과 헬멧 잠금 장치를 다시 한번 점검해주세요.」

로켓은 비싸고 위험하고 쓸데없이 기술 집약적인 데다 어마어마한 양의 화석 연료를 소모했다. 반면 엘리베이터는 더 저렴하고 덜 위험하고 구조는 간단한 데다 태양에서 직접 추출한 전기 에너지만 쓴다.

그렇게 로켓은 설 자리를 잃었다.

적어도 애브는 그렇게 생각했다. 달 소금으로 맛을 낸 부리또를 먹은 지 일주일 만에 우주복을 입고 20년 된 120미터 높이 로켓 꼭대기에서 발사를 기다리게 되리라고는 미처 생각도 하지 못했다. 전쟁 사업 실패로 망해버린 어떤 부자가 수집용으로 사뒀던 초대형 우주발사체 중 한 대를 연료까지 채워서 싼값에 통째로 내놓을 거라고 감히 누가 생각했을까? 72인용 우주선을 단 네 명이서 쓰게 되리라고는 감히 어떻게 생각했을까?

텅 빈 객실 가장자리 좌석에서 애브는 창밖으로 구름 한 점 없는 하늘을 바라봤다.

「현재 기상 상황에서 예상되는 최고 G포스는 6. 대기 상태에 따라 8까지 나올 수도 있습니다. 그럴 경우 혈류 조절장치가 작동하니 이상한 기분이 들어도 정상입니다. 어제 훈련만 기억하시면 기절하실 일은 없을 겁니다.」

안내 방송을 듣던 이안이 고개를 들어 애브의 뒤통수에 대고 물었다. "이거 타다가 잘못하면 우주 천장에 부딪힐 수도 있는 거야?

우주 높이가 얼마나 된다고 했지? 감이 잘 안 오네. 8만 킬로미터랬나?"

애브는 고개를 저으며 말했다. "지표면부터는 8만 3,600킬로미터. 우주의 반지름 자체는 9만 킬로미터야. 그 중심에 지구가 있고 지구 주변으로 달이 공전하고 있고 태양은 달과 천장 사이에서 1년 주기로 돌고 있어. 그런데 어디 부딪히기 전에 발사하는 동안 터져 버릴 가능성이 높을 거야."

애브 옆자리에서 낡은 승객용 팸플릿을 보던 리애가 고개를 끄덕이고는 물었다. "항상 궁금했던 건데 말이야, 천장은 언제부터 있었던 거야? 오래전에 누가 만든 거라고 수업 시간에 들은 기억은 있는데."

"고생대 때야!" 리짓이 기다렸다는 듯이 애브와 리애 사이로 고개를 내밀며 말했다. "그때 떨어진 천장 파편이 있거든. 그러니까 적어도 고생대 때부터는 있었다는 거지."

"고생대가 언제야?" 리애가 물었다.

"고생대 오르도비스기 때니까 천장이 적어도 4억 5,000만 년은 되었다는 거야. 달이랑 태양도 아마 그때부터 있었겠지? 그때 태양의 발전 효율이 떨어져서 오르도비스기 대멸종이 일어났대."

"넌 그런 걸 어떻게 아는 거야?"

「발사 3분 전입니다. 외부 전력 차단. 내부 전력 시스템 전환.」

"우리 회사에 오기 전에 이혜리 교수 연구실에서 학부 연구생을 했었거든. 아리로하 대학에서."

"들어본 적 있어." 애브가 깜짝 놀랐다는 얼굴로 말했다. "밤마다 하늘에 보이는 건 천장이 천장 바깥 세상의 모습을 보여주는 거라고 하는 사람이잖아. 애들이랑 유튜브에 올라온 10분짜리 다큐도 봤어."

"리짓, 너 그런 대단한 사람 밑에 있었던 거야?" 이안이 물었다. "그럼 우리 회사엔 뭐 하러 왔어?"

"대학원 원서 쓰기 직전에 교수가 실종됐거든." 리짓은 그게 뭐 대수냐는 듯 표정 하나 바꾸지 않았다. "자주 있는 일이야. 천장 연구하는 사람들은 대개 어딘가 삐딱하거든."

「발사 2분 전. 연료 전지 배관 차단. GLS 이상 없습니다. 오토 파일럿이 연결되었습니다.」

「스페이스십 오토 파일럿 이카루스입니다. 승선을 환영합니다. 이것은 비상 상황을 제외하고 처음이자 마지막으로 들려드리는 제 목소리입니다. 저는 여러분을 안전하게…….」

"밤에 하늘에 뭐가 보이길래?" 이안이 말했다. "밤에는 꺼져야 할 천장 조명이 고장 나서 반짝이는 것밖에 안 보이잖아."

애브는 손가락으로 아직 보이지 않는 별을 가리키며 말했다. "우리가 별이라고 부르는 그것들이 사실은 고장 난 조명 같은 게 아니라 천장 바깥에 있는 무언가의 모습을 보여주고 있는 일종의 영상이라는 거야. 케플러가 천장을 발견하기 이전 세대 천문학자들의 생각이 사실은 대충 옳았다는 거지. 다만 그 사람들은 자기가 보고 있는 게 천장이 투영해주는 화면이라는 걸 몰랐을 뿐이고."

「……이상입니다. 발사 1분 전. SSS 작동. 해수면 엔진 예비 점화. 손잡이를 잡고 선체 진동에 대비해주세요.」

"뭐라는 거야?" 로켓 전체가 진동하면서 이안의 목소리가 떨렸다. "고등학교 때 천장 바깥에는 시공간 자체가 존재하지 않는다고 배웠잖아."

"항상 궁금하기는 했어." 여전히 팸플릿을 들여다보고 있는 리애가 말했다. "천장 너머에 정말 아무것도 없다면, 이 우주 거품을 만들고 그 안에 달과 태양과 지구를 놓아둔 게 도대체 누구일지. 적어도 태양은 어떻게 봐도 원래 지구를 돌고 있던 두 번째 달을 누가 거대한 핵융합 발전소로 개조한 거잖아. 태양 뒷면엔 거대한 기계장치가 있다면서. 리짓의 말이 맞는다면 몇억 년이나 전에 그런 걸 만들었다는 거잖아."

「발사 15초 전. 해수면 엔진 터보 펌프 개방.」

"난 그냥 그런 건 그만 생각할래." 이안이 눈을 감고 등받이에 몸을 기대며 말했다. "난 발과 등을 땅에 붙잡아주는 생각들이 좋아."

「해수면 엔진 점화. 발사 6초 전. 5…….」

"도대체 천장 바깥에는 뭐가 있는 거야?" 리애가 물었다.

「4, 3…….」

리짓은 잠시 생각하다가 대답했다.

"우주와 천장을 만든 존재들의 세상."

「2, 홀드다운 해제, 1, 리프트 오프.」

02-01.

"지금은 밤이라서 제법 온도가 떨어질 거야." 애브는 리짓에게 선외 우주복을 입혀주며 말했다. "특히 부츠 밑바닥으로 열이 새어나가서 발이 시릴 수 있고. 그럴 땐 냉각 장치를 조금 꺼둬도 좋아."

리짓은 보여주려는 듯 발을 들어 올렸다. 그러자 허공에 떠 있던 몸이 천천히 돌아가기 시작했다. 애브가 한숨을 쉬며 리짓의 우주복을 붙잡았다.

"괜찮아." 리짓이 말했다. "엄청 두꺼운 양말 신었어. 이럴 때를 위해서 가져왔지. 너무 걱정 안 해도 돼. 요즘 우주복은 팔다리를 못 움직이는 사람도 입고 작업할 수 있을 만큼 자동화되었다잖아! 귀여운 로봇팔도 달려 있고! 놀랍지 않아?"

"좀 진정해. 선외 작업은 체험 활동 같은 게 아니야. 나도 몇 번 해본 적 없고. 정말 괜찮겠어?"

"괜찮아. 준비는 잘했어. 눈 감고도 원거리 정밀 레이더랑 고분산 분광기, 고해상도 적외선 카메라까지 전부 설치하고 작동까지 시킬 수 있을 정도야. 메뉴얼을 모조리 외우고 완벽하게 정리까지 해뒀어."

리짓은 우주복 팔에 붙은 두꺼운 카드북을 보여줬다. 모든 페이지에 센서를 설치하고 작동하는 방법이 그림과 함께 빼곡히 담겨 있었다. 애브는 카드북을 슬쩍 보고는 헬멧을 건네며 다시 한번 한숨을 쉬었다.

"정확한 채굴 장소를 모른다는 얘기를 우주에 나와서 하다니."

"걱정 마." 리짓은 여행 가방 크기의 기계 장치 세 개를 토닥이며 말했다. "이 센서들이 달에서 읽어낸 데이터와 이미 알고 있는 데이터를 합치면 채굴팀이 어디에서 샘플을 채취했는지는 금방 알 수 있을 거야. 우린 거기에서 걔들이랑은 다른 장비로 다른 샘플을 채취하면 되는 거고. 그럼 달 소금은 우리 거야! 월염이라고 부를

까? 루나 소디움 클로라이드라고 해서 LSC? 이건 좀 아닌가?"

"김칫국 좀 그만 마셔. 보는 내가 체하겠다."

"애브, 너도 달에 가고 싶어 했는데 결국 그만뒀다면서. 이번이 기회잖아. 어쩌면 운 좋게 거기서 화석을 찾을 수 있을지도 몰라."

"리애 녀석, 입이 완전 솜사탕이야. 난 이제 화석에 관심 없어."

애브는 발밑에 있던 벽을 차고 공중제비를 돌더니 수납함에서 은색 테이프를 두 개 가져왔다.

"그건 왜?"

"덕트 테이프야." 애브는 손가락으로 반대편 손을 가리키며 말했다. 몸을 고정하기 위해 붙잡고 있는 손잡이가 덕트 테이프를 감아서 만든 임시 고리였다. "규정은 아니지만 바깥에 나갈 땐 항상 챙기는 물건이야. 어쩌다 보니 바깥에서 덕트 테이프를 다 썼다? 그럼 바로 돌아와야 해. 우주선에서도 덕트 테이프가 떨어지면 그건 당장 귀환해야 한다는 사인이야. 그럴 일은 없겠지만."

"알았어. 고마워. 그런데 애브. 넌 연구 왜 그만둔 거야?"

애브가 갑자기 입을 굳게 닫자 리짓은 조금 불안해졌다. 괜한 걸 물은 걸까? 애브는 말이 많은 편이 아니기는 했지만 질문에는 항상 대답을 했다.

우주복 밀폐를 꼼꼼히 확인한 다음에야 애브는 다시 입을 열었다.

"난 너무 평범한 주제에 욕심은 많았거든." 애브는 리짓 헬멧 유리를 두드리며 있을 리 없는 균열을 확인했다. "달이나 태양 궤도에 있는 사람들은 예외 없이 천재거나 엄청난 노력파야. 그런 곳에서 내가 필사적으로 노력하면 존재감은 없어도 그나마 평균적인 기여는 할 수 있었을지도 모르지. 달 고생물학은 그나마 여유가 있었으니까. 기압 괜찮아?"

"문제 없어."

"하지만 난 그거 말고도 하고 싶은 게 있었거든."

"다 해보면 되잖아. 문어발 과학자들이 얼마나 많은데."

"난 내 한계를 아니까. 내가 투자할 수 있는 노력을 조금이라도 연구가 아닌 다른 곳에 배분했다간 난 논문 한 편도 제대로 못 썼을 거야. 어느 한쪽을 포기해야 했어. 그리고 그렇게 했지."

애브는 엄지를 치켜올리며 우주복으로 두터워진 몸을 해치를 향해 밀었다. 감압실 가운데를 부유하며 가로지르던 리짓은 애브가 덕트 테이프로 미리 만들어둔 고리에 발을 걸어 몸을 세우고 해치 옆에 있는 손잡이를 잡았다.

"그래서 네가 하고 싶었던 일이 뭐야? 국제종합상사 직원은 아닐 테고."

어느새 감압실에서 수직 통로로 나간 애브는 해치를 닫으며 말했다.

"더 좋은 세상 만드는 데 기여하기, 그리고 가족 만들기. 처음 건 월급 좀 쪼개서 몇 번 기부하다 말았던 게 전부고, 마지막 건 결과가 꼬여버렸지."

해치가 닫히고 감압이 시작되었다. 리짓의 우주복이 조금씩 부풀어 올랐다. 외부 해치 옆에 있는 파란 안전등이 켜지자 리짓은 핸들을 힘껏 돌렸다. 미약한 바람이 헬멧을 스쳐 지나가는 소리가 들렸다. 그리고 완벽한 정적이 찾아왔다.

리짓은 둥근 해치를 빠져나와 우주로 나왔다. 낯선 냄새가 났다. 우주의 냄새일까?

02-02.

"달 고리가 생각보다 작네?" 이안이 쌍안경으로 창밖을 보며 말했다. "달이 통과할 정도라길래 엄청 큰 줄 알았는데."

"엘리베이터 전체 길이가 거의 4만 킬로미터야." 리애는 스마트폰에서 눈을 떼지 않고 말했다. "그중에 지름 400킬로미터 동그라미니까 작아 보일 수밖에. 아, 이제 된다. 인터넷 잡혔어."

리애는 손가락을 바쁘게 움직이며 화상통화를 걸었다. 스마트폰에서 익숙한 신호음이 울리더니 곧 카메라가 켜졌다. 리애는 곧장 후면 카메라로 전환해 창밖을 비췄다.

"몰리! 여기 봐! 우주야!"

「리애. 얼굴이나 먼저 보여줘. 운석공 안 생겼는지 봐야겠어.」

"시끄러. 저기 저 실 같은 거 보여? 엘리베이터야. 저 위에 바늘 구멍처럼 생긴 건 달 고리고. 엘리베이터 전체가 안테나 역할도 해서 여기서도 와이파이를 쓸 수 있어"

「우주에 나가서도 인터넷에 붙잡혀 있다니, 그거 참 안타깝네.」

리애는 전면 카메라로 전환하고는 화면에 비친 몰리를 바라봤다. 몰리는 집 근처에 있는 카페에 있었다. 가장자리에 보이는 창밖 하늘색을 보니 이제 막 해가 진 직후인 듯했다.

"그 덕분에 서로 3만 킬로미터 떨어진 곳에서도 이렇게 언제든지 얼굴 볼 수 있잖아."

「그러니까 얼굴 보여달라고 했잖아.」

"하지만 우주가 널 기다리고 있는걸! 너도 우주를 기다리고 있고!"

「그리고 난 지구에 있고 넌 우주에 있지.」

"그런 얘기가 아니잖아. 난 여기서 내릴 일도 없이 며칠만 있다가 돌아갈 거야"

리애의 목소리가 가라앉자 몰리는 달래듯 말했다. 「나보다 먼저 우주에 갔다고 너무 신경 쓰지 마. 난 괜찮아. 항상 얘기했잖아.」

"신경 안 쓸 거야. 우주가 어디로 도망가진 않을 테니까. 천장이 꽉꽉 붙잡고 있는데 갈 데가 어딨겠어. 나도 널 위해서라도 단단히 붙잡아두고 있을게."

몰리는 웃으며 고개를 저었다. 「무리하진 말고. 이제 나한텐…….」

"너한텐 늦은 일 따윈 없다고. 알아. 넌 해낼 거야. 내가 이렇게 잠깐 나온 것보다 더 멀리 가겠지. 10년이 걸리든, 20년이 걸리든."

「무슨 소리야, 5년 뒤엔 졸업하고 달에서 일할 거야. 불길한 얘기 하지 마.」

리애와 몰리의 웃음 소리가 겹쳐졌다.

"몰리!" 이안이 끼어들었다. "대학원 합격했다는 얘기 들었어. 축하해!"

「고마워, 이안. 안녕, 애브!」

어느새 돌아온 애브가 반대편 벽에 있던 의자를 붙잡고 뒤뚱거리며 자세를 바로잡았다. "몰리, 오랜만이야. 잘 지내지? 아, 그렇고말고. 그러지 않고서야 대학원에 어떻게 제 발로 들어가겠어?"

몰리가 깔깔거렸다. 「여전하네, 애브. 가방끈 제일 긴 주제에.」

"그리고 가방끈을 직접 끊어버렸지."

「또 그 얘기. 아무튼, 잠깐이지만 다들 만나서 반가웠어. 리애가 허튼짓 못 하게 잘 지켜줘. 나 이제 공부할 거야.」

화면에 몰리의 손가락이 다가오자 리애가 급히 외쳤다. "나 고양이 동영상 끝내주는 거 찾았어! 링크 보내줄게! 공부하기 전에 봐!"

「미워 죽겠어, 아주.」

화상통화가 끝나자 스마트폰 화면에는 몰리가 공부하다 자는 모습을 찍은 사진만 아이콘 사이로 남았다.

리애가 다시 손가락을 바쁘게 움직이며 동영상 링크를 준비하는 동안 애브는 창밖을 바라봤다. 은빛 로켓 동체에서 15미터 길이의 가늘고 긴 금속 기둥이 뻗어 나와 있고 그 끝에 우주복을 입은 리짓이 있었다. 리짓은 기둥 끝에 센서를 설치하기 위해 팔다리와 로봇 팔을 이리저리 허우적거리고 있었다. 세 개의 센서 중 하나는 이미 설치가 끝났는지 보이지 않았다.

"리짓이 어쩌다 우리 회사에 왔는지 알고 있어?" 애브가 이안과 리애를 보며 물었다. "채굴팀 자료를 직접 해석하고 오류까지 찾아낸 데다 훈련 성적은 우리 중에 최고였고 지금은 자기랑 나이가 비슷한 센서를 직접 수리해서 설치하고 있잖아. 저걸로 채굴팀이 알려주지 않은 정보까지 알아낼 수 있다고 하면서."

"우리랑 같이 있기에는 좀 유능하긴 하지." 이안이 말했다. "그 유능의 방향이 회사랑 맞지 않아서 우리랑 같이 있는 거기도 하고."

애브는 다시 창밖을 봤다. 센서 설치를 마무리한 리짓이 기둥에 감겨 있던 케이블을 하나씩 연결하고 있었다. 뭔가 어설프지만 그렇다고 망설임도 보이지 않는 동작이었다.

"교수가 갑자기 사라져도 저 정도면 갈 수 있는 곳도, 오라는 곳도 없진 않았을 건데."

애브의 말에 몰리와 문자를 주고받던 리애가 손가락을 멈추고 말했다. "다들 이런저런 사정이 있는 법이야. 그리고 리짓은 어떤 상황이든 그냥 자기 손과 발이 닿는 곳에서 자기가 해야 하고 할 수 있는 일을 알아서 찾아서 하는 것뿐이고. 쟤한텐 그게 제일 즐거운 것 같아."

"그런데 지금은 손도 발도 안 닿는 거 같은데?" 이안이 창밖을 가리키며 말했다.

애브와 리애가 창으로 고개를 돌렸다. 리짓이 기둥에서 떨어져 나와 로프 하나에만 의지한 채 우주 공간에 미동도 없이 둥둥 떠 있었다.

"쟤 뭐 하는 거야?" 리애가 물었다.

"달이야." 애브가 말했다.

02-03.

헬멧 유리 가장자리에서 주먹만 한 크기의 달이 떠올랐다.

태양은 달 뒤에 가려져 있었지만 지구에 반사된 빛이 태양 대신 달 표면을 아름다운 청회색으로 비추고 있었다. 가까이서 보니 달은 생각보다 훨씬 작았다. 하지만 생각보다 훨씬 다채로웠다. 중력이 지구의 100분의 1밖에 되지 않는 곳에서도 거대한 빙하들은 달 표면을 아름답게 조각할 힘이 있었다. 5억 년 전까지만 해도 달 전역에 깊이 수십 킬로미터의 바다가 있었고 그 위를 10킬로미터 두께의 얼음이 뒤덮고 있었다는 사실이 믿기지 않았다. 하지만 달 표면에 남은 열수구의 흔적과 다양한 해양 생물 화석들이 그 사실을 증명했다.

뜨거운 태양이 가까울 때는 3만 3,000킬로미터까지 다가오는 이곳에서는 더 이상 그런 환경이 존재할 수 없었다. 대부분의 과학자들은 태양이 5억 년 전에 만들어지며 얼음이 사라졌을 뿐이라고 했다. 하지만 이혜리 박사는 달이 원래 다른 곳에 있었을 것이라고 말했다. 천장 너머에 있는 공간, 태양 빛이 닿지 않는 어딘가에 달의 진짜 고향이 있을 것이라고 했다.

"넌 어디서 왔니……?"

리짓이 자그맣게 속삭이자마자 달 뒤편에서 빛이 쏟아졌다. 태양이 떠오르고 있었다. 엄밀히 말하자면 태양은 거의 그 자리에 있고 달과 리짓, 그리고 우주선이 이동하고 있는 것이었지만 그런 건 아무래도 좋았다. 헬멧이 태양광 차폐 모드가 되면서 달이 순간적으로 어두워졌다. 그리고 태양 빛이 닿는 한쪽 가장자리부터 점차 밝아지기 시작했다. 피오르 지형이 만들어내는 웅장한 그림자가 기지개를 펴듯 표면 위로 뻗어나가며 달이 깨어났음을 알렸다.

완전히 둥근 모습을 되찾은 달은 다이아몬드를 두른 것처럼 반짝거렸다.

리짓은 달의 고향을 알고 싶었다.

02-04.

「아빠아아아!」

아이가 부르는 소리에 애브는 잠에서 깼다.

「아빠, 미워어.」

"샤오이, 왜 그래?"

애브는 자면서 흘린 침이 입가에 모여 있다는 걸 깨닫고서야 지금 우주에 있다는 걸 다시 떠올렸다.

「아빠, 미워…… 나 혼자 두고 가고.」

아이 목소리는 벽에 붙여둔 스마트폰에서 흘러나왔다. 컴컴한 방에서 화면 불빛만 얼굴에 비추고 있는 샤오이의 얼굴이 보였다. 턱 아래에는 로켓에 올라타기 전에 사준 봉제 인형을 끼고 있었다.

"샤오이, 얘기했잖아. 넌 아직 우주에……"

「꿈에서 나 혼자 차에 안 태워주고 가고……!」샤오이는 반쯤 울먹이며 말했다.「모나만 태워서 가고!」

꿈 이야기였다. 모나라면 예전 유치원에서 친하게 지냈던 아이였다.

"그랬구나. 꿈속 아빠가 나빴네, 그건. 내가 다음에 얘기해둘게."

「아빠는 어제 자기 전에 이야기도 안 해주고!」

"어제 그땐 인터넷이 안 됐어. 미안해. 거기 지금 몇 시야? 엄마랑 같이 자지 않았어?"

갑자기 화면이 흔들리더니 익숙한 얼굴이 나타났다.

「애브? 미안, 샤오이가 낮잠 자다가 일어나서는 갑자기 내 폰을 가져가서는…… 일하는데 미안해.」

애브는 벽에서 스마트폰을 떼어냈다. 창밖에 보이는 지구를 살피며 아이가 있는 곳의 시간을 대충 짐작했다.

"리라, 거기 있었구나. 괜찮아. 달에 내려갈 준비가 다 끝나서 잠깐 쉬고 있었어. 샤오이는 어때? 잘 있어?"

「이틀 정도는 아빠한테 갈 거라면서 하루 종일 징징거리더니 이젠 잘 놀아.」

"그것 참 아쉽네."

「그렇다는 건!」 새로운 목소리와 얼굴이 끼어들었다. 「내가 이기고 있다는 거지?」

"오랜만이야, 사나." 애브는 보란 듯이 인상을 잔뜩 찌푸리며 말했다. "출근했을 시각인데 왜 아직도 거기 있는 거야? 혹시 잘렸어? 뭐, 그럴 수도 있지. 괜찮아. 내가 햄버거집 알바 정돈 찾아줄게."

「샤오이가 온다길래 아껴둔 휴가 쓰고 있는 거야. 나 샤오이한테 들었어. 너, 애 재우면서 이야기 들려줄 때 날 악역으로 등장시킨다면서?」

"물론이지. 내 아내를 뺏어 간 사람을 이웃나라 공주님으로 등장시킬 순 없잖아. 샤오이까지 뺏길 순 없다고."

「애가 듣고 있거든!」

엄마가 외치자 이제 기분이 좋아진 샤오이가 해맑은 목소리로 끼어들었다. 「괜찮아! 농담인 거 다 알아! 난 엄마 둘 아빠 하나고 난 평생 누구 거도 아니야!」

「그 말은 또 어디서 배운 거야? 아니, 좋은 말이긴 한데.」

리라와 샤오이가 화면 밖에서 대화하는 동안 사나가 얼굴을 다시 비추며 말했다. 「애브, 달에서 돌아오면 우리 회사 사회환원 부서에서 일해보지 않을래? 자리가 몇 개 생겼어. 아직 규모는 작기는 하지만 근무지가 있는 본사랑 가까운 곳이야. 걸어서도 갈 수 있어.」

"젊은 애들 두고 뭐 하러?"

「뛰어난 기술보다는 다양한 경험이 필요한 일이거든. 환경 단체들이 난민 국가 재건 돕는 일을 지원하는 일이야. 그중에서도 특히 아이들을 위한 교육 시설 만드는 거. 사실 그 사람들이 그렇게 된 건…… 우리 때문이기도 하고. 그리고…….」

사나는 애브의 반응을 살피려는 듯 입술을 말아 넣고 화면을 응시했다. 「샤오이는 우리 네 명이 모이길 바라는 것 같아.」

애브는 고개를 돌렸다. "그럴 수 없다는 거 알잖아. 나 너 싫어"

「거짓말인 거 알아. 그냥 좋아하지 않을 뿐이지. 뭐, 가족이 꼭 서로를 좋아해야 할 필요는 없으니까. 하지만 1년 뒤엔 이웃사촌, 5년 뒤엔 친구, 10년 뒤엔 서먹한 형제자매 정도는 될 수 있지 않을까?」

애브는 대답하지 않았다.

「일하러 갔는데 괜히 심란하게 했다면 미안해. 나한테도 용기가 필요한 말이었다 보니 목 위로 올라왔을 때 뱉을 수밖에 없었어. 조금 비겁했지?」

"그래, 아주 조금 비겁했어."

「천천히 생각해. 서두를 필요 없어. 돌아와서 생각해도 좋아. 우린…… 난 기다릴 테니까.」

"맛집 줄서는 것도 싫어서 건너편 햄버거나 먹는 녀석이 기다리기는 무슨."

사나는 소리 없이 웃었다. 「아무튼. 난 이제 그럼 샤오이한테 점수 따러 가볼게.」

"난 역시 너 싫어"

사나는 손을 가슴에 올리며 감동받았다는 듯 고개를 끄덕이고는 통화를 끊었다. 애브는 스마트폰을 등 뒤로 던져버리고는 슬라이드 도어를 열고 침실에서 로비로 나왔다.

중앙 로비에는 아무도 없었다. 다른 침실칸은 문을 굳게 닫고 취침 표시등을 밝히고 있었다. 아직 아무도 일어나지 않았다. 시계를 보니 착륙 시퀀스 시작까지 아직 한 시간 정도 남아 있었다. 애브는 로비 중앙 통로에 있는 사다리를 붙잡고 전망 층으로 올라갔다.

"이안 녀석, 마지막에 나올 땐 불 끄랬더니"

애브는 가볍게 혀를 차며 창가 자리에 앉았다. 그러고는 창밖을 확인했다. 곧 고개를 갸우뚱했다. 리짓이 설치한 센서가 사라지고 없었다. 무슨 문제가 있어서 리짓이 다시 회수한 걸까? 하지만 지금이야말로 한창 센서가 달을 탐색하고 있어야 할 때였다.

애브는 중앙 통로로 향했다. 사다리를 붙잡고 세게 밀어 몸을 날렸다. 애브의 몸은 사다리와 10센티미터 정도의 거리를 유지하며 자기부상열차처럼 날아갔다. 묘한 불안감 때문인지 무언가 자신을 아래로 잡아당기는 기분이 들었다. 추락하고 있는 느낌이었다.

선외 활동 모듈에 이르자 사다리를 다시 붙잡아 몸을 세우고 안전문을 지나 해치 창문으로 감압실 내부를 살폈다. 아무도 없었다. 사람 모습을 한 건 텅 빈 우주복뿐이었다. 애브는 해치를 열어 감압실 안으로 들어갔다.

오랜 기억 속에 남아 있는 냄새가 났다. 학생 시절 이후 처음이었다. 익숙하지만 지금은 사라진 것들이 뒤섞인 것만 같은, 기묘한 향수를 자극하는 낯선 냄새.

우주의 냄새였다.

누군가 선외 활동을 하고 돌아온 지 5분이 채 지나지 않았다는 뜻이었다. 샤오이 전화 때문에 깨어난 게 10분 전이었다.

우주선에 다른 누군가가 있다.

애브는 숨을 죽였다. 아주 낮은 진동음이 들렸다. 지난 며칠 동안 끊임없이 들었던 진공 펌프와 냉각 파이프 따위의 소리가 아니었다. 자세 제어용 질소 분사 장치도 아니었다. 어딘가 균열이 발생한 걸까? 반대로 무언가 작동을 멈춘 걸지도 모른다.

그때 애브의 눈앞으로 무언가 지나갔다. 덕트 테이프 조각이었다. 테이프 조각은 '아래'를 향해 내려가고 있었다. 느긋하게 부유하고 있는 게 아니라 천천히 추락하고 있었다. 마치 미약한 중력이 잡아당기고 있는 것처럼.

애브는 진동의 원인을 깨달았다.

로켓 엔진이 다시 작동하고 있었다.

약하지만 지속적으로 우주선이 가속하고 있었다.

02-05.

"원래 엔진이 작동해야 했던 건 아니고?"

리애가 물었다. 손으로는 스마트폰의 비행기 모드를 반복해서 껐다 켜며 인터넷 연결을 시도했다.

"그건 아니야." 이안이 말했다. "밑에 있는 주엔진이 작동하는 건 이륙과 달에 착륙할 때, 그리고 지구 반대 방향으로 가속할 때뿐이야. 착륙 시퀀스는 아직 30분 남은 데다 달에 착륙은커녕 우린 지금 달에서 멀어지고 있어."

"우주선한테 물어볼 수는 없는 거야?"

리애의 물음에 이안이 손가락을 튕기며 모두의 주목을 끌었다. 이안은 조금 전까지 벽에 있는 여행 안내 화면 밑에서 키보드를 두드리고 있었지만 지금은 만족스러운 표정으로 팔짱을 끼고 화면 구석에 있는 상태 막대가 차오르길 기다렸다.

"이 우주선, 처음부터 달에 가려는 게 아니었어." 이안이 말했다. "우주선 오토 파일럿을 어떻게든 구슬려서 궤도를 확인했는데…… 애초에 우리는 달에 착륙 가능한 궤도를 탄 적이 없어. 그냥 스쳐 지나갈 뿐이었던 거야."

상태 막대가 100퍼센트로 되자 화면 전체가 검게 변하더니 익숙한 우주 이미지가 나타났다. 가운데에 자그만 지구가 있고 거대한 천장이 지구를 둘러싸고 있었다. 지구와 천장 사이에 달과 태양이 있었고 지구에서 출발해 달 주변을 지나가는 곡선 하나가 깜빡거렸다.

리짓이 화면에 손가락을 올리고 곡선 끝을 따라 천천히 움직였다.

"우리 지금…… 태양으로 가고 있는 거야?" 리짓이 말했다.

"잠깐만." 애브가 잠시 고개를 갸우뚱하더니 물었다. "이 우주선의 오토 파일럿 이름이 뭐랬지?"

아무도 대답하지 않았다. 대신 화면 위에 있는 파일럿 정보를 읽었다.

「조지나 두카 코퍼레이션 스페이스십 22호 전용 오토 파일럿 '이카루스'.」

"정말 토할 것 같아." 애브는 옆에 있던 좌석 밑을 뒤지며 말했다. "농담이 아니야. 봉투, 봉투……."

"지금 오토 파일럿이 반란이라도 일으킨 거야?" 리애가 물었다.

"엄밀히는 반란이 아니지. 이 우주선은 파일럿이 통제하니까." 이안이 대답했다. "인공지능이 반란을 일으킬 수는 없어. 애초에 다른 명령을 받은 거지."

"애브 말이 맞는다면 우주선에 우리만 있는 게 아니야." 리짓이 말했다. "어떻게 지금까지 모르고 있었지?"

"이건 72인용 우주선이야." 이안이 말했다. "사람 하나가 몸을 숨길 공간은 얼마든지 있어. 엘리베이터랑 달리 로켓은 탑승자 추적이 잘 안 되니까 우리 말고 다른 사람도 이 기회를 잡았다고 해도 이상하진 않아. 그리고 전망대 같은 공용 공간에 한 번도 나오지 않았다는 건……."

"……진짜 이카루스는 그 사람이라는 거지." 리짓이 말했다.

"그리고 그 이카루스는 수동 통신도 막아놨어." 이안이 말했다. "우린 우주의 다른 시설과 직접 통신을 못 해. 태양에 접근하는 동안 오토 파일럿이 모든 게 정상인 것처럼 얘기하고 다닐 거야."

"통신이 안 된다고?" 애브가 종이봉투를 풍선처럼 입에 대고 돌아보며 말했다. "샤오이한테 또 잔소리 듣게 생겼네. 사나는 또 은근히 고소해할 거고. 역시 우주에 나오는 게 아니었어!"

리짓이 애브를 돌아봤다. 애브는 사소하고 일상적인 일인 것처럼 불평을 하고 있었지만 사실은 그렇지 않다는 걸 리짓은 알았다.

리짓은 좌석을 붙잡으며 둥실거리는 몸을 고정하고 단호한 목소리로 말했다. "이 강철 날개는 우리 거고 우린 달로 갈 거야! 당장 이카루스를 정체를 밝혀야 해!"

"글쎄, 그럴 필요는 없을 것 같아." 이안이 말했다.

"뭐?" 리짓은 당황한 목소리로 이안을 돌아봤다.

이안은 우주 이미지가 사라진 화면을 손가락으로 가리켰다. 화면 가운데에 문자가 나열되어 있었다.

「이안, 리애, 리짓, 그리고 애브. 미안해. 너희 도움이 필요했어.」

03-01.

"그럼 대충 요약해볼게." 리애가 안경을 닦으며 말했다. "재무팀 앤스가 모든 걸 꾸몄다는 거지? 이유는 모르겠지만 지금 우주선

어딘가에 숨어 있는 앤스는 태양에 가야만 하고. 엘리베이터를 타고 가면 평형추 왕복선을 타기 전에 궤도출입심사를 통과해야 하는데 앤스의 목적이 무엇이든 거길 통과할 수 없었다는 거고. 엘리베이터 없이 우주에 나갈 유일한 방법은 로켓밖에 없었다, 이거지?"

리애는 안경을 다시 끼고 한숨을 쉬었다. 그리고 애브가 일부러 잔뜩 찡그린 표정을 하며 다음 부분을 이어받았다.

"그리고 회삿돈을 써서 합법적으로 로켓을 타기 위해 우릴 이용한 거야. 우리 마지막 예산에 딱 맞는 규모로 오래된 로켓 매물이 나왔을 때부터 의심했어야 했어! 우리 예산을 일주일 안에 써야 한다고 했던 것도 거짓말이었던 게 분명해."

리짓은 창밖을 바라봤다. 바깥에는 출발 전 일주일 내내 공부하고 분석했던 센서가 사라지고 메마른 기둥만 남아 있었다.

"앤스는 태양에서 뭘 하려는 걸까?" 리짓이 물었다. "왜 우리를 여기까지 데려오고 내…… 센서들까지 가져간 걸까?"

애브는 리짓의 텅 빈 표정을 살피고 조금 진정된 목소리로 말했다. "기둥 끝에 무거운 센서가 달려 있으면 가속할 때 위험하니까. 네 애써 만든 센서를 지켜주려고 한 거겠지. 난…… 그렇게 생각하고 싶어."

"그렇게 생각하고 싶다는 게 무슨 말이야?"

리짓이 돌아보며 묻자 애브는 잠시 대답을 망설였다. 리애와 이안도 애브를 바라보자 애브는 결국 입을 열었다.

"앤스의 딸 인스타그램 계정 이름이 이카루스 어쩌구였어. 자기 딸이 인플루언서가 되었다니 뭐니 하면서 자랑했던 게 기억나. 그래서 괜히 불안해지는 거야. 그동안 자유를 만끽하는 것처럼 행동했던 게 사실은 마음을 감추려는 거였고……"

애브는 커다란 한숨을 한번 내려놓고 말을 이었다. "그게 한계에 이르러서 그……"

"극단적 선택을 하려고 한다?" 리애가 말했다.

"그럼 왜 우리까지 끌어들인 거야? 처음부터 태우질 않았으면 됐잖아?" 이안이 말했다.

"우리가 아직 더 필요했던 거지. 저거 봐." 리짓이 여행 안내 화면을 향해 다가가며 말했다. "앤스가 돌아왔어."

「리짓, 센서 가져가서 미안해. 그게 필요했거든. 난 그런 물건을 쓸 수 있다는 것도, 고칠 방법도, 작동하는 방법도, 매뉴얼을 읽을 줄도 몰랐거든. 네가 그걸 모두 해줄 때까지 기다려야 했어.」

모두의 시선이 리짓에게 모였다. 리짓은 어색한 웃음을 지으며 모두의 눈을 한 번씩 바라봤다.

화면이 다시 한번 바뀌었다. 두 문단이 나타났다.

「너희 모두를 여기까지 끌고 와서 미안해. 다시 돌려보내줄게. 스페이스십 화물칸에 비상용 비행선이 있어. 그걸로 달에 갈 수 있을 거야. 지구까지 보내주지 못해 미안해. 비행선이 대기진입형은 아니라서.

그 대신 너희가 가려고 했던 곳에 갈 수 있도록 항로를 설정해놨어. 조금 전 달 근처를 지나갈 때 보내주지 못한 게 이것 때문이야. 두 시간 뒤에 비행선을 타고 나가면 최소한의 연료로 가장 안전하게 목적지로 갈 수 있을 거야. 귀환 엘리베이터 탑승권도 준비해뒀고. 애브가 부탁했던 대로, 다른 팀 남은 예산을 썼지.」

"고마워 죽겠어." 애브가 말했다.

"그럼…… 이제라도 짐을 챙겨야 하겠네." 이안이 기지개를 켜며 말했다. "두 시간밖에 없잖아."

리애도 잠시 고민하다가 출발 때부터 벽에 꽂아뒀던 스마트폰 충전기를 빼내고 케이블을 돌돌 말기 시작했다.

애브와 리짓은 움직이지 않았다. 잠시 뒤에 먼저 입을 연 건 애브였다. "난 이대로는 못 가."

"무슨 말이야?" 리애가 물었다.

"앤스, 우리가 말하는 거 다 들리지?" 애브는 주변을 한 번 둘러보고 다시 화면을 보며 말했다. "네가…… 멍청한 짓을 하지 않을 거라고 확신하기 전까진 여기 있을 거야."

"나도." 리짓도 입을 열었다. "난 태양의 뒷면을 보고 싶어. 이 우주를 만든 존재가 남겨놓은 기계 장치의 진짜 모습을 내 눈으로 보고 싶어."

"뭐라는 거야?" 애브가 어이없다는 표정으로 리짓을 보며 물었다. "리짓, 난 지금 자살할지도 모르는 사람을 설득하려고 이러고 있는데 갑자기 무슨 뜬금없는 소릴 하는 거야? 어서 돌아갈 준비나 해!"

"너야말로 뚱딴지 같은 소리 하지 마! 앤스가 뭐 때문에 그런 선택을 한다는 거야?"

"그야, 앤스는, 그……. 아니, 이름부터가 이카루스에……."

"우주선 이름이나 SNS 계정명 따위에 이상한 의미 부여 좀 하지 마. 맘대로 해석하고 결론 내지도 말고. 그러니까 늙은이 소리 듣는 거야."

짐을 다 챙기고 대화를 듣고 있던 리애와 이안이 뒤에서 쿡쿡거리며 웃었다. 애브는 콧소리를 내고는 입을 다물었다.

다시 화면이 바뀌었다.

「여전하네, 늙은이 애브. 리짓 말이 맞아. 애브, 내가 네 생각대로 행동할 리가 없잖아. 언제나처럼. 안 그래?」

"너야말로 여전해서 참 마음에 안 들어." 애브가 말했다.

「리짓, 원한다면 함께해도 좋아. 네 바람대로 난 태양 뒷면도 지나갈 거니까. 네가 없었다면 여기까지 올 수도, 앞으로 나아갈 수도 없었을 테니까. 하지만 내 목적지는 태양이 아니야.」

"태양이 아니라고?" 애브와 리짓이 동시에 말했다.

"알았어!" 이안이 손가락을 튕기며 말했다. "천장이구나! 근데 거기서 뭐 하려고? 거긴 그냥 조명 장치밖에 없다고 들었는데. 게다가 조명 고장 나면 천문학자들이 화낸다고 접근도 금지됐고. 지구에 돌아오자마자 잡혀갈걸?"

「아쉽지만, 이안, 천장도 아니야.」

화면이 암전되었다가 다시 문자가 나타났다.

「그 너머야.」

03-02.

"리짓, 정말 앤스를 따라갈 거야?" 리애가 침실칸에서 짐을 정리하며 물었다. "넌 이번 일로 대박 터뜨릴 생각이었잖아. 앤스가 준비해둔 비행선 타고 가면 모든 게 완벽하게 진행될 텐데."

"나한테 그건 계단 같은 거였어." 리짓은 리애의 가방을 들어주

248　　　　　　　　　　　　　　　　　　　천장 우주

며 말했다. "난 천장까지 가보고 싶었어. 이혜리 교수의 말이 진짜라면, 그 너머에도 가보고 싶었고."

리애는 마지막으로 몰리와 찍은 사진이 담긴 액자를 가방에 집어넣었다.

"하지만 교수가 실종됐다고 했잖아. 그래서 우리 회사에 온 거고. 계단 같은 거란 게 무슨 말이야?"

"목적지로 가는 계단. 교수가 사라져서 몇 계단 굴러떨어지긴 했지. 그래서 우주로 나갈 수 있는 기회가 조금이라도 있는 일을 찾은 게 우리 회사야. 물론 회사에 들어와서도 대부분 제자리걸음이었고 거의 포기하기 직전까지 갔지만."

"채굴팀 자료를 보고 유레카를 외쳤겠네."

리애의 말에 리짓은 고개를 거침없이 끄덕였다. "달 소금 사업이 성공하면 달 표면에서 근무할 수 있을지도 모르고, 거기 있으면 또 태양 궤도에서 일할 기회가 올지도 모르니까. 10년 뒤든, 20년 뒤든."

리짓은 리애의 가방 지퍼를 닫은 다음 중앙 통로에 아무도 없다는 걸 확인하고 가방을 밀어 던졌다. 가방은 허공을 유유히 가르며 통로 중앙을 흘러내려 갔다.

"그러니까 방금 일어난 일은…… 계단 열 개나 스무 개를 훌쩍 뛰어넘을 기회인 거야, 나한텐."

"너무 대단해서 할 말이 없다." 리애는 웃는 얼굴로 리짓의 어깨를 두드렸다.

"나도 솔직히 좀 궁금하긴 해." 이안이 중앙 통로 구멍으로 고개를 빼꼼 내밀며 말했다. "하지만 엄마랑 얘기했더니 위험한 짓 하지 말고 돌아오라고 하더라고."

"통신이 다시 연결됐어?" 리애가 물었다.

"앤스한테 부탁했어. 신고 같은 거 안 할 테니까 가족한테 전화라도 하게 해달라고."

이안이 자기 가방을 통로 아래로 밀자 리애가 가방을 받아 다시 한번 밀어줬다. 가방은 더 빠르게 날아갔다.

"궁금하면 너도 가봐."

리애는 주머니에서 스마트폰을 꺼내며 말했다. "넌 언제까지 엄마 말만 들으며 살 거야?"

"예전에도 말했지만 말이야." 이안은 슈퍼맨 자세로 통로를 지나가며 말했다. "엄마 돌봐주고 기쁘게 해주는 게 내 삶의 즐거움이야. 그게 내가 일을 하는 목적이라고."

이안이 통로 너머로 사라지자 리짓이 고개를 내밀고 외쳤다. "이안, 내가 사진 잔뜩 찍어서 보내줄게!"

"고마워!" 이안도 외쳤다.

리애는 몸을 띄워 반대쪽 통로로 날아가면서 말했다. "통신이 재개됐다니, 나도 몰리랑 얘기 좀 하고 올게. 도와줘서 고마워, 리짓."

리짓은 리애를 보며 엄지를 치켜세웠다.

03-03.

「말도 안 돼! 당연히 따라가야지!」 몰리의 목소리가 전망칸 전체에 울려 퍼졌다.

"몰리, 하지만 그랬다간 전에 얘기했던 소금 사업 전부 날아가버린다고. 그럼 너 대학원 또 미뤄야 해." 리애의 목소리에는 짜증이 약간 섞여 있었다.

「지금 소금이 문제야? 천장까지 간다면서! 태양까지만 가도 어마어마한데 천장이라니!」

"천장은 접근 금지 구역이야. 갔다 오면 나 범죄자 돼."

「우리 아내가 로켓을 타고 천장에 다녀온 범죄자라니, 섹시해서 미치겠는걸.」

애브가 그 옆을 떠다니면서 끼어들었다. "몰리, 천장까지가 아니라 천장 너머야. 그런 게 있다면 말이야.”

몰리는 거의 비명을 질렀다.「고! 고! 고!」

“안 돼. 너무 위험해.” 리애는 단호히 고개를 저었다. “난 집에 다시 돌아가고 싶어. 네 옆에 있고 싶다고.”

「리애, 이건 절호의 기회야. 내 꿈을 네가 대신 이뤄줄 수가 있어. 그럼 나 뭐든 포기할 수 있을 거 같아. 제발 갔다 와.」

리애의 표정이 어두워졌다. 입도 굳게 닫혔다. 화면 속 몰리도 분위기를 짐작하고 웃음기를 잃었다.

“넌 도대체……” 리애가 고개를 저으며 말했다. “넌 대체 내가 왜 필사적으로 일을 한다고 생각해? 뭐 하러? 넌 내 꿈에 관심이 있긴 해?”

「리애…….」

“네가 못 이룬 꿈을 대신 이뤄주는 건 내 꿈이 아니야. 네가 꿈을 이루는 걸 지켜보는 게 내 꿈이야. 넌 이미 내 삶의 일부니까, 그게 내 꿈을 이루는 방법이야. 난 절대 네 꿈을 대신 이뤄주지 않을 거야. 난 달에서 소금 샘플을 구한 다음 지구로 돌아갈 거고 그걸 팔아서 네 학비를 벌 거야. 넌 5년 뒤에 대학원 졸업해서 달에 간 다음 내 몸뚱이만 한 화석을 선물해야 하고.”

「미안해…….」

"됐어. 집에서 봐. 달에 도착하면 다시 연락할게."

리애는 통화를 끊었다.

"그렇게 화낼 일은 아닌 거 같은데." 애브가 말했다.

"알아." 리애는 스마트폰을 주머니에 집어넣었다. "몰리는 하고 싶은 건 분명하고 욕심도 많은 주제에 항상 애매한 데서 포기해. 이렇게라도 해야 다시 제대로 마음을 먹을 거야."

리애는 좌석에서 떠올라 중앙 통로로 향했다. 그리고 애브를 돌아보며 물었다. "넌 어떻게 할 거야? 너도…… 멀리 나가고 싶어 했잖아. 달 화석 연구했던 것도 그래서였고. 리짓도 너랑 비슷한 거 같아. 둘이 은근히 닮았어."

"고민 중이야." 애브는 리애의 시선을 피하며 말했다. "지구로 돌아가면…… 딸아이가 있지. 전부인이 있고 전부인의 새 아내가 있고. 딸은 아직 아빠를 찾긴 하지만…… 내가 거기 끼어 있으면…… 글쎄, 이젠 그 셋만으로도 완벽한 가족인 것 같아. 그럼 나도 이젠……."

"됐어, 그만해. 무슨 말인지 알겠어." 리애는 인자한 웃음을 보이며 말했다. "지구에서도 항상 하던 고민이잖아. 이번엔 잘 생각해 봐."

애브는 약간 초라해진 느낌을 받고는 한숨을 쉬며 창밖을 바라봤다. 천장이 별빛을 영롱하게 반짝이고 있었다. 그리고 옅은 안개가 흘렀다. 애브는 창문으로 다가갔다.

"저게 뭐야?"

우주선에서 뭔가 새어 나오고 있었다. 그게 산소든 물이든 다른 무엇이든 결코 좋은 신호가 아니란 걸 애브는 알았다.

03-04.

"모든 게 새고 있어." 애브가 모두를 앞에 두고 말했다. "물, 산소, 냉각제, 연료, 전부. 20년 넘게 방치된 우주선을 썼으니 그럴 만도 하지. 이대로는 천장까지 못 가."

"고칠 순 없을까?" 리짓이 창밖에서 여전히 새어 나가고 있는 기체를 보며 말했다. "내가 나가서 문제가 생긴 부분을 찾아볼게. 아까 전에도 나갔다 왔잖아?"

애브는 고개를 저었다. 리짓은 그런 애브를 보고는 안 될 게 뭐가 있냐는 표정을 지으며 창문에서 떨어졌다.

"내가 갈게." 애브가 말했다. "이미 준비된 장치를 기둥에 설치하는 거랑 고장 나거나 파손된 부분을 고치는 거랑은 전혀 다른 일이야, 리짓. 난 달 고리에 있을 때 선외 수리 자주 했어. 로켓만

천장 우주

큼이나 고물이었거든."

가만히 지켜보고 있던 리애가 고개를 갸우뚱하더니 시계를 확인하고는 말했다. "수리하는 데 시간이 얼마나 걸릴 것 같아?"

"직접 가서 확인해봐야 알 수 있겠지만 두세 시간은 걸릴 거야."

"애브, 10분 뒤엔 비행선 출발해야 해."

"알아."

리애는 애브의 눈을 지그시 바라봤다. 애브는 그 시선을 부담스러워하면서도 피하지 않았다.

"정말 남고 싶어서 남는 거야?" 리애가 물었다. "아직도 마음 못 정했는데 수리를 핑계로 어쩔 수 없는 선택인 것처럼 자기를 속이고 있는 게 아니고? 우주복에 로봇팔도 있다면서. 원격으로 리짓이 수리하는 걸 도와주는 방법도 있잖아."

애브는 피식 웃고는 말했다. "동글동글하게 생겨서는 항상 미운 말만 골라서 해."

"뭐, 그게 네 선택이라면. 수리 잘 해. 난 리짓 또 보고 싶어." 리애는 손가락으로 리짓을 가리키며 윙크를 했다. "그게 구치소 면회장이라도 말이야."

리짓은 특유의 어색한 미소를 지으며 화답했다. 리애가 먼저 통로 너머로 사라지자 이안은 말없이 웃으며 애브와 리짓을 향해 커다랗게 팔을 흔들고는 뒤따라 통로를 내려갔다.

11분 뒤, 우주선 옆구리가 열리고 은색 계란처럼 생긴 비행선이 빠져나왔다. 비행선은 이리저리 질소를 분출하며 자세를 잡다가 메인 엔진을 점화하고는 달을 향해 나아갔다.

03-05.

"그런데 말이야, 앤스." 애브는 우주선 외벽에서 덕트 테이프로 만든 손잡이를 잡고 말했다. "너 도대체 어디 있길래 아직도 꼭꼭 숨어 있는 거야?"

왼쪽 팔뚝에 있는 화면에 문자가 떠올랐다.

「비밀이야. 대단한 건 아니고, 그냥 좀 쉽게 돌아다닐 형편이 아니라서.」

전동 드라이버 돌아가는 소리가 우주복 안에 울려 퍼졌다. 애브는 20년 넘게 지난 기억을 떠올리며 눈에 보이는 문제점들을 찾고 보이지 않는 문제들을 짐작했다. 그리고 하나하나 수리해나가기 시작했다. 창고에서 가져온 공구 상자는 집에서 자가 수리를 하는 사람이라면 누구나 평생 꿈꿀 만큼 완벽했다. 없는 게 없었다. 수리는 애브의 생각보다 빨리 진행되었다.

"낡아서 그런 것도 있고…… 데브리가 부딪힌 것도 있었어. 다행히 생각보다 심각하진 않았네."

「정말 리짓이랑 네가 없었다면 큰일 날 뻔했네.」

애브는 커버를 닫고 전동 드라이버로 고정했다. 그러고는 마지막 남은 수리 위치로 이동하면서 말했다. "걘 실력은 좋아도 아직 애야. 그런 새파란 녀석을 이런 일에 끌어들여도 되는 거야?"

「나나가 살아 있었다면 리짓을 좋아하고 잘 따랐을 텐데.」

"그건 좀 무서운 발언인데. 또 네 상태를 의심하게 된다고."

「리짓이 자기 결정 책임지고도 남을 어른이란 얘기야.」

"나나가 또래보다 정말 더 어른스럽긴 했지."

애브는 검게 변색된 곳을 발견하고 몸을 세웠다. 그곳을 유심히 들여다보더니 금세 표정이 무거워졌다.

"이건 좀 위험했어. 방열판이 완전히 뜯겨져 나갔네. 이 상태로 태양에 접근했다가는 큰일 날 뻔했어. 너 정말 나 없이 어떻게……"

화면에 거미줄이 묻어 있었다. 애브는 손가락으로 화면을 문질렀다. 아무것도 달라지지 않았다. 거미줄이 생길 리가 없었다. 화면이 깨진 것이었다. 미세한 구멍이 뚫려 있었고 그 주변으로 금이 가 있었다. 그리고 구멍은 하나가 아니었다.

애브는 기압 조절기를 끄고 숨을 참았다. 심박과 혈류 소리를 의식적으로 무시하며 귀를 기울였다. 아무것도 들리지 않았다. 침을 한 번 삼켰다. 익숙한 귀 뚫리는 느낌이 들면서 이윽고 백색소음 같은 소리가 들리기 시작했다.

"리짓, 들려?"

「들려. 무슨 일이야?」

"우주복에서 공기가 새고 있어. 일단 돌아가야 할 것 같아."

「뭐? 괜찮은 거야?」

"일단은." 애브는 힘겹게 고개를 돌리며 우주복을 살폈다. "찾았어. 엉덩이 옆에 연필로 뚫은 것 같은 구멍이 생겼어. 구멍이 두 갠 걸 보니 뭔가 관통한 것 같아. 다행히 대변 수거기만 뚫고 지나갔고. 이 나이에 기저귀 두꺼워서 다행이란 생각이 들다니. 아직 30년은 이르다고 생각했는데."

「지금 농담할 때가 아니잖아!」

"알아. 이 정도 구멍이라면 덕트 테이프로 막은 다음에 생명 유지 장치 써서 한 시간 정도는 기압을 유지할 수 있을 거야. 여기서 감압실까지 이동하고도 남을 시간……"

방열판이 정적 속에서 산산이 부서지며 애브를 덮쳤다.

03-06.

「찾았어?」

"찾았어." 리짓이 우주선 외벽을 낮게 날아가며 말했다. "몇 분이나 지났지?"

「30분. 구멍을 모두 막았다면 아직 괜찮을 거야.」

"그러길 바라야지."

리짓은 외벽 손잡이를 잡고 몸을 세웠다. 애브의 몸은 안전줄에 매달려 대롱대롱 늘어져 있었다. 가속도가 약하다고는 해도 관성은 마치 중력처럼 애브의 몸을 잡아당기고 있었다.

"애브, 내 말 들려?" 리짓은 안전줄을 당기며 말했다. "괜찮을 거야. 기다려. 금방 구해줄게."

무겁고 뻑뻑한 우주복으로 20미터 로프를 모두 회수하는 건 쉽지 않았다. 애브의 몸이 손끝에 닿았을 때 리짓의 우주복은 땀이 증발한 습기로 가득했다. 제습기는 헬멧 유리에 물방울이 맺히지 않을 정도로만 작동했다.

헬멧 너머로 보이는 애브의 얼굴은 창백하진 않았지만 힘이 전혀 없었다. 어깨에 있는 무선통신 장치는 사라지고 없었다. 리짓은 헬멧 옆에서 아날로그 통신 케이블을 꺼내 애브의 헬멧에 연결했다.

"애브!"

애브는 다시 정신을 차린 듯 눈을 서너 번 크게 깜빡이고는 리짓의 얼굴을 확인했다.

"아, 리짓. 여기서 뭐 해?"

"뭐 하긴, 구하러 왔지!"

"외벽에 부딪히면서 팔이 부러진 것 같아. 외벽 타고 감압실까지 가긴 어려워."

"내가 끌고 갈 거야."

"무게는 사라져도 질량은 그대로야, 리짓. 무중력에선 제 몸 움직이기도 어렵고. 시간이 부족해. 생명 유지 장치는 거의 멈췄고 우주복엔 작은 구멍이 몇 개 더 생겼어." 애브는 팔을 부자연스럽게 들어 올렸다. 손끝에 덕트 테이프 심이 걸려 있었다. "덕트 테이프는 다 썼고. 세상에, 덕트 테이프 없이 우주에 나와 있다니."

"애브!"

"다시 돌아가. 데브리 영역에 들어온 거 같아. 밖에 있으면 위험해. 엔진 출력 높여서 여길 빠져나가야 해. 그게 최선이야."

"애브!" 리짓은 헬멧으로 박치기를 하며 외쳤다. "그만둘 이유 찾는 짓 좀 그만해! 덕트 테이프 나한테도 있어! 네가 줬었잖아! 생명 유지 장치는 내 거 연결하면 돼! 그러니까 입 다물고 정신이나 바짝 차려!"

애브는 헬멧 전면 유리 표면에 난 회색 흠집을 넋 놓고 바라봤다. 그러는 동안 리짓은 애브의 우주복을 구석구석 살피며 덕트 테이프로 덕지덕지 보수를 했다. 그러고는 애브의 등에 달린 생명 유지 장치를 떼어내고는 자기 것을 대신 올렸다.

"나도 한 시간, 너도 한 시간 남았어." 리짓이 말했다. "열심히 움직이면 30분이면 돌아갈 수 있을 거야."

애브는 멀쩡한 손으로 헬멧 유리를 문질렀다. 흠집이 사라졌다.

"좋아." 애브가 말했다. "돌아가자."

리짓은 덕트 테이프로 포장된 애브의 엉덩이를 힘껏 밀었다.

03-07.

"방열판 몇 군데가 벗겨졌어." 애브가 안내 화면을 보며 말했다. "이 상태로는 예정했던 궤도로 태양에 접근할 수 없어."

「방법이 없을까?」

애브는 평소와 다름없는 허탈하고 신랄한 웃음을 터뜨렸다. "와, 세상에. 위대한 앤스9000이 내게 조언을 구하다니!"

「여전히 애 같기는. 그러니 그 모양이지. 깔깔.」

리짓은 '깔깔'을 읽고는 똑같이 소리 내어 웃을 뻔하다가 겨우 참았다. 대신 목을 한 번 가다듬고 말했다. "아까 리애랑 이안 짐 챙기는 거 도와주면서 봤는데, 사출실에 비행선이 하나 더 있었어. 로켓을 버리고 그걸 쓸 수는 없을까?"

애브는 고개를 저었다. "그건 우리가 돌아갈 때 써야 할걸."

리짓은 고개를 조금 기울였다. "글쎄."

앤스도.「글쎄.」

애브는 눈알을 한 바퀴 굴렸다. "세상에. 천장 너머까지 갈 수만 있다면 딱히 돌아갈 생각이 없는 거지? 대책 없는 놈들 같으니."

애브는 옅은 머리를 긁적이며 화면 아래의 키보드를 두드리고 화면 위에서 손가락을 움직였다. 우주의 구조를 화면에 띄우고는 현재 위치 근처를 확대했다. 우주선은 태양과 천장 사이를 향해 이동하고 있었다.

"앤스. 이제 와서 묻는 게 좀 이상하긴 한데, 너 천장은 어디서 어떻게 통과할 거야? 여기까지 준비했으니 뭔가 방법이 있겠지?"

「있고말고.」

"좋아. 천장을 통과할 위치만 알고 있다면 적당한 위치에서 비행선을 사출하는 걸로 천장까지 갈 수 있을 거야. 로켓은 천장에 충돌하게 둘 수는 없으니 태양에 버려야겠지. 평소에 우주 폐기물 처리장으로 자주 쓰니까 괜찮을 거야. 그래서, 천장은 어떻게 통과할 건데?"

「태양 뒷면에 있는 천장에서 지름 30미터 정도 되는 구멍이 몇 년 전에 발견됐어. 다들 천장 조명이 고장 나서 떨어진 거라고 생각했지만 최근에 그 주변을 다시 조사했더니 그 구멍이 6,500만 년 전에 생겨났고 원래 지름이 10킬로미터 정도였다는 게 드러났어. 뭔가 생각나는 거 없어?」

"없어." 애브는 무표정하게 말했다. "질질 끌지 마."

"알겠어!" 리짓이 외쳤다. "공룡! 6,500만 년 전이라면 공룡이 멸종했을 때잖아. 내 지도교수……는 아니었지만 이혜리 교수 석사 논문이 공룡 멸종한 게 천장에서 떨어진 지름 10킬로미터짜리 파편 때문일 거라는 주장이었어."

「맞아. 그 흔적, 또는 증거를 찾은 거야. 그 논문, 나도 봤어.」

"봤다고?" 리짓은 믿기 어렵다는 표정을 지었다. "내가 보여달라고 해도 꼭꼭 숨겨놓고 절대 안 보여주던데. 그런 건 보려고 하는 게 아니라면서."

「초대장이랑 같이 도착했어.」

"뭐?" 리짓과 애브가 동시에 말했다.

「이혜리 교수는 지금 천장 위에 있어. 그 사람이 날 천장 위로 초대한 거야. 그리고 이젠 너희도.」

03-08.

리짓은 사출실 벽에 난 작고 네모난 창으로 바깥을 바라봤다. 헬멧 유리와 창유리 너머에 눈부신 태양이 있었다. 깊고 어두운 천장 우주를 뒤에 두고 두꺼운 상현달 모양으로 빛나고 있었다. 마치 일식이 일어나고 있는 듯한 광경이었다.

헬멧 유리를 차폐 모드로 바꾸자 태양 빛이 순식간에 약해지더니 어둠에 묻혀 있던 태양 뒷면의 세부 구조가 보이기 시작했다. 도저히 인간의 것이라고는 생각할 수 없지만 누군가의 손길이 닿은 것이 분명한 복잡하고 거대한 기계 장치가 태양 뒷면 중앙을 차지하고 있었다. 기계는 출처와 기원을 알 수 없는 초고압 금속 수소를 조금씩 소모하며 핵융합을 일으켜 지름 700킬로미터의 태양을 빛나게 하고 있었다. 그 주변으로는 한때 태양의 원래 모습이었을 딱딱한 암석 표면이 남아 있었다. 얼음 때문에 생겨난 것으로 보이는 지형도 있었다. 뜨겁게 타오르는 태양이 한때는 얼음으로 뒤덮여 있었다니! 이미 알고 있는 사실이었지만 그래도 눈앞에서 직접 보고 있으니 리짓은 도저히 입을 다물 수가 없었다.

"리짓, 이제 출발해야 해."

애브가 리짓의 어깨를 잡고 비행선 입구를 향해 밀었다. 리짓은 고개를 돌려가며 태양의 모습을 조금이라도 더 보려고 했다. 시야에서 태양이 사라지고 나서야 리짓은 자세를 바로잡고 비행선으로 올랐다.

「안녕, 리짓. 직접 만나게 돼서 반가워.」

낯선 기계음에 리짓은 당황했다. 세밀하고 정교한 기계가 몸 곳곳에 연결된 사람이 질소 분사 장치가 달린 제로G체어에 앉아 있었다. 그 사람은 어깨 위와 팔꿈치 아래만 힘겹게 움직이며 리짓을 바라봤다.

"……앤스?"

"맞아, 앤스야." 애브가 리짓 뒤에서 빠져나오며 말했다. "역시 내 걱정이 맞았다니까. 한심한 짓을 했었어. 그리고 실패했지."

앤스의 얼굴이 미약하게 미소를 지었다.

「맞아. 사실 네 말이 맞았어. 내가 무리를 좀 했었지. 그러다 몸과 마음 모두 한계에 이르렀고, 멍청한 짓을 했어. 그리고 실패해서 이런 신세가 됐고.」

"그래도 이렇게 살아남아줘서 고마워." 애브는 앤스 입가에 흘러내린 침을 닦아주며 말했다. "네가 없으면 내가 누구랑 나나 얘기를 하겠어? 나도 걔를 어릴 때부터 봐왔단 말이야. 샤오이랑 나나가 같이 찍은 사진도 얼마나 많은데"

「그러게. 나도 네 덕분에 목이 침에 젖지 않게 돼서 다행이야.」

"처음부터 여기 있었던 거야? 계속?" 리짓이 물었다.

「질소를 낭비할 수는 없어서.」 앤스가 손끝에 있는 스틱을 움직이자 제로G체어가 질소 가스를 이리저리 뿜어내며 움직였다. 마지막에는 좌석 위에 자리 잡고 벨트로 단단하게 위치를 고정했다.

"출발해야 해. 자리에 앉아." 애브가 비행선 간이 조종석에 앉으며 말했다. "사출실을 발사대 삼아서 최대 출력으로 정해진 방향으로 정확한 타이밍에 발사해야 해. 망할, 또 로켓 체험이야."

"위치는 알고 있는 거야?" 리짓이 물었다.

「네 덕분에. 네가 고쳐준 센서들로 구멍 위치를 찾았어. 2만 킬로미터 거리에서 30미터 크기 구조물을 찾아내다니, 정말 대단했어.」

리짓은 뿌듯한 표정을 하고 좌석에 앉아 안전벨트를 몸에 둘렀다.

"이제 잡담 그만." 애브가 사출구 레버를 올리며 말했다.

사출구가 열리고 우주의 모습이 드러났다. 1만 5,000킬로미터 너머에 있는 거대한 벽.

"5, 4, 3……."

애브는 빨간색 버튼 위에 손을 올렸다.

"2, 1……."

비행선이 엔진에서 요란한 화염을 뿜으며 우주 공간으로 뛰쳐나갔다. 초고속 롤러코스터에 탄 듯한 느낌이 세 사람의 몸을 감쌌다. 눈앞에 보이는 건 칠흑 같은 어둠뿐이었지만 엄연한 벽이 그곳에 있었기에 본능적인 두려움이 몰려왔다. 애브는 앤스의 신체 보조 구들이 괜찮을지 살폈다. 쓸데없는 짓이었다. 지구에서 출발했을 때의 가속도도 견딘 물건이었다. 리짓은 천장 우주에서 밝게 반짝이는 별 하나를 노려봤다. 노려볼 생각은 없었지만 가속도 때문에 뭔가를 보려면 그렇게 해야 했다.

5분 뒤, 엔진이 멈췄다. 이제 비행선은 관성에 몸을 맡기고 검은 우주 속에 뚫린 6,500만 년 된 구멍이 있는 곳을 향해 스스로 나아가고 있었다.

"세상에." 리짓이 긴장이 완전히 풀려버린 얼굴로 말했다. "저기 시리우스야."

창문 밖에 보이는 천장에 밝은 별이 새파랗게 빛나고 있었다. 그 옆으로 조금 떨어진 곳에 초라해 보이지만 엄연히 빛나고 있는 별이 하나 있었다.

"작고 귀여운 녀석은 시리우스B야." 애브가 말했다. "시리우스랑 서로 빙글빙글 돌고 있는데 천장 표면에서 아마 서로 3킬로미터 정도 떨어져 있을 거야.”

“상상해봤어?” 리짓은 시리우스B에서 눈을 떼지 못했다. “이혜리 교수의 말이 진짜라면 말이야, 저 모습이 사실은 천장 바깥 엄청나게 먼 곳에 있는 존재의 영상이라는 거잖아. 그럼 천장에서는 고작 3킬로미터라도 실제로 저 두 별은 도대체 서로 얼마나 떨어져 있는 걸까? 우리가 알고 있는 우주, 그러니까 이 천장 우주보다 더 큰 궤도를 돌지는 않을까? 저 별들은 실제로는 얼마나 크고 얼마나 밝은 걸까? 이 천장 우주보다, 우리 태양보다 더 크고 뜨겁지는 않을까?”

“나가보면 알게 되겠지.” 애브는 고개를 반대편으로 돌리며 말했다. “저거 봐. 우리가 타고 왔던 로켓이 태양으로 떨어지고 있어.”

리짓이 고개를 돌리자 하현달 모양으로 빛나는 태양을 향해 자그맣게 빛나는 점이 흘러가고 있었다. 불길 속에 뛰어드는 눈송이 같았다. 잠시 뒤, 눈송이는 태양에 닿기도 전에 모습을 감췄다.

「구멍이 가까워졌어.」

비행선이 천천히 감속하며 자세를 바꾸기 시작했다. 10분이 지나자 비행선은 이동을 멈추고 텅 빈 천장 우주를 바라봤다. 세 사람의 시선 끝에 어둠 속에서 숨은 구멍이 기다리고 있었다.

"좀 유치한 건 알지만……" 리짓이 어색하게 웃으며 말했다. "수동 핸들, 같이 밀어도 될까?"

"당연하지!" 애브가 말했다.

애브와 리짓은 앤스의 손을 함께 붙잡고 수동 핸들 위에 손을 올렸다. 그리고 천천히 밀었다.

비행선이 천장 우주의 구멍을 향해 나아가기 시작했다.

04-01.

어두웠다. 아무것도 보이지 않았다. 세 사람은 아무 말도 하지 않았다. 비행선이 저항을 받기 시작했다. 무언가가 비행선을 뒤로 잡아당기고 있었다. 중력이었다. 비행선이 깊이 들어갈수록 중력이 조금씩 강해졌다. 세 사람은 중력의 세기에 맞춰 비행선의 추진력을 높였다. 천장 바깥은 없는 게 아닐까, 이대로 지나온 천장의 중력에 모든 연료를 소모하고 영원히 천장 속에 갇혀버리는 건 아닐까, 그런 걱정이 잠깐 들기도 했지만 언제나 셋 중 한 명은 그 걱정을 떨쳐냈기에 핸들 위에서 그들의 손이 내려가지는 않았다.

영원 같았지만 10분이 채 되지 않는 시간이 지나자 천장이 끝났다.

거대한 빛이 꿈틀거리는 검은 하늘과 형광빛 세상이 펼쳐졌다.

04-02.

애브는 앤스의 휠체어를 밀며 비행선에서 내렸다. 하늘을 올려다봤다. 밤이었다. 하지만 그들이 알고 있는 밤하늘과는 달랐다. 그들의 밤하늘은 그저 태양이 없어 시커멓게 보이는 천장과 그들이 별이라고 부르는 조명이 천장 이곳저곳에서 깜빡이고 가끔 자그만 달이 떠 있는 모습이었다.

이곳의 하늘엔 자그맣게 반짝이는 빛의 점이 있기는 했지만 드물었다. 지평선부터 지평선까지 전체를 둘러봐도 너댓 개뿐이었다. 하지만 그 사이의 드넓은 공간을 기묘한 빛의 물결이 출렁이며 채우고 있었다. 물결은 형용하기 힘든 입체적인 색을 띠며 천천히 그 모습을 바꿨다. 물결의 빛은 때때로 선명한 그림자를 만들어낼 만큼 밝아지기도 했다. 애브와 앤스는 그저 고개를 들고 입을 닫지도 열지도 못했다.

리짓은 보라색으로 빛나는 풀밭 위를 걸었다. 주변에 있는 모든 것이 희미하지만 다양한 형광색으로 빛났다. 모든 색깔과 빛이 모여 어둠을 장식했다. 옅은 어둠 속에서 스스로 빛나는 꽃이 리짓을 향해 고개를 돌리듯 바람에 흔들렸다. 나무를 닮은 동물도 있었다. 동물이 아닐지도 몰랐다. 그것은 리짓의 분류 따위에는 신경 쓰지 않고 녹색 털을 부르르 떨며 리짓 옆을 천천히 지나갔다. 반딧불이를 닮은 작은 무언가가 빨간빛을 깜빡이며 리짓의 머리 주변을 웅웅거리며 정찰하고는 다시 가던 길을 갔다. 뒤를 돌아보니 풀들은 리짓의 발자국 모양으로 더 밝게 빛나고 있었다. 리짓이 밟지 않은 곳에도 발자국 모양이 따라서 생기기도 했다. 리짓이 발을 내디디려는 곳에서도 먼저 빛이 났다. 리짓의 발 모양을 짐작하며 외곽선이 모양을 바꾸며 나타났다. 마치 자신들을 밟고 지나가고 있는 게 누구인지 궁금하다는 것처럼 빛으로 말을 거는 풀들을, 리짓은 차마 밟기 어려웠다. 하지만 스스로의 호기심 역시 양보하고 싶지 않았기에 리짓은 발걸음을 내디뎠다. 흥분한 풀들이 리짓의 부츠 주변에서 빛의 축제를 열었다. 익숙한 냄새가 났다. 우주의 냄새. 흙과 풀의 냄새였다.

"오랜만이야, 리짓. 그때 그렇게 두고 가서 정말 미안해."

낯선 세상에서 처음 들리는 목소리에 세 사람은 고개를 돌렸다. 이혜리 교수가 그들을 맞이했다. 교수는 청바지와 가죽 재킷을 입고 나타났다.

04-03.

"보여?" 교수가 물었다.

"보여요." 리짓이 구경 20센티미터 뉴턴식 망원경의 접안렌즈를 들여다보며 말했다. "그럼 저게⋯⋯."

"달의 고향이야. 뭘로 이루어진 건지는 아직 모르겠지만 표면이 움직이는 걸 보면 엄청 두꺼운 대기로 뒤덮인 것 같아. 지름만 해도 지구보다 아홉 배는 더 크고."

리짓은 더 자세히 들여다봤다. 동그란 칠흑 한가운데에 납작한 고리를 두른 구체가 떠 있었다. 구체는 어두웠지만 주변 공간을 떠도는 빛의 물결 덕분에 영롱하게 빛났다. 지구보다 아홉 배나 더 큰 구체라니. 리짓이 지금까지 알고 있던 우주의 크기보다 조금 작은 정도였다. 게다가 그 옆을 감싼 얇고 넓은 고리까지 합치면 오히려 더 컸다.

"우리가 알고 있는 달은 원래 지금 보고 있는 저 존재의 달이었어. 저기엔 아직도 다른 달, 심지어 몇 배나 더 큰 달도 있고. 여기서 1억 5,000만 킬로미터 정도 떨어져 있어."

리짓은 숫자를 듣자마자 눈의 초점을 맞추기가 어려워졌다. 리짓의 우주보다 크고 먼 거리였다.

"그러니까……" 애브는 헬멧을 가슴 앞에서 빙글빙글 돌리며 말했다. "두 사람은 학회에서 만났다는 거지?"

「맞아. 내가 한창 인맥 놀이에 빠져 있을 때. 네 지도교수 소개로 만났지.」

"굳이 언급해줘서 고마워."

「교수가 나랑 비슷한 상실을 겪었다는 걸 알게 된 건 불과 얼마 전이었지만.」

애브는 교수를 봤다. 교수는 아련한 웃음을 지으며 애브와 앤스를 돌아봤다.

「애브, 걱정해줘서 고마웠어. 하지만 난 괜찮아. 지금은 나나가 태양보다 더 눈부시게 살아온 19년을 자랑스러워하고 있어. 그 아이가 살지 못한 날을 슬퍼하지 않을 거야. 나나가 19년에 걸쳐 내게 남겨준 변화를, 세상을 더 찬란한 모습으로 지켜보고 키워나갈 거야. 이건 그 일환이야.」

"그래. 엄청 찬란하다. 샤오이도 여기 오면 환호성을 지를 거야." 애브는 형광색 초원과 아름답게 일렁이는 밤하늘을 다시 둘러보며 말했다. "천장 아래에 있는 모든 아이들이, 모든 사람들이 이 광경을 보게 된다면…… 그들의 삶이 어떻게 될지 미처 상상도 가지 않아."

교수가 여전히 망원경에서 눈을 떼지 못하는 리짓의 어깨를 두드리고 애브와 앤스를 향해 다가왔다.

"지난 5년 동안 내 비행선을 타고 이 주변을 돌아다녔어." 교수가 말했다. "물론 지름 18만 킬로미터 구체의 표면의 일부밖에 보지 못했지. 하지만 그 일부에도 지구의 대륙보다 큰 섬과 태평양보다 넓은 바다가 있어. 그 거대한 섬들이 각자 전혀 다른 지구가 된 것처럼 독립적인 생태계를 만들고 있고. 여기서 2만 킬로미터 떨어진 아프리카 크기의 섬에는 눈 없는 고양이처럼 생긴 털북숭이 동물들이 놀라운 다양성을 펼치고 있어. 애들이 정말 좋아할 거야. 그리고 가장 먼저 도착한 이곳이 내가 가장 좋아하는 곳이야. 저 아름다운 밤하늘이 가장 잘 보이는 곳이기도 하고."

교수는 장난치듯 보랏빛 풀들을 발바닥으로 쓰다듬었다. 풀들은 재밌다는 듯 기하학적 모양으로 깜빡였다. 교수는 말을 이었다. "하지만 하늘 위에 보이는 저건 그저 찬란하다고만 하기는 힘들어."

"왜죠?" 리짓이 물었다.

"저건 전쟁의 잔흔이야." 교수가 대답했다.

04-04.

9억 년 전, 천장 바깥의 '우주'에서 전쟁이 벌어졌다. 정신이 혼미해지는 드넓은 공간에 퍼져 있던 존재들이 서로의 존재를 확인하고는 온갖 이유를 들어가며 상호 파괴에 뛰어들었다. 그들은 시간과 공간 속의 에너지를 무기로 삼았고 곧 우주는 시공간의 눈부신 비명으로 가득 찼다. 그 존재들이 모두 자멸한 뒤에도 비명은 메아리치며 우주를 가득 채웠다. 불과 4억 년 전까지만 해도 우주는 눈을 뜰 수 없을 만큼 새하얀 파멸의 빛으로 가득했다. 시공간의 자가 복구가 속도를 내기 시작한 이후에야 우주는 다시 어두워지기 시작했다. 하지만 모든 상처가 으레 그렇듯, 흉터를 남기기 마련이었다. 지금 밤하늘에 일렁이는 빛의 물결처럼.

"원래 지구는 우리가 아는 것보다 훨씬 거대한 진짜 태양 주변을 돌고 있었어." 교수가 설명을 이었다. "거기엔 지구뿐만 아니라 크고 작은 다른 거대한 세상들도 있었지. 리짓, 조금 전에 본 그 고리를 가진 것도 지구의 형제였어. 하지만 전쟁으로 태양은 찢겨져 나가고 지구의 형제들은 뿔뿔이 흩어진 거야."

리짓은 밤하늘의 물결 너머를 바라봤다. 달의 고향, 지구의 형제가 반짝였다.

"전쟁 속에서 사라진 존재들 중에는 자비심을 가진 자들도 있었어. 그들은 지구처럼 미처 스스로를 지킬 만큼 성장하지 못한 세계를 지키려는 자들도 있었어. 그들은 지구의 형제 중 생명이 탄생하지 않은 곳들을 재료로 삼아 우리가 아는 달과 태양, 그리고 천장…… 아니, 두께 10킬로미터의 껍질을 만든 거야. 우릴 지켜준 거지. 그리고 껍질을 만든 존재들마저 사라진 뒤엔 그 껍질도 수많은 세상과 새로운 생명을 품은 거고. 놀랍지 않아?"

"껍질을 만든 자들은 우리보다 우월한 존재였나 보네요." 리짓이 말했다.

"아니야." 교수는 웃으며 고개를 저었다. "그들은 그저 운 좋게 먼저 태어나고 운 좋게 발전해 운 좋게 오래 살아남았을 뿐이야. 그리고 다른 존재들과는 달리, 그 사실을 인지하고 있었고."

"그런 걸 다 어떻게 안 거죠?" 애브는 손바닥 위에 올라와 커다란 눈으로 자신을 살피는 형광분홍빛 불가사리를 보며 말했다. "이 주변 생태계만 연구해도 수십 년으론 부족할 건데?"

교수는 기다렸다는 듯이 세 사람과 차례로 눈을 맞추며 말했다. "그들은 우리가 껍질 바깥으로 나오길 기다리고 있었어. 그래서 기록을 남겨놨지."

"하지만 이제 모두 사라졌다면서요?" 리짓이 물었다.

"맞아. 너무 오래 걸린 거야. 6,500만 년 전에 천장 파편이 떨어지지만 않았더라면 5,000만 년 정도 일찍 나올 수 있었을지도 모르지. 우리 대신 파충류 인간이."

"우주의 역사에 대한 기록이었나요?" 애브가 물었다.

"우주의 역사, 그리고……" 교수는 지평선 너머를 손가락으로 가리켰다. "우리의 의무."

세 사람은 교수의 손가락 끝을 따라 지평선을 응시했다. 처음에는 어둠에 묻혀 아무것도 보이지 않았지만 잠시 뒤 배경으로 빛의 물결이 하늘을 지나가자 지평선을 뚫으며 우뚝 솟아오른 탑이 보였다.

탑이 아니었다. 로켓이었다. 인간이 만든 것이 아니었다.

"껍질 우주는 하나가 아니야." 교수가 말했다. "그들은 생존자들이 서로 만나기를 원하고 있어. 우리의 의형제들 말이야."

교수가 손가락을 거두자마자 리짓이 손을 번쩍 들며 말했다.

"저 갈래요!"

「같이 가.」 앤스가 뒤이어 말했다.

교수는 애브를 바라봤다. 애브는 시선을 의식하며 어색하게 머리를 긁더니 주변을 한 번 둘러보고는 말했다.

"교수가 타고 온 비행선, 빌려도 될까요? 저희가 타고 온 건 착륙할 때 망가졌어요." 잠시 말을 끊었다가 이었다. "가족이 밑에서 기다리고 있어서요."

"애브, 혹시……?"

리짓이 애브를 보며 입을 열려고 하자 애브는 손바닥을 흔들며 막았다.

"아니, 리짓. 이번엔 포기하는 게 아니야. 선택한 거야. 하고 싶은 일이 생겼거든." 애브는 형광색 초원과 일렁이는 밤하늘을 보며 말했다. "샤오이에게 이 광경을 보여주고 싶어. 샤오이뿐만 아니라 저 아래에 있는 모든 아이들에게. 뭐, 기왕이면 리라와 사나에게도. 여기까지 가족 여행을 오는 것도 좋겠지. 대충 그런 게 내 새 목표야.”

리짓은 평소처럼 어색하게 웃었고 교수는 고개를 끄덕였다.

“제 비행선은 당분간 쓸모가 있어서. 대신 제가 타고 온 걸 빌려드리죠.”

“……우리처럼 비행선 타고 온 거 아니었나요?”

교수는 고개를 저으며 턱으로 애브 뒤편에 있는 휘황찬란한 형광빛 숲을 가리켰다. 그곳에 로켓이 있었다. 그들이 타고 온 것보다 훨씬 작지만, 분명히 로켓이었다.

“전 분리형 로켓을 타고 왔어요. 저게 끝단인데 어디서든 수직이착륙이 가능해요. 저걸로 구멍 위까지 갔다가 엔진을 꺼버리면…… 놀이기구 타는 느낌으로 껍질 아래로 돌아갈 수 있을 겁니다. 껍질 지나고 나서 엔진 재점화하면 원하는 궤도로 갈 수 있을 거예요.”

리짓은 상상만 해도 재밌겠다는 표정으로 어깨를 들썩였다. 앤스는 애브의 얼굴을 바라보며 반응을 기다렸다.

애브는 아무 말 없이, 그저 헛구역질을 몇 번 참을 뿐이었다. 잠시 뒤, 차가운 공기를 잔뜩 들이켜고는 말했다.

“다시 돌아올 건가요?”

“당연하지.” 리짓이 교수 대신 웃으며 대답했다.

"다행이네." 애브가 말했다. "리애한테 혼나진 않겠어. 잘 다녀와."

"돌아올 때까지 세상 잘 부탁해."

"좋은 세상 만들어둘게."

04-05.

애브는 자신을 요란하게 환영하는 풀밭 위에 서서 기이하게 생긴 로켓이 불과 연기를 뿜으며 솟아오르는 광경을 올려다봤다. 리짓과 앤스, 그리고 교수가 또 다른 껍질 우주에 있는 의형제 세계를 향해 나아가고 있었다. 저 너머엔 뭐가 있을까? 다른 껍질 우주에는 어떤 세상이 있을까? 그곳 껍질 위에는 어떤 세상이 있을까? 애브는 궁금했다. 직접 눈으로 보고 손으로 만져보고 싶었다. 하지만 그보다 더 중요한 일이 있었다.

애브는 자그만 로켓에 올라탔다.

가족에게 돌아갈 시간이었다.

잘 가요,
은숙 씨

전혜진

"저기, 고모. 저 톰 소령은 행복했겠다."

　은숙 씨가 말했을 때, 나는 그게 무슨 소리인가 했다. 그러다가 내 차에서 울려 퍼지는 데이비드 보위의 노래, 〈스페이스 오디티(Space Oddity)〉를 두고 하는 말이라는 것을 겨우 깨달았다.

　"아, 또 무슨 소리를 하려고 그래?"

　"그냥, 멀리멀리 우주 너머로 가버렸잖아. 지구와 교신이 끊어진 채로."

　은숙 씨는 한숨을 쉬었다. 마치 예전에 예준이를 낳았을 때처럼 머리카락이 한 줌씩 빠져, 아예 짧게 깎아버린 머리를 하고서. 그러고 보니 처음 결혼했을 때는, 머리카락도 길고 풍성하고 얼굴도 아기처럼 뽀얀 사람이었다. 그렇게 예쁠 수가 없는 사람이 어쩌자고 우리 오빠 같은 놈팡이와 결혼하는 건가 싶었다.

그때 그 결혼을 말렸어야 했는데.

신호가 걸린 사이, 나는 뺨이 앙상하게 마르고, 얼굴은 어두운 누런빛으로 변해버린 은숙 씨를 흘끔 쳐다보았다. 나보다 고작 한 살이 더 많은 사람인데, 병색이 깊어지며 이제는 제 나이보다 한참 더들어 보였다. 우리 오빠와 결혼을 하고, 아이 둘을 낳고, 한심천만하고 허풍선이인 우리 오빠가 중간에 회사 그만두고 사업을 한답시고 온갖 사고를 치고 다니는 것을 수습하느라 평생 있는 고생 없는 고생을 다 했던 사람이었다. 그리고 이제는.

"……가지 말아요."

이제는 정말 함께 있을 날도 얼마 남지 않은 것 같아서.

"뭐래, 고모도."

"가지 말라고."

아마도 그 말을 하다가, 나는 조금 울었던 것 같다. 은숙 씨는 조용히 웃다가, 손을 뻗어 내 뺨에 흐르는 눈물을 닦아주었다.

"고모, 나 그냥 노래 좀 듣는 거야?"

"그래도요."

"내가 가긴 어딜 간다고 그래. 집하고 여기 병원밖에는 오도 가도 못 하는 사람인데."

은숙 씨는 웃었다. 나는 그의 손을 밀어내듯 고개를 도리도리 젓고, 신호가 바뀌자마자 바로 출발했다.

집에 가는 동안, 은숙 씨는 내 기분을 달래주려는 듯 자꾸 말을 걸었다.

나는 한마디도 대답하지 않았다. 입을 열면 정말 눈물이 쏟아질 것 같아서, 그냥 얼굴에 힘을 꽉 주고 입도 꾹 다물 수밖에 없었다.

하지만 만약에, 내가 조금이라도 앞일을 내다볼 수 있었더라면, 나는 그냥 차를 세우고 그 말에 대답했을 거다. 엉엉 울다가 은숙 씨를 더 걱정시켰더라도, 그렇게 화난 듯 굴지 않았을 거다. 조금이라도 더 다정한 말을 들려주고, 당신이 내 곁에 있어줘서 정말 기뻤다고 말해주었을 거다. 당신이 멀리 떠나지 않았으면 좋겠다고, 우주 멀리 가버리는 상상 따위 하지 말라고. 아무것도 없는 우주라니, 그건 너무 쓸쓸하지 않느냐고. 내가 만일, 은숙 씨가 그날 밤 응급실에 실려 갈 줄 알았더라면. 혼수상태에 빠져 중환자실에 들어갔다가, 그대로 의식을 되찾지 못하고 세상을 떠날 줄 알았더라면.

***

"아니, 그게 무슨 소리야. 내가 애들 아빠인데!"

발인도 하기 전에, 오빠는 목소리부터 높였다. 은숙 씨를 그렇게 고생시켜놓고는, 바람피우고 이혼도 자기가 먼저 하자고 뻗대었던 주제에, 대체 무슨 낯짝으로 여기까지 찾아왔는지 알 수가 없었다. 나는 오빠를 노려보다가, 손짓을 했다.

"장례식장에서 뭐 하는 짓이야. 애들 아빠가."

"야!"

"거기서 소리 지르지 말고 나와서 얘기해. 애들 쪽팔려하는 거 안 보여?"

오빠는 씩씩거리며 구두 뒤축을 구겨 신었다. 나는 오빠의, 덥수룩한 머리와 불그레한 얼굴이 싫었다.

전부인 장례식에 올 때조차 단정치 못한 옷차림도, 재혼한 전남편이 장례식에 왔으면 은숙 씨네 친정 식구들 생각해서라도 아무 말 말고 잠자코 있어야 한다는 상식조차 없는 태도도 질색이었다. 은숙 씨처럼 조용하고 단정하던 사람이, 대체 어떻게 이런 인간과 살았던 걸까. 나는 다시 한번, 은숙 씨가 우리 집에 처음 왔을 때를 생각했다. 어떻게든 그 결혼을 말렸어야 했다. 아무리 그날 처음 본 사람이라도, 사람의 도리로 우리 오빠 같은 인간과 결혼하게 두어서는 안 되는 거였다.

'그럼 내가 아가씨보다 한 살 위에네요.'

'그럼…… 69년생이에요?'

'예, 아폴로 11호가 달에 도착하던 날 태어났어요.'

그때 은숙 씨는 달처럼 활짝 웃으며 말했다. 그래서 자기는, 사람이 처음으로 달에 도착한 그 날짜만은 절대 잊어버릴 수 없다고. 나도 그랬다. 나도 은숙 씨를 만나서, 아폴로 11호가 달에 간 그날을 기억하게 되었다. 은숙 씨의 생일은 달처럼 고운 사람이 태어나기에 딱 좋은 날짜 같았다.

그랬는데 이 인간은, 지금 은숙 씨 형제들이 뻔히 와 있는데도, 여기까지 찾아와서는.

"예준이 새엄마가, 당신 여기 와 있는 거 알아?"

"알지! 사람이 그래도 살 맞대고 산 정이 있는데, 남편 된 도리라는 게 있는 거지!"

"그럼 도리나 얌전히 해. 목소리 높이지 말고. 오자마자 부의금함 열쇠부터 찾지 말고."

"아니, 상주는 우리 예준이야. 상주가 아직 어리니까 애비인 내가 열쇠를 맡는 거지, 지금 이게 무슨 소리래?"

"아냐, 상주는 예은이 예준이 같이 하랬어. 은숙 씨가."

"야!"

"원래는 큰애가 하는 거라고 예은이 혼자 하라 그랬는데, 내가 둘 다 자식이라고, 요즘은 애들 나이 성별 그런 거 따지면 안 된다고 그래서 공동으로 하게 된 거야. 그리고 오빠 말대로 애들 아직 어리니까, 내가 열쇠 맡은 거고.”

“아니, 그러니까 내가 애들 아빠라고!”

“알아, 그래. 오빠는 지금 은숙 씨 친정 식구들이 혹시 돈에 손댈까 봐 그러는 거잖아. 그래서 걱정하지 마시라고, 뻔히 애들 외삼촌, 은숙 씨 친동생인 은호 씨 두고 은숙 씨랑 피도 안 섞인 내가 와서 호상 노릇까지 하고 있는데. 그럼 오빠는 좀 잠자코 있으면 안돼? 내가 설마 애들한테 나쁘게 할까 봐?”

오빠는 뭘 잘했다고, 잔뜩 성이 나서는 씨근거렸다. 나는 한번 숨을 훅 들이쉬었다가, 그대로 숨도 안 쉬고 할 말을 다 쏟아냈다.

“내가 진짜, 은숙 씨 친정 가족분들 보기 민망해 죽겠어. 이혼했으면 전남편은 남이지. 근데 와서 이렇게 열쇠 내놓으라고 그러고 있으니. 남들이 보면 욕해. 돈에 눈 뒤집힌 전남편이 부의금 탐내서 쳐들어왔다고. 아니, 오빠. 그건 그렇고 은숙 씨 장례식에 오빠네 회사에서 왜 화환이 온 거야? 설마 오빠, 회사 경조사란에 전처 사망이라고 올리기라도 했어? 부의금 받으려고? 인간적으로 그건 아니잖아. 설마, 아니지?”

오빠는 한 대 치기라도 할 듯 주먹을 들어 올렸다가, 내가 빤히 쳐다보자 씩씩거리며 가버렸다. 구겨 신은 구두 뒤축은 펴지도 않은 채였다. 만사가 저따위였지, 저 인간. 나는 혀를 차다가 다시 빈소로 들어갔다. 은숙 씨의 빈소에는, 아직 상복이 어색한 두 아이가 나란히 서 있었다. 대학교 3학년인 예은이와, 올해 고 3 올라가는 예준이었다.

"예준이는 수험생인데, 밤샘하느라 피곤해서 어떡하니?"

나는 딱히 마음에도 없는 소리를 하며 아이들 곁에 가서 앉았다. 남매이지만 몇 년이나 서로 얼굴을 보지 못해서인지, 둘은 영 데면데면했다. 빈소 밖에서는, 마치 누가 쳐들어오면 그대로 막아내려는 듯 아이들 외삼촌인 은호 씨가 버티고 앉아 있었다. 나는 길게 한숨을 쉬었다. 한복이 영 불편한지, 예은이가 이리저리 몸을 돌리다가 가방에서 스피커를 주섬주섬 꺼냈다.

"그게 뭐야"

"엄마가 좋아하던 거"

예은이는 국화꽃에 둘러싸인 은숙 씨의 영정 앞에 스피커를 놓더니, 데이비드 보위의 노래를 틀었다. 은호 씨는 누나 생각이 났는지 시름 어린 한숨을 길게 내뱉었다. 몇 곡이 흘러가고, 〈스페이스 오디티〉가 흘러나왔다. 나는 문득 그날 낮, 나와 정상적으로 이야기를 나눌 수 있었던 은숙 씨를 태우고 마지막으로 세브란스병원에 다녀오던 때가 생각나, 가슴을 쥐어뜯으며 낮게 흐느꼈다.

***

　　은숙 씨보다 두 살 어린 남동생, 은호 씨는 변호사였다. 처음에는 그냥 친한 형님이 하는 사무실에서 같이 일한다고만 알고 있었다. 내 처남도 아니고 오빠네 사돈인데, 뭘 하고 사는지 내가 알 바는 아니었다. 그냥 사람이 말쑥하고 침착한 것이, 남매가 얼굴도 성품도 비슷하구나 하는 생각이었다. 그런 은호 씨가 무슨 일을 하는지 정확히 알게 된 것은, 오빠가 사업하겠다고 돌아다니다가 사기를 당해 큰돈을 날렸을 때의 일이었다.

　　"처남이 유능한 변호사니까 진짜 편하다니까. 그래서 가족 중에 의사랑 법조인이 있어야 한다고 어른들이 그러셨던 모양이지!"

　　하지만 처남이 변호사라 편하다는 건, 어디까지나 아내와 사이가 좋을 때의 일이다. 갖은 사고 다 치다 못해 외도를 하고 밖에다가 살림까지 차린 사람에게 해당되는 경우가 아니었다.

　　"위자료는 무슨 위자료야! 제가 예쁘게 굴었으면 내가 밖으로 돌았겠어?"

　　그것도 귀책 사유는 혼자 다 저질렀으면서 먼저 이혼하자는 소리를 해놓고는, 재산 분할도 위자료도 없다고 버티는 뻔뻔한 인간에게는 말이다.

"재산 분할이 왜 필요해? 잘사는 친정에 가서 얹혀살면 될 거 아냐!"

오빠는 그 유능한 변호사 처남에게, 그야말로 비 오는 날 먼지가 날릴 정도로 탈탈 털렸다. 사업 실패로 인해 고생한 점, 재산 형성 기여도, 여기에 배우자의 외도로 인한 정신적 피해에다, 은숙 씨가 결혼할 때 해 온 돈을 오빠가 사업한다고 죄다 날려먹었던 것까지 포함해서.

"……우리 오빠지만 정말 양심도 없어."

오빠에게 쫓겨나고 이혼 소송이 진행되는 동안, 은숙 씨는 내 집에 있었다. 친정 부모님은 돌아가셨고, 은호 씨도 결혼을 한 상태였으니 그리 가는 것은 역시 무리였다. 처음에는 집을 구해 나가려 했지만, 위자료를 받기 전에는 쉽지 않았다. 무엇보다도 내 마음이 편치 않았다.

"언니는 그렇다고 치고, 예은이는 왜 같이 내보냈대? 아니, 예준이는 왜 끼고 있고? 걔도 언니 자식인데?"

"대 이을 아들은 못 데려간다던데."

"쌍놈 새끼가 저 혼자 양반인 척하고 있네."

나는 웃었다. 재미있어서 웃는 것은 아니었다. 어쨌든 예은이는 사춘기였고, 은숙 씨는 충격을 받아 드러누워 있었다. 원래 썩 튼튼

한 것도 아닌 사람이, 오빠 놈 때문에 생각도 못 해본 고생들을 다 했다 보니, 이혼하자, 너 같은 거랑 살기 짜증 났는데 오래 참았다는 말과 함께 집에서 내쫓기고는 아파트 단지도 못 벗어나고 그냥 쓰러졌을 정도였다. 예은이가 서둘러 119를 부르고, 구급차가 도착하기도 전에 내게도 전화해주었기에 망정이지. 하마터면 은숙 씨를 그대로 잃어버릴 뻔했다.

방 하나를 비워 올케와 예은이를 데려왔다. 아무리 나이가 들었어도 결혼 안 한 여자 혼자 살기도 늘 불안하고, 나는 야근이 많아 살림에 도무지 신경을 쓸 수가 없으니, 여자 셋이 의지하고 살자고 간곡히 부탁했다. 이혼한 올케는 남보다 못한 거라며, 새 올케가 눈치 보니까 헌 사람은 내보내는 게 낫지 않느냐고 헛소리를 해대는 친척들 번호는 죄 차단해버렸다. 엄마 아버지까지 뭐라 하시기에, 내 조카 내가 데려다 키우겠다는데 대체 뭐가 문제냐 했다.

그렇게 우리는 7년이 넘도록 함께 살았다. 가끔씩 저 염치라고는 찾아볼 수 없는 우리 오빠가 은숙 씨를 만나야겠다며 내 집에 찾아오려 든 적도 있었지만, 그때마다 우리는 힘 합쳐서 잘 쫓아냈다. 이혼한 전처를, 재혼까지 한 전남편이 만날 일이 뭐가 있다고. 오빠는 그래도 자기가 예은이 아빠라고, 아빠가 자식과 연락하겠다는데 왜 고모인 네가 상관하느냐며 큰소리를 쳤지만, 정작 예은이 고등학교 들어가고, 입시 치르고 대학 가는 동안 오빠는 한 번도 연락하지 않았다.

"연락할 리가 있어, 그 짠돌이가."

예은이 등록금까지 내고, 우리 세 사람이 함께 예은이가 합격한 대학 구경을 하고 오던 날, 은숙 씨는 깔깔 웃으며 말했다.

"연락하면 대학 학비 내놓으라고 할까 봐 겁이라도 먹은 거겠지."

"진짜 우리 오빠지만 대책이 없는 인간이네."

학생들이 많이 가는 것 같은 파스타집에 가서 파스타와 피자를 먹었다. 예은이가 중간고사를 칠 무렵에는 둘이 함께 학교에 가서 벚꽃 구경도 하고, 마치 대학생으로 돌아간 기분으로 낮부터 맥주도 한 캔씩 땄다. 그 무렵의 은숙 씨는 정말 하루하루가 행복해 보였다.

이혼하기 전 오빠는 은숙 씨가 결혼을 하면서 직장을 그만두어서 아무것도 할 줄 모른다고, 애들이나 키우느라 이야기도 안 통한다고, 살림밖에 할 줄 모르는 무능한 여자라고 조롱했지만, 그건 사실이 아니었다. 아이들이 태어난 이후로 원래 직장인 학교로 돌아가거나, 어딘가에 정규직으로 들어가서 일을 한 것은 아니었다. 하지만 은숙 씨는 걸핏하면 돈 문제로 사고나 치는 오빠와 사는 동안 교사 자격증을 살려 동네 아이들 공부방을 차리고, 부지런히 일해 돈을 벌었다. 은숙 씨가 결혼할 때 들고 온 돈은 진즉에 털어먹은 오빠가, 여기저기 빚을 지고 다니던 회사 돈에까지 손을 댔다가 쇠고랑을 찰 뻔했을 때 그걸 갚아준 게 대체 누구라고 생각하는 건지.

원래 매사 야무졌던 은숙 씨는, 나와 살기로 하고 한 주도 지나지 않아 내 살림을 싹 뒤집어엎었다. 남의 살림이라면 손대지 않겠지만, 이제 같이 살 거니까 자기 살림이라며, 내 직장생활의 자취가 마치 지층처럼 쌓여 있는 집구석을 털어내기 시작했다. 예은이와 은숙 씨 쓰라고 방을 비우며 베란다로 싹 밀어냈던 짐들도 다시 살펴보더니, 버릴 것과 내가 확인하고 버릴 것으로 나누었다. 그리고 거실 구석에, 내 책상과 마주 보는 자리에 작은 이케아 책상과 철제 서랍장을 하나 들였다. 학교 다니는 예은이 책상만 있으면 되겠거니 하고 생각했던 내가 조금 안일하게 느껴졌다.

그 작은 책상 위에, 은숙 씨는 컴퓨터를 올려놓았다. 잠금장치가 없는 서랍에는 모눈으로 된 다이어리를 넣었다. 책상 구석에는 원래 그런 걸 좋아했던 건지, 우주 비행사 모양을 한 플레이모빌과, 어디서 구해 왔는지 모를 낡은 스페이스 셔틀 프라모델이 놓여 있었다.

"저기, 고모."

은숙 씨는 몇 달 지나지 않아 생글생글 웃으며 내게 말했다.

"이제 안정이 좀 되었으니까, 생활비는 우리가 낼게요."

"그게 무슨 소리예요! 오빠한테 뜯어내봤자 얼마나 뜯었다고!"

그새 은숙 씨는 포털에 작은 쇼핑몰을 열고 중국 쪽 물건들을 떼어다가 팔고 있었다. SNS로 영업을 열심히 했는데, 사진을 잘 찍어서 그런지 소셜 미디어를 보고 들어와서 물건을 사는 사람들이 꽤 된다고 했다.

주식도 했다. 회사에도 주식 하는 사람은 많았지만 주식으로 돈 벌었다는 사람은 정말 보기 힘들었는데, 은숙 씨는 뭘 해도 손해는 보지 않았다. 처음에는 운이 좋은 사람인가 생각했다. 운 이상으로 매사에 온 힘을 기울이며 일하는 사람이라는 것은 그다음에야 알았다.

나는 은숙 씨의 작은 책상 앞에 앉아 멍하니 있다가, 결코 잠겨 있는 법 없는 그의 서랍을 열었다. 가계부와 인터넷 쇼핑을 꾸려나가는 장부와 영수증과 다른 이런저런 서류들이 가득 들어 있던 그 서랍의 맨 위 칸에는, 속지의 모눈마다 은숙 씨의 글씨가 가득 담긴 다이어리가 들어 있었다. 나는 남의 비밀을 엿봐서 미안하다는 생각도 하지 못한 채, 자신을 갈아내며 알뜰하게 살아온 흔적이 가득한 은숙 씨의 다이어리를, 나와 예은이에게 들려주지 못한 이야기들을 정신없이 읽었다.

지난해 말, 암에 걸렸다는 사실을 담담히 적어놓은 그다음 몇 페이지는 거칠게 찢겨져 있었다.

거기서 다시 몇 페이지 뒤에는, "우리는 별들로 이루어져 있다(We are made of star stuff)"는 칼 세이건의 유명한 문장이 적혀 있었다.

그리고 그 아래, 피울음을 토하듯 휘갈겨 쓴 몇 줄 앞에서 나는 울음을 터뜨렸다.

– 나는 지구를 떠나고 싶었어. 우주로 가고 싶었어. 달보다도 더 멀리 날아가서, 다시는 이 지구로 돌아오고 싶지 않았어. 살아 있는 동안에도, 죽은 뒤에도.

그 순간 나는 은숙 씨의 절망을 본 것 같았다. 그런 결혼을 하고, 그런 남편의 실체를 보고, 그따위 새끼에게 이혼을 당하고 쫓겨났어도 꺾이지 않은 듯 보였던 그 마음이, 사실은 처음부터 여기 머물러 있지 않았을지도 모른다는 사실을, 그제야 실감했다.

은숙 씨가 이 집에서 나와 함께 산 것이 꼬박 일곱 해가 넘었다. 그가 내게 결코 적지 않은 생활비를 건네준 것은 여든 번 가까이였다. 나는 그 돈을 돌려주는 것도 혹 은숙 씨의 자존심을 건드리는 일일까 싶어, 예은이 명의의 통장을 만들어 그 돈의 대부분을 모았다.

하지만 그러지 말걸.

당신은 이제 자유니까, 부디 당신을 위해 더 쓰라고 말해줄걸. 자기 자신을 위해 그렇게 저질러버리는 용기가 없었다면, 나라도 먼저 챙겨서 좀 더 행복하게 해줄걸. 아프기 전에 멀리 여행도 다닐걸. 달에는 갈 수 없을지라도, 가까운 이웃 나라에라도 같이 놀러 가자고 할걸. 나는 은숙 씨가 안타까워서 그 책상에 엎드린 채 한참 흐느껴 울었다. 예은이도 참고 있는데 어른답지 못한 일이었지만, 그래도 참을 수가 없었다. 더 이상 내게 말하지 못하게 된 은숙 씨에게 약속했건만, 예은이는 내가 잘 챙겨서 학교 졸업시키고, 취직하고 독립할 때까지 곁에 있어주겠다고. 본인이 원하면 결혼하는 것까지 다 보겠다고, 더 이상은 내 목소리를 듣지 못할 귀에 대고 몇 번이나 말해주었건만. 여자 셋이 의지하고 살자고 호기롭게 말했는데, 이제는 우리 둘만 남게 되었지만, 그래도 집 안을 쓰레기통처럼 만들지 않고, 어른답게 예은이와 가족이 되어서 잘 살아보겠다고 수도 없이 맹세했건만. 그래도 오늘은, 나는 엄마이고 언니이고 내 가족인 사람을 잃어버려서 정말 울다가 내장이 뒤틀리도록 울었다.

우리가 함께 살았던 7년 동안, 은숙 씨의 책상 위에 놓인 우주선 모양의 장난감은, 어느새 예닐곱 개로 늘어나 있었다.

***

문제가 생겼다.

은숙 씨는 내가 생각했던 것보다 훨씬 돈을 잘 벌었던 모양이었다.

"아니 그러니까 내가 애들 아빠인데, 내가 받을 게 하나도 없다고?"

은숙 씨는 생전에, 그러니까 암 선고를 받기도 한참 전부터, 동생인 은호 씨에게 부탁해 유언장을 만들었다고 했다. 은호 씨는 장례가 마무리되고, 은숙 씨의 재산을 정리한 뒤 우리 모두를 불러 모았다. 대상자는 예은이와 예준이 남매, 그리고 나였다. 예준이가 아직 미성년자였으므로, 그 친권자인 오빠도 함께 소환되었다.

실속은 하나도 없이 허랑방탕한 주제에 돈 냄새는 기가 막히게 잘 맡는 나의 오빠는, 유산 분배라는 말이 나오자마자 뭔가 엉뚱한 쪽으로 머리가 돌기 시작한 모양이었다. 그는 죽은 전처의 유산이라니, 무슨 떡고물이라도 떨어지지 않을까 기대에 찬 얼굴을 하고 나타났다. 그것도 올케와, 지난달에 초등학교 들어갔다는 셋째 조카까지 함께였다.

"예준이한테 유산이 있으면, 내가 예준이 아빠인데! 그리고 우리 예찬이는?"

"은숙 씨가 죽었는데 예찬이를 왜 찾아요? 예찬이 몫은 예찬이 엄마한테 물어볼 것이지."

"아니, 그게 무슨 매정한 소리야. 그리고 처남! 왜 내 몫이 없다는 거야?"

처남이라는 말에, 은호 씨는 대답 없이 안경만 한번 밀어 올렸다. 일 때문에 온 것이니 망정이지, 가족 문제로 온 거였으면 정말 험한 소리 나올 것 같은 표정이었다. 나는 오빠에게 가까이 다가가, 예찬이에게 들리지 않게 빠르게 속삭였다.

"입 좀 다물어요. 오빠가 무슨 할 말이 있어서."

"아니, 그럼 너는 무슨 자격이 있다고!"

"조용히 좀 하십시오."

은호 씨가 입을 열었다. 그는 은숙 씨가 마지막으로 고쳐 쓴 유언장이 두 명의 증인을 세우고 은호 씨가 소속된 법무법인을 통해 공정증서의 형태로 작성하여, 따로 검인을 받을 필요가 없는 유언장임을 밝힌 뒤 유언장에 적힌 내용을 발표했다.

은숙 씨의 재산을 3등분하여, 각각 예은이와 예준이, 그리고 뜻밖에도 나에게 상속한다는 내용이었다. 여기에 더해, 예준이에게 상속하는 재산은 예준이가 병역을 마치고 돌아올 때까지 신탁에 맡겨둔다는 조항도 붙어 있었다. 은숙 씨는 오빠가 아이들 몫에 손을 댈 줄 미리 짐작하고, 아이들이 철이 들고 자기 몫을 자기가 알아서 결정할 수 있을 때까지 보호해둔 거였다.

그리고 오빠는, 그 사실을 받아들이지 못했다.

"이게 무슨 말도 안 되는 소리야!"

오빠는 엄동설한에 빈 몸으로 내쫓은 전처의 재산에, 자기가 손가락 하나 댈 수 없다는 것이 퍽 억울했던 모양이었다.

"나한테서 뜯어 간 돈을, 왜 나한테 못 돌려준다고! 그리고 쟤는, 왜 가족도 아닌 쟤가 3분의 1을 빼앗아 가는데!"

"누님 유언입니다. 누님이 쫓겨나 길에 쓰러졌을 때부터 돌아가시기 전까지, 마지막까지 옆에서 돌봐주신 분이니까요."

은호 씨는 오빠에 대한 경멸을 감출 생각도 하지 않는 듯한 표정으로 대답했다. 오빠는 기대하지 않았던 유산을 받게 된 내게 다가와, 내 어깨를 흔들며 소리쳤다.

"야, 그걸 왜 네가 가져! 받으면 나를 줘야지!"

"……오빠."

나는 입이 바싹 마른 채로 고개를 들었다. 오빠는 번들거리는 눈을 하고 나를 죽일 듯이 노려보고 있었다.

"은숙 씨도 살면서 하고 싶었던 일이 많았어. 은숙 씨가 내게 준

몫은 예은이 학교 가는 데 보태고, 남는 건 은숙 씨가 원하는 대로 쓸 거야. 하다못해 은숙 씨 다니던 성당 불우이웃이라도 도울 테니까 오빠는 신경 쓰지 마."

"왜 내 돈으로 불우이웃을 도와? 내가 바로 불우이웃이야! 어!"

"오빠, 오빠가 사업한다고 빚지고 다닌 거, 감옥 갈 뻔한 거, 그거 은숙 씨가 거의 다 갚았어. 사람 단물은 다 빼먹고 내쫓아놓고서, 이혼한 전남편이 무슨 권리가 있다고 여기 와서 이래."

나는 자리에서 일어났다. 예은이가 내 곁으로 얼른 다가와 팔을 붙잡았다. 나는 예은이의 머리를 쓰다듬으며 오빠에게 한마디 더 했다.

"오빠, 이혼하고서 예은이 양육비 한번 준 적 있어? 애가 대학교 간다는데, 학비는 어떻게 되었느냐고 한번 물어보기는 했느냐고."

"다 큰 애를 무슨 양육비가⋯⋯."

"오빠는 그래서 안 된다는 거야."

나는 은호 씨에게 인사를 하고, 예은이와 함께 밖으로 나왔다. 은호 씨도 뒤따라 나왔다. 오늘은 일단 유언에 대해 발표하는 자리를 가졌고, 앞으로의 상속 절차도 은호 씨가 도와준다고 했다. 은숙 씨가 생전에 부탁한 일이니 걱정하지 말라고, 자기가 잘 처리하겠다고 말해주었다.

"고모, 그냥 고모 생각에, 엄마가 하고 싶었던 일이 있다 싶으면 거기다 다 써도 돼."

예은이가 나와 은호 씨에게 말했다.

"내 걱정은 하지 말고."

"하지만 이건……?"

"에이, 괜찮아! 고모랑 엄마가 내 앞으로 적금 들어준 것도 있고, 이번에 엄마가 물려준 것도 있고. 정 안 되면 돈 잘 버는 외삼촌도 있는데 내가 무슨 걱정이야. 다만 난, 엄마가 살면서 하고 싶은 걸 하나도 못 한 것 같아서 그게 속상했으니까, 내 신경 쓰지 말고 엄마가 하려던 것에 써도 돼. 불우이웃을 돕든가. 아, 근데 깜빡했다. 그 돈은 엄마가 고모에게 선물로 준 거니까 고모가 하고 싶은 걸 해야겠다. 그게 맞을 것 같아."

"……글쎄."

나는 입술을 몇 번 달싹거리다가 걸음을 멈추었다. 눈이 시리도록 새파란 하늘에, 하얀 낮달이 떠 있었다.

아폴로 11호가 달에 도착한 것은 1969년 7월 20일. 은숙 씨의 생일이었다.

"……사람이 우주에 가려면 대체 돈이 얼마나 들까요?"

***

　사람이 우주에 가려면 그야말로 천문학적인 돈이 든다고 한다. 아니, 돈 이전에 우주에 나가는 것 자체가 고난의 연속이라고 했다. 심장이 평소보다 머리로 피를 많이 보내서 얼굴은 퉁퉁 부어오르고, 두통이 오기도 한다. 먹은 음식이 식도로 내려가는 데도 중력의 역할이 적지 않아서, 식사를 해도 늘 더부룩하다는 이야기도 읽었다. 무엇보다 화장실을 생각하니, 우주에 가는 것은 상상도 하기 싫어졌다. 나 같으면 아무리 큰돈을 줘도 그런 시도는 하지 않을 것 같았다.

　하지만 은숙 씨의 다이어리를 읽고서야 알았다. 아무리 힘들고 고통스러워도, 그것은 은숙 씨에게 정말 오랜 꿈이었다는 것을. 인류가 달에 도착해 첫발자국을 찍던 그날에 태어난 은숙 씨는, 평생 동안 언젠가는 우주에 갈 수 있을 거라는 꿈을 버리지 않았다. 챌린저 우주 왕복선의 폭발을 보면서도 그 우주 왕복선에 최초의 여성 민간인 우주인이 타고 있었다는 것을 잊지 않았다. 언젠가는 로켓을 타고 지구를 벗어날 수 있을지도 모른다고, 그게 아니면 로켓을 만드는 사람이 될 수 있을지도 모른다고 생각하며 기계공학과에 갈 것을 꿈꾸기도 했다. 여자는 기계과에 가봤자 취직도 못 한다, 취직은 고사하고 졸업도 하기 어려울 거라는 모두의 만류에 결국 과학교육과에 갔으면서도, 은숙 씨는 언제나 최초의 여성 민간인 우주인은 학교 선생님이었다는 사실을 생각했다고 한다. 결혼하고서, 중학교 교사 일을 계속하고 싶었지만 우리 오빠에게 발목을 잡혀 그만두고야 말았던 사람. 그리고…… 그 오빠에게 쫓겨났다가 겨우 머무르게 된 이곳에 책상을 두고, 그 위에 디스커버리 우주 왕복선 모형을 소중하게 세워놓고 살았던 사람. 나는 은숙 씨가 2006년에 있었던 한국 우주인 배출 사업 관련 뉴스를, 마치 가수 서바이벌 오디션을 보듯이 몰입해서 보았다는 것도 몰랐다. 나는 새삼, 내가 은숙 씨에 대해 얼마나 아는 것이 없었는지 생각했다.

"그건 저도 마찬가집니다. 저도 누님에 대해 아는 게 없었어요."

은호 씨는 은숙 씨의 친정에 남아 있었다는, 30년은 넘게 묵은 우주 왕복선이며 로켓 사진들을 챙겨 왔다.

"군대에서 사람이 죽으면, 시신을 영현가방이라는 데 담습니다. 그런데 예전에 누님이 그런 이야기를 한 적이 있었어요. 우주에서 죽은 우주비행사는 어떻게 돌아오는지 아냐고요."

"……돌아오는 거예요? 지구로?"

"어쩐지 그, 만화에서처럼 우주로 관을 쏘아 보내거나 할 것 같은데, 그게 아니라더라고요. 영현가방에 담겨서, 아마도 귀환선을 타고 돌아온답니다. 요즘 같으면 동결 건조해서 분쇄했다가 가지고 돌아오는 방법도 있다더군요. 마치 화장하고 난 뼛가루처럼요."

"흐음……."

"그런 이야기를 하다가 누님이 그랬어요. 지구는 사람이 꼭 돌아와야 할 만큼 절실한 무엇이냐고요."

"어디 보자, 지금 검색해봤는데, 시신에 적당한 추진제를 달지 않고 그냥 우주로 내보내면 지구 주변에 그 시신들이 둥실둥실 떠다닐 거라는 이야기도 있네요. 화성이나 달 같은 데는 시신을 묻으면 지구의 미생물이 그곳 환경을 오염시켜서 안 된다는 말도 있고요."

"그렇겠죠. 그렇게 하는 데도 뭔가 과학적인 이유가 있긴 있을 겁니다. 하지만 누님은 바로 몇 달 전에, 유언장 공증을 할 때에도 제게 그런 말을 했어요. 사람은 별들로 이루어져 있으니까, 그 별들 속으로 돌아가고 싶다고요. 그 말을 들었을 때는, 사람이 병 때문에 쇠약해지니까 그런 낭만적인 이야기에 마음을 빼앗기나 보다 했지만……."

은호 씨는 말을 하다가 감정이 복받쳐 오르는 듯 입을 다물었다. 나는 문득, 내가 죽어도 우리 오빠는 이렇게 내 걱정을 하는 일 없겠구나, 나와의 추억을 애틋해하며, 살아 있을 때 했던 이야기를 기억

해내려 애쓰는 일 없겠구나 싶었다.

"어쨌든 살아 있을 때는 돈이 있어도 보내줄 수가 없었다는 건 분명해 보여요. 이륙할 때 받는 중력가속도가 4G라는데, 비유하자면 고릴라 한 마리에게 깔리는 느낌이라잖아요. 언니처럼 허약한 사람이 감당할 수 있는 일은 아니었을 것 같기도 하고."

"아, 하지만 스티븐 호킹 박사도 우주에 가려고 했었답니다. 무중력 훈련도 받았대요."

"우주에는 못 보내줬어도, 스쿠버다이빙이라도 해보자고 할 걸 그랬네요. 바닷속에 들어가는 게 무중력하고 느낌이 비슷하다던데."

그때 도어록 열리는 소리가 났다. 예은이었다.

"뭐야, 고모. 아직도 그 이야기?"

예은이는 식탁 위에 놓인 서류며, 나와 은호 씨의 얼굴을 죽 둘러보더니 어깨를 으쓱해 보이며 말했다. 기말고사가 한 과목 남았다더니, 오늘이 마지막 날이었던 모양이다. 예은이는 제 외삼촌에게 인사를 하고, 욕실로 들어가 손부터 씻었다. 그리고 음료수와 유리컵 같은 것을 꺼내 들고 식탁으로 왔다.

"잠깐 생각해봤는데, 고모나 외삼촌이 직접 가는 건 아니잖아."

"그런 건 못 가지, 빌 게이츠쯤 되면 갈 수 있나?"

"돈도 돈이지만, 나이도 있고. 또 건강 문제도 있으니까."

"맞아요. 산 사람이 우주에 가는 건 굉장히 어려운 일이고. 근데, 고모. 그거 알아? 우주에 화물은 보낼 수 있다?"

"화물이라니?"

"벌써 거의 10년 전에, 2013년에. 우리나라 사람이 무게 1킬로 그램짜리 초소형 개인 인공위성을 발사한 적이 있어. 인공위성을 만드는 데 재료비만 30~40만 원이 들었고, 발사하는 데 1억 원이 좀 넘게 들었대.

"그런 거 발사하려면 로켓이 있어야 하잖아."

"그래, 그러니까 우크라이나인지 카자흐스탄인지에서 발사했 대. 우리나라 로켓이 아니라 거기서 쏘는 로켓에다가, 비용을 내면 같이 발사할 수 있다는 거야. 그게 10년 전이니까 지금은 좀 더 싸 지지 않았을까……?"

"그러니까 네 엄마를…… 우주로 쏘아버리자고?"

은호 씨가 입을 딱 벌렸다. 예은이는 어깨를 으쓱해 보였다.

"예전에, 엄마랑 아빠랑 이혼하기 전에도 엄마는 종종 그런 말을 했어. 할 수만 있으면 지구를 떠나고 싶다고. 지구에서 살고 죽고, 죽은 뒤에는 순환하고 윤회하고, 그런 건 다 지긋지긋하다고. 지구 의 중력을 아주 끊어버리고 멀리 떠나고 싶다고 그랬단 말야. 그래서 맨날 그 오래된 데이비드 보위나 듣고 말이야."

***

"말도 마세요. 유튜브가 자꾸 데이비드 보위만 띄우고 있어서 아
주 죽겠습니다."

은호 씨는 고개를 절레절레 저으며 말했다. 오빠가 상속에 이의
를 제기하며 재판을 걸었다는 이야기를 전한 직후의 일이었다.

나는 오빠라면 그럴 수도 있다고 생각하다가, 그런데 이혼한 전
남편이 상속에 이의를 제기해봤자 대체 무슨 소용인가, 공연히 변
호사 수임료만 날리는 게 아닌가 싶어졌다. 멍청한 우리 오빠가 재
판하느라 돈 날렸다며 예준이 돈에 손대는 일은 없어야 할 텐데. 새
삼, 예준이에게 물려준 돈을 신탁에 맡겨놓을 생각을 한 은숙 씨가
대단하게 느껴졌다.

그런 이야기를 하던 중에 갑자기 데이비드 보위라니, 내가 무슨
이야기인지 따라잡으려고 잠시 생각하는데, 예은이가 낮게 소리
내어 웃었다.

"외삼촌도 요즘 맨날 그거 들어?"

"어, 그렇지!"

은호 씨는 겸연쩍은 표정을 지으며 고개를 끄덕였다.

"누님은 무슨 생각을 했을까 싶어서, 혹시 계속 듣다 보면 이해할 수 있을까 싶어서 계속 들었지. 그랬더니 나중에는 펭귄들이 춤추는 영상까지 나오더라. 왜, 〈언더 프레셔(Under Pressure)〉에 맞춰서."

"아, 그거 영화야. 〈해피 피트〉."

"그래, 연경이도 그 이야기 하더라."

이야기를 하다가, 은호 씨는 입이 마른지 몇 번이나 물을 마셨다. 나는 은호 씨를 물끄러미 바라보았다. 어쨌든 오빠 이야기도 이야기지만, 오늘 은호 씨가 찾아온 것은 은숙 씨의 일 때문인 듯했다.

"솔직히 말씀드리면 저는…… 아, 저는 예은이가 무슨 뜻으로 그런 말을 했는지는 알겠습니다. 누님이 워낙 우주를 좋아하기도 했고, 또, 왜…… 옛날 유행어 중에 그런 거 있었잖아요. 지구를 떠나거라, 하는. 누님이 그렇게 좀 지구를 떠나고 싶어 했던 것도 알겠어요. 그런데……"

역시, 은호 씨는 예은이의 말에 적잖이 충격을 받은 모양이었다. 자기 엄마의 유골을 우주로 쏘아버리겠다니, 늘 착실한 예은이가 한 말치고는 무척 파격적인 이야기이긴 했다.

"유골을 어떻게 해버릴까 봐 걱정이 되시는 거죠."

"예, 좀…… 그렇습니다. 그게, 저는 제가 그렇게 구식인 줄은 몰랐는데 말입니다."

은호 씨가 머리를 긁적였다. 조금 뜻밖이었다. 은호 씨는 은숙 씨의 동생이자 예은이의 외삼촌이었고, 성실하고 책임감이 강해 자기 누님과 조카에 대해서도 늘 신경을 썼다. 정작 은숙 씨가 오빠와 이혼하기 전에는 오빠와 성격이 맞지 않아 자주 못 찾아갔다던 그는, 은숙 씨가 우리 집으로 오면서 계절 바뀔 때마다 한 번씩은 찾아왔다.

은호 씨는 성품이 단정한 데다 말을 하거나 일을 처리하는 것을 봐도 참 뭐든 잘하고 잘 알 것 같은 사람이었다. 은숙 씨가 세상을 떠났을 때에도, 그는 빈틈없이 병원과 장례업체의 일을 처리하고, 조카들을 챙겼다. 은숙 씨의 유언을 집행하는 과정도 마찬가지였다. 그런 그가 이렇게 갈피를 잡지 못하고 혼란스러워하는 모습은 처음 보는 것 같았다.

"그게…… 한 20년 전만 해도 매장이 아니라 화장을 해서 봉안당에 모시는 것을 꺼리는 분들도 많이 계셨잖습니까. 사람이 죽으면 선산에, 명당에 묻혀야 한다고들 하셨지요."

"지금도 어르신들 중에는 여전히 그런 말씀 하시는 분들도 계시죠."

"예, 그래도 지금은 인식이 많이 바뀌었지요. 제 말씀은, 그러니까…… 언젠가는 마치 우주에서 죽은 사람의 관을 우주로 쏘아 보낼 수도 있을 것이고, 또 우주에서 장례를 치를 수도 있겠지만…… 제 누님을 그럴 거라는 생각은 해본 적이 없습니다. 아니, 일단 절차도 그렇고, 비용도 어마어마하게 들겠지만. 그래도."

"저도 어떻게 해야 할지는 아직 잘 모르겠어요. 언니는 저한테도 가족이니까요. 예은이 엄마고. 그런 사람이 이 지구에서 흔적도 없이 사라진다고 생각하면 저도 좀 망연하고 아득할 것 같긴 한데……"

"그렇죠? 예은아, 너도 들었지?"

"아, 그런데 아직 예은이랑 의논해보는 중이긴 해요. 아직은 막연한 계산이지만, 알아볼수록 아주 불가능한 이야기는 아닌 것 같고."

내 말에, 은호 씨의 입에서 한숨 같은 탄식이 새어 나왔다. 예은이는 어려서 뭘 몰라서 그렇다고 쳐도, 나는 사회생활 할 만큼 하고 나이도 먹을 만큼 먹은 사람인데 그런 꿈같은 이야기에 귀를 기울이고 있다는 게 마음에 들지 않는 모양이었다.

하지만 은호 씨가 한 가지 잊고 있는 게 있다. 은숙 씨의 다이어리를 읽고, 사람이 우주로 가려면 돈이 얼마나 드는지를 생각했던

311

건 나였다는 것을.

"실은 몇 가지를 제안하러 왔습니다. 필요하다면 저도 보탤 거고요."

"제안이라면……"

"물론 저는, 누님이 고모님 원하는 대로 쓰시라고 유산을 남기셨다고 생각합니다. 누님은 고모님을 좋아했고, 두 분은 가족이고, 또 누님이 가장 힘들고 아플 때 곁에 계셨던 분이 바로 고모님이시니까요. 누님은 고모님이 계셔서, 예은이 걱정은 하지 않고 눈을 감았을 겁니다. 그러니까 고모님께서 그걸로 여행을 가시거나, 원하는 일을 하시는 거라면 저는 찬성입니다. 하지만."

은호 씨는 태블릿을 켰다. 그는 장학 사업에 대해 알아보기 쉽게 만든 자료를 가지고 왔다.

"하지만 만약에 그 돈으로 뭔가 누님을 위해 쓰고 싶으시다면, 다른 방법도 있습니다."

"장학금이나 불우이웃 돕기를 하자는 말씀이시죠?"

"예. 이를테면 누님이 처음이자 마지막으로 근무했던 중학교에 누님 이름으로 장학금을 만들 수도 있을 겁니다. 세상에는 아직 도움이 필요한 아이들이 있으니까요. 누님이 번 돈을 그런 일에 쓰고, 도움을 받는 학생들이 그 장학금을 내주신 분의 이름이라며 누님의 이름을 한 번이라도 더 기억한다면 그것도 좋은 일이 아닐까요?"

나는 고개를 두어 번 끄덕였다. 그 말은 결코 틀리지 않았다. 냉소적으로 말하면 이미 죽은 사람에게는 아무 의미도 없는, 거대한 폭죽놀이 같은 꿈같은 일에 낭비해버리기에는 너무 큰 돈이었다. 차라리 그 돈으로 도움이 필요한 아이들을, 가난한 학생들을 조금이라도 지원할 수 있다면 그게 공리적으로는 더 나은 일이었다. 아마 은숙 씨가 그 이야기를 들어도 이게 좋겠다며 발 벗고 나섰을지 모른다. 은숙 씨는 다른 사람을 챙기고 돌보는 것도 좋아하고, 무엇보다도 아이들을 좋아하던 사람이었으니까.

"맞는 말씀이에요."

"누님이 우주를 꿈꿨으니까, 그 점에 대해서라면 다른 것도 알아봤습니다. 별에 이름을 붙여주는 서비스가 있더군요. 과학계에서 인정되는 것은 아니지만, 아이돌 가수의 팬들이 별에 자기가 좋아하는 가수의 이름을 붙여서 선물하거나 한답니다. 그렇게 해도 될 거고, 또……"

"그렇죠, 그런 방법도 있겠네요."

"만약 장학금을 만드신다면, 제가 거들겠습니다. 저도 누님의 노후를 걱정해서 따로 모아둔 것이 있으니, 그 돈을 보태면 꽤 그럴듯한 기금이 될 겁니다."

"그것도 좋네요. 하지만……"

논리 정연하고, 돈을 가치 있는 일에 쓰며, 은숙 씨의 이름도 기억에 남게 만드는, 여러모로 훌륭한 이야기였다.

하지만, 한 가지가 마음에 걸렸다.

"……하지만 사람이 평생 한 번쯤은, 살면서 한 번쯤은 오로지 자기 자신만을 위한 일을 해도 되는 것이 아닐까요."

나는 문득 생각했다. 책상과 컴퓨터, 거기 얹어놓은 몇 개의 장난감들 외에 은숙 씨가 자기 자신을 위해 구입한 것이 무엇이 있었는지를.

은숙 씨는 늘 나와 예은이에게 무엇이 필요한지만 생각하는 것 같았다. 내게 생활비를 쥐여주면서도, 은숙 씨는 걸핏하면 내 운동화 뒤축이 닳았다며, 길 가다가 내게 어울릴 것 같아서 사 왔다며, 내게 운동화며 블라우스 같은 것을 건네주었다. 자기 자신을 위해서는 그러지 않았다. 물론 나도 은숙 씨와 함께 쇼핑을 다니다가 옷을 사주기도 하고, 같이 여행을 다니기도 했지만, 그래도 내 것을 마련하는 데 익숙했던 나와 달리 은숙 씨는 자기 자신을 위해 돈을 쓰는 법을 잊어버린 사람처럼 보일 때가 있었다.

그런 은숙 씨에게, 은숙 씨가 간절히 바랐던 소망을 이뤄주고 싶었다. 죽은 사람은 알지 못한다고 해도. 이런 것은 그저 살아남은 사람들의 헛된 위로에 불과하다고 해도.

"무슨 말씀인지 알겠습니다."

그리고 다행히 은호 씨는 내가 무슨 말을 하는지 어렴풋이 이해하는 것 같았다.

"맞습니다. 그렇네요……. 누님은 자신을 위해서는 돈을 쓰지 않았어요. 겨울에도 몇 년 되어 납작해진 패딩을 계속 입고 다니면서, 내게는 좋은 거 먹고 다녀라, 따뜻하게 입고 다녀야 한다고 하셨죠. 돌아가시기 직전까지도."

"예, 그랬어요. 제게도……."

그때 예은이의 폰에서 띵동, 하는 소리가 났다. 나와 은호 씨가 동시에 고개를 들었다. 예은이는 장난꾸러기처럼 웃으며 폰을 보여주었다.

"외삼촌도 오케이 하셨길래 일단 아두이노부터 샀어. 위성에 넣을 거야."

***

그 뒤로 한동안은, 정말 정신이 없었다. 퇴근해보면 집 앞에는 예은이가 인터넷에서 주문한, 무엇에 쓰는지 모를 인공위성 부품이 담긴 상자들이 하나하나 도착해 있었다. 어떤 것은 미국, 어떤 것은 중국, 어떤 것은 청계천에서 날아온 부품들이 집 안에 차곡차곡 쌓여갔다.

"요즘 젊은 아이들은 정말, 행동력이 빠르다니까."

"그렇게 말하니까 꼭 되게 나이 많은 사람 같거든?"

"무슨 소리야. 나 너희 엄마보다 한 살 어려. 너보다야 한참 많지."

"엄마가 너무 일찍 가신 거야. 고모 정도면 지금 나가서 연애도 할 수 있는 나이잖아."

"뭐라는 거야, 저게."

어처구니가 없는 이야기였다. 내가 빤히 쳐다보자, 예은이는 깔깔 웃으며 방으로 들어갔다. 그래도 저 인공위성 덕분인지, 예은이는 다시 웃기 시작했다. 농담도 종종 했다. 그리고 친구들을 만났다. 혼자서는 인공위성을 만들 수 없으니까, 그런 일은 역시 동료들이 필요한 법이니까.

| 316   잘 가요, 은숙 씨

예은이가 다니는 융합공학부는, 처음에 같이 입학한 친구들이 여러 전공으로 나뉘어 있었다. 전자공학을 공부하던 예은이는 제어계측을 공부하는 친구, 응용물리를 공부하는 친구를 데리고 왔다. 이제 막 소녀티만 벗은, 이제 겨우 스무 살이 조금 넘은 여자 아이들이 방학을 맞자마자 우리 집 식탁을 점령했다.

"일단 스펙부터 보자. 큐브샛(CubeSat) 표준은 가로, 세로, 높이 10센티야. 무게는 1.33킬로그램."

"너무 작잖아?"

"야, 완전 놀랄 만한 이야기해줄까. 가로, 세로, 높이 10센티인 정육면체면 1리터야."

"말도 안 돼?"

"이 정육면체 하나가 유닛이야. 작은 대신에, 이 유닛들을 몇 개씩 붙일 수 있다는 거야. 그래서 유닛 하나에 배터리만 채워서 넣기도 하고."

이제 대학교 3학년, 어쩌면 정신없이 학점 채우고 스펙 쌓아서 취업 준비해야 할 시기일 아이들이 진지하게 인공위성을 만들겠다며 모여 있는 것이 당혹스럽기도 하고, 미안하기도 했다. 하지만 정작 예은이의 친구들은 잔뜩 신이 나서, 이것도 해보자, 저것도 해보자고 떠들어댔다.

"어떡하니. 너희들 공부에 방해되는 것 아닌가 모르겠다."

"실패하면 뭐 좀 그렇긴 한데요, 친구들이랑 인공위성을 만들어서 쏘았다, 그런 거면 스펙이 되니까 괜찮아요."

"아, 잠깐만. 예은아, 너 사촌동생이 예고 다닌다고 하지 않았어? 영화 공부한다고 했던 것 같은데."

"어, 맞아. 연경이라고. 걔는 왜?"

"그러면 말야, 동영상 같은 거 찍을 줄 알겠네? 우리 말야, 이거 다큐로 찍으면 어떨까?"

"그럴 돈까지 어디 있어. 이게 만드는 게 큰일이 아니라, 쏘아 올리는 데 돈이 어마어마하게 드는 거잖아."

"그래, 그러니까 영상도 찍고 해서 펀딩을 받자는 거야. 그러면 이거 만들고 발사하는 비용도 일부 충당하고, 우리는 위성 만들어서, 네 사촌은 영화 찍어서, 그걸로 스펙도 만들 수 있고."

"오, 그거 좋다. 이거 아무리 너희 엄마를 우주로 보내드리는 거라고 해도, 너희 엄마 유산을 거기다 다 탕진하긴 좀 그렇잖아."

웃음소리가 쓸쓸하던 집 안을 금세 가득 채웠다. 금요일이 되자 예은이의 친구들은, 아예 합숙할 준비를 해서 모였다. 어떤 아이는 설계도를 펴놓고 기판을 땜질하고, 다른 아이는 노트북을 펴놓고 회로를 점검하는 모습을 보며, 나는 응원하듯 조용히 피자를 주문

잘 가요, 은숙 씨

해놓았다. 그리고 내 책상에 앉아, 지금은 비어 있는 건너편 책상을 바라보았다.

은숙 씨가 저 모습을 보았으면, 기뻐했을까. 예전의 자신 같은, 젊디젊은 아이들이 우주에 대해, 중력가속도에 대해, 제어 프로그램에 대해, 그리고 지금 만드는 인공위성이 자리를 잡을, 해수면 기준 고도 300킬로미터의 저궤도 환경에 대해 이야기를 나누고, 우주로 갈 무언가를 만드는 모습을 보았다면, 은숙 씨는 행복했을까. 자신이 이루지 못한 꿈들을, 결혼하면서 꺾이어버린 희망들을 생각했을까. 지금 여기에서, 누군가가 인공위성을 만드는 모습을 보았다면, 은숙 씨는 어쩌면 교신을 끊고 우주 너머로 멀리 가버리고 싶다는 생각을 하지 않았을까. 그런 생각에 가슴이 욱신거렸다.

토요일 밤에는 다 함께 TV 앞에 앉아, 〈망원동 인공위성〉이라는 영화도 보았다. 10년 전에 혼자 힘으로 인공위성을 쏘아 올린, 공대 출신의 미디어 아티스트의 이야기였다. 나는 그 사람이 5년 동안 혼자서 고군분투하며 인공위성을 만들어낸 열정에 감동을 받았는데, 이 아이들은 현실적인 이야기들을 하고 있었다.

"근데 말야, 유골함 사이즈가 어떻게 되지? 큐브샛 유닛을 몇 개 붙여야 하는 거야?"

"우리 엄마 봉안함이 지금 높이가 20센티고, 지름이 18센티야."

"야, 잠깐. 그러면 부피로는 5리터가 넘잖아. 어떻게 압축 안 돼?"

나는 낮게 한숨을 쉬었다. 사람이 죽어 한줌 잿더미로 돌아간다고도 하고, 먼지로 돌아간다는 말도 하지만, 공학적인 관점에서는 5리터가 넘는 것이었다니. 나는 새삼, 은숙 씨가 남기고 간 자취가 생각보다 컸다는 것을 생각했다. 어쨌든 이 이야기는 은호 씨에게는 결코 말하지 말아야 할 것 같았다. 은숙 씨를 우주로 보내는 이야기만 듣고도 은호 씨는 그렇게 놀랐는데, 지금 이 아이들이 은숙 씨를 어떻게 압축하면 안 되냐는 이야기를 하고 있는 것을 들으면 기절할지도 모른다.

"어, 좋아. 나도 할래!"

그리고 일요일에 우리 집에 나타난, 은호 씨의 딸인 연경이는 다큐멘터리 영화를 찍자는 말에 두 손을 번쩍 들고 환영했다. 나는 혹시 연경이도 자기 고모를 우주로 보내는 이야기에 충격을 받지는 않을까, 은호 씨가 문제의 "5리터" 발언을 듣고 뒤로 넘어가는 것은 아닌가 생각했지만, 다행히도 내가 걱정할 만한 일은 일어나지 않았다. 오히려 연경이가 합류하자, 은호 씨는 조카뿐 아니라 외동딸까지 끼어든 이 일이 무사히 진행되도록, 행정적인 도움들을 주기 시작했다. 이를테면 우주물체의 예비등록 신청이라든가, 광대

역 주파수라든가, 이 인공위성을 저궤도까지 데리고 가줄 로켓을 알아보는 일 같은 것 말이다. 기본적으로는 연경이와 친구들이 알아보고 처리했지만, 은호 씨는 처리 전에 한번 서류를 검토하고 조언해주었다. 펀딩에 대한 것도 마찬가지였다.

일단 펀딩을 시작하자, 엄마의 꿈을 이루기 위해 인공위성을 만든다는 이야기는 여기저기 언론을 타기 시작했다. 펀딩을 모집할 때는 돌아가신 엄마의 꿈을 이루고 싶다는 말만 했지, 봉안함을 태워서 보낼 거라는 말은 입도 뻥긋하지 않았건만. 악플을 다는 놈들은 펀딩 사이트며 학교 홈페이지에 올라와 헛소리를 지껄여대기 시작했다. 그럴 돈이 있으면 불우이웃을 도우라는 훈계나, 차라리 자기를 달라는 식의 이야기는 그냥 웃기는 정도였다. 자기 엄마 시신을 팔아서 스펙을 채운다며 욕을 하는 놈들도 있었다. 은호 씨는 그런 악플들에 열심히 대응해주었다. 아이들이, 그야말로 인공위성을 만드는 데 집중할 수 있도록.

"……하지만 누님 유골을 우주로 보내는 건 여전히 반대입니다."

이런저런 도움에 감사를 표하자, 은호 씨가 고개를 저으며 대답했다.

"지금도 이렇게 악플이 달리는데, 누님을 정말 우주로 보냈다고 하면 이 애들이 나중에 무슨 비난을 들을지 몰라요. 그러지 않아도 민감한 이야기인데, 게다가 여자애들이죠. 여자들이 무슨 일만 하려고 하면 트집 잡고 악플 달고 쫓아다니면서 공격하는 놈들이 있어서, 그런 부분도 생각을 해야 합니다."

사실은 그 점에 대해서는 슬슬 걱정이 되었던 참이어서, 나는 고개를 끄덕였다.

그러면 우주에는, 대체 무엇을 보내야 할까. 나와 은호 씨는 한참 고민했지만, 딱히 결론을 내리진 못했다. 이번에도 좋은 의견을 낸 것은 예은이와 그 친구들이었다.

"엄마 스마트폰을 보내면 되죠!"

"스마트폰?"

"예, 스마트폰은 그 자체로 작은 컴퓨터 역할을 하는 데다, 카메라도 달렸고 동영상도 찍을 수 있고 통신 모듈도 달려 있잖아요. 큐브샛에 스마트폰을 연결해서 저궤도로 올려 보내는 프로젝트도 있어요."

생각도 못 해본 이야기였다. 하지만 현실적으로 가능하다고 했다. 무엇보다도 은숙 씨가 마지막까지 쓰던 휴대폰으로, 은숙 씨가 마지막까지 보고 싶었던 우주의 풍경을 찍어서 전송받을 수 있다는 것이 마음에 들었다.

게다가 일이 커지자, 아이들이 다니는 대학교에서도 이 일에 관심을 보이기 시작했다. 성공하면 학교의 자랑이라며 교수들이 기술적인 도움을 주기도 하고, 몇몇 학과에서는 위성에서 날씨나 지구방사선 같은 것을 측정할 수 있도록 모듈을 연결해달라고 부탁해오기도 했다. 펀딩으로 꽤 큰 돈도 모였다. 아이들은 잔뜩 들떴지만, 그러면서도 신중함을 잃지 않았다.

마치 부동산 거래할 때처럼, 로켓 발사 비용의 예약금과 중도금을 치렀다. 아두이노와 은숙 씨의 스마트폰, 리튬 이온 배터리가 실린 작은 위성은 DHL을 통해 로켓이 발사되는 뉴질랜드로 날아갔다. 생각보다 발사 비용이 절약된 덕분에, 나는 예은이와 연경이, 그리고 예은이의 친구들을 뉴질랜드로 보내주기로 했다. 가서 로켓 발사를 보고 돌아오는 짧은 여행에 앞서, 우리들은 하마터면 봉안함째 우주로 날아갈 뻔한 은숙 씨를 찾아갔다.

은숙 씨는, 아이들을 부러워했을까.

아니면 이렇게라도 꿈이 이루어진다고 기뻐했을까.

***

로켓이 날아오른 것은, 은숙 씨를 찾아가고 나흘 뒤의 일이었다.

위성에 연결된 은숙 씨의 스마트폰은, 저궤도를 공전하며 데이비드 보위의 음악을 계속 재생하기 시작했다. 위성에 연결된 여러 모듈들이 제 할 일을 하는 사이, 은숙 씨의 스마트폰은 두 시간에 한 번씩 중간중간 〈스페이스 오디티〉의 가사 한 줄과 함께 우주를, 그리고 지구를 찍어서 보내기 시작했다. 나에게, 은호 씨에게, 그리고 아이들에게. 때로는 흔들리기도 하고, 때로는 아무것도 보이지 않았으며, 아주 가끔은 눈물겹도록 아름다운 풍경이 보이기도 했다. 은숙 씨가 보고 싶었을, 그 우주의 풍경이. 우주에서 바라본 새파란 행성, 지구의 모습이.

그렇게 꼬박 한 주가 지났다. 중환자실에 누워 있던 은숙 씨가 점점 쇠약해졌듯, 신호가 조금씩 약해져갔다. 열흘쯤 더 지난 어느 순간, 더는 어떤 메시지도, 어떤 신호도 들어오지 않게 되었다. 아마도 저궤도를 돌던 그 위성이, 어느 순간 대기권으로 이끌리며 타버렸을지도 모른다. 은숙 씨의 소망처럼 아주 지구를 떠나, 먼 우주로 날아가지는 못했을 것이다.

그럼에도, 나는 가끔 생각한다. 은숙 씨는 지구로 돌아온 게 아니라, 저 우주로 떠난 거라고. 내가 볼 수 없었던, 아이들이 보고 돌아온 그 로켓을 타고, 정말로 멀리 가버린 거라고. 나는 이 쓸쓸한 중력 아래, 아주 영원히 혼자 남겨진 듯한 기분이 들어 울음을 터뜨렸다.

잘 가요, 은숙 씨

이제 정말로 잘 가요, 은숙 씨.

달에서 한참 더 먼 곳으로, 우리의 신호가 닿지 않는 곳으로.

환생도 윤회도 없는 세계로. 당신이 가고 싶었던 차갑고 사랑스러운 별의 바다로.

곽재식

「돌덩이일까, 외계인의 로켓일까」

오우무아무아는 실제로 2017년에 태양계 바깥에서 발견된 물체다. 길쭉하게 생겼고 맹렬한 속도로 태양계로 다가왔다가 멀어진 물체라는 점도 사실이다. 오우무아무아가 그냥 이상할 정도로 길쭉하게 생긴 돌 덩어리가 아니라, 어쩌면 외계인이 만든 인공 물체일 가능성이 있다고 추측한 진지한 학자들이 있었다는 것도 사실이다. 도대체 정말로 정체 는 무엇이었을까? 그냥 돌덩이였을까? 아니면 외계인이 보낸 커다란 로 켓이었을까?

나는 거대한 돌덩어리면서도 동시에 외계인이 보냈을 가능성도 있 지 않을까 하는 생각을 했다. 그렇다면, 외계인들이 왜 머나먼 행성이 있는 방향으로 큰 돌덩어리를 보내느냐 하는 이유가 문제로 남는다. 명 쾌하게 밝혀내지는 못했지만, 나는 이 소설에서 그 이유에 대해서 적당 한 설명을 만들어보려고 했다.

최의택

「나의 탈출을 우리의 순간들로 미분하면」

우선 로켓의 역학적인 이야기를 기대하셨을 모든 분들께 유감을 표한다. 처음 제안을 받고 소극적인 태도를 보이면서도 나의 버킷 리스트 중 하나인 SF 앤솔러지 참여 기회를 놓치고 싶지는 않았다. 게다가 참여한 작가님들의 성함 하나하나가 중력처럼 날 끌어당겼다. 나는 감히 그 인력으로부터 탈출할 수 없었다. 그리고 싶지도 않았다.

그러나 다른 부분에서 나는 늘 탈출을 꿈꾸고, 당연히 그 꿈이 반영된 이야깃거리를 품고 있었다. 로켓이라는 단어를 보자마자 나는 탈출 속도를 떠올렸고, 곧장 백지에 몸을 던졌다. 그 결과물이다, 이 이야기는.

다만, 그 과정이 지나치게 이기적이었던 탓에 첫 번째 원고는 타인이 쉽게 받아들이기 어려운 세계관의 장벽으로 둘러싸여 나에게만 의미를 갖는 듯했다. 그린북 에이전시와 동료 작가분들이 그 때문에 고생하셨고, 그분들의 피드백 덕분에 한결 나아진 원고가 되었다고 생각하지만, 여전히 누군가에겐 접근성이 떨어지는 이야기일 수 있고, 그것은 두말할 것도 없이 내가 부족한 탓이다.

이 이야기를 쓰는 동안 어쩐지 다시 우울감을 느꼈는데, 꼭 그 두 가지가 인과관계로 엮인 것인지는 모르겠지만, 어찌 됐든 나로서는 열병을 앓은 듯한 시간으로 기억될 이 이야기가 약간 특별하게 느껴진다. 굳이 그 느낌에 이름을 붙여보자면 애증에 가깝지 않을까 하는 이 이야기가 여러분께도 그저 싫기만 한 것이 아니기를 감히 바란다.

이산화

「재시작 버튼」

나로호를 생각하면서 이 글을 썼습니다. 나로호의 첫 발사는 2009년 8월 18일로 예정되어 있었지만, 정작 그날은 소프트웨어 오류가 발견되는 바람에 발사가 중지되었습니다. 그달 25일에 마침내 이뤄진 1차 발사는 페어링 한쪽이 분리가 안 되는 바람에 위성을 궤도에 올리지 못해 실패로 돌아갔지요. 2010년 6월 19일로 예정되었던 2차 발사는 발사대 소방 시설이 오작동해 또 중지되었고, 다음 날의 재시도는 공중 폭발로 끝났습니다. 온 나라의 우주를 좋아하는 학생들이 기대감에 부풀어 TV 화면을 지켜보는 가운데서 일어난 일이었습니다.

저는 한동안 '나로호'라는 이름이 세간의 조롱거리가 되었던 것을 생생히 기억합니다. 누군가가 게임 〈하프라이프〉 한국판의 우스꽝스러운 더빙 음성을 나로호 발사 장면에 덧씌워 만든 패러디 영상도 아직 떠올릴 수 있습니다. 이래서야 세금으로 폭죽을 쏜 것이나 다름없지 않으냐 비난도요. 세간의 눈에 비친 나로호의 계속된 실패는 그런 종류의 실패였습니다. 대단히 비장한 분위기가 감돌지도 않고 그렇다고 애통함의 물결이 전국으로 퍼져나가지도 않는, 어울리는 근사한 수식어가 딱히 없어 그냥 '실패'라고밖에 말할 수 없는 실패 말입니다.

하지만 돌이켜보면 그런 실패야말로 그 무엇보다 당연한 일이었습니다. 우주는 멀고 로켓 만드는 일은 복잡하며, 로켓으로 우주에 뭘 쏘아 올린다는 건 본래 무모하기 그지없는 계획이기 때문입니다. 남이 해놓은 것을 보고 그대로 따라 한다고 만사가 순탄하게 흘러가리란 보장도 없고, 새로이 무언가를 해내야 한다면 더더욱 그렇습니다. 우주로 무언가를 쏘아 올리는 과정은 인간이 저지를 수 있는 거의 모든 형태의 실패로 점철되어 있을 수밖에 없고, 우리는 실패를 통해 배울 수밖에 없습니다. 그 무수한 실패의 일부였던 나로호 1차와 2차 발사를 생각하며, 우주 계획이 갖가지 방법으로 실패하고 실패하고 또 실패하는 이야기를 보고 싶다고 생각하면서 이 글을 썼습니다.

두 등장인물의 이름은 천체의 지구 충돌 위험성을 나타내는 팔레르모 척도(Palermo Technical Impact Hazard Scale)와 인공위성의 연쇄 충돌 시나리오를 일컫는 케슬러 신드롬(Kessler Syndrome)에서 각각 가져왔습니다. '야르콥스크'는 복사열에 의한 소행성의 궤도 변화에 대한 이론인 야르콥스키 효과(Yarkovsky Effect)에서 따왔고요. 모두 인류 문명을 위협할 수 있는 가상의 우주 재난과 관련된 용어지요. 한편 나머지 고유명사는 전부 과거 윈도우즈 운영체제에 기본으로 수록되어 있었던 게임이자 제 인생 최고의 SF 게임이기도 한 〈3D 핀볼〉에서 가져온 것입니다. '마엘스트롬'은 해당 게임의 마지막 임무 이름이며, 'BMAX' 'RMAX' 'GMAX'는 전부 게임에 사용 가능한 치트키입니다. 작중 배경인 우주선의 이름을 'BMAX'로 지은 것은, 이 치트키를 사용하면

공이 아래로 빠져도 즉시 튕겨 나와 게임을 얼마든지 계속할 수 있기 때문입니다. 현실의 우주개발과 마찬가지로, 실패 좀 한다고 끝이 아니게 되는 셈이지요.

덧붙이자면 나로호의 3차 발사는 2013년 1월 30일에 이루어졌으며, 이번에는 성공이었습니다.

박애진

「4퍼센트」

「4퍼센트」는『태고의 유전자』(뤽 뷔르긴 지음, 도솔, 2008)에서 전기장 실험에 대한 자료를 접하며 시작한 글이다.

한 번에 잘 풀리는 글이 있고, 두고두고 애를 먹이는 글이 있는데「4퍼센트」는 후자였다. 제목도 여러 번 바뀌었다. 도입부를 쓸 때 마땅한 제목이 떠오르지 않은 글이 집필도 어려워진다는 징크스가 있는데 이 글이 바로 그랬다. 첫 번째 버전은 246.7매였다. 다소 급하게 썼다는 생각과 함께 원고의 완성도가 부족하게 느껴져서 얼마 뒤 제목을 바꾸고 409.9매, 중편으로 개작했다. 그것도 마음에 들지 않아 다시 꺼내서 만지며 450매로 늘었다.

그린북 에이전시에 합류하며 김시형 실장님과 임채원 매니저님에게 이 글을 보내게 되었다. 두 분은 뺄 부분과 확장하면 좋을 부분을 이야기하며 경장편으로 만들면 좋겠다는 피드백을 돌려주었다. 납득할 만한 좋은 의견이었던 터라 용기를 내어서 파일을 열었다.

그러나 이상과 현실은 달랐다. 머릿속에서는 들은 조언을 잘 응용하면 경장편으로 쓸 수 있을 것 같은데 막상 원고를 보면 장편으로 가기 위한 아이디어와 이미 쓴 원고가 아귀가 맞지 않는 톱니바퀴처럼 겉돌았

작가의 말

다. 원고를 보면 볼수록 차라리 단편으로 줄이는 게 훨씬 나은 선택으로 보였다.

에이전시에 이 의견을 전달한 지 얼마 후 '로켓 앤솔러지' 기획이 있으니 단편으로 개작해서 참여하면 어떻겠느냐는 제안을 받았다. 기쁜 마음으로 수락했고 최종 제목을 「4퍼센트」로 바꾸면서 단편 분량으로 압축하게 되었다. 글을 마치고 나니, 내 사정을 알아서 독촉하지 않는 친구에게 오래전 빌린 돈을 갚은 듯 마음이 후련하다.

최종 원고는 약 170매로 초고보다 많이 줄었지만, 그렇다고 단지 초고에서 일부 이야기를 뺀 건 아니다. 불필요한 부분은 삭제하고 필요한 부분은 추가하고, 그러다 또 지우고 고치고를 반복하는 과정에서 뼈대는 같지만 처음과는 많이 다른 이야기가 되었다. 어려웠지만 이 이야기에 가장 적합한 분량과 이야기를 찾은 것 같다.

이 글을 좋아하고 응원해주신 그린북 에이전시의 김시형 실장님과 임채원 매니저님, 여러 번 개작을 거치다 혼자 낙심한 날 격려해준 최지혜 님, '로켓 앤솔러지'를 함께한 요다 출판사 관계자분들, 로켓 앤솔러지 기획안을 구상하신 전혜진 작가님에게 감사드린다.

독자분들에게도 즐거운 독서가 되길 희망한다.

해도연

「천장 우주」

|

〈스타워즈〉나 〈스타트렉〉에는 로켓이 나오지 않습니다(아마도?). 리들리 스콧의 〈프로메테우스〉에도 나오지 않지요. 크리스토퍼 놀란의 〈인터스텔라〉에서조차 지구를 떠날 때만 잠깐 나올 뿐이고요. 여기서 말한 모든 영화와 다른 수많은 SF영화에서 로켓 대신 비행기처럼 생긴 크고 작은 우주선이 자유롭게 행성 표면에서 떠올라 대기권을 뚫고 우주로 나갑니다. 로켓이 등장할 틈새는 거의 없지요. 로켓의 용도는 대부분 대기권을 벗어나는 데서 끝나고 작동하는 동안엔 의자에 앉아 요란한 진동을 견디고 있을 뿐인 데다 아무래도 디자인에도 한계가 있겠지요.●

SF에서 로켓은 찬밥 신세일 때가 많습니다. 현실에서도 그랬던 적이 있어요. 크고 무겁고 비싸고 환경에도 나쁜 로켓 대신 우주 엘리베이터를 이용하면 항공기 일등석 수준의 비용으로 우주에 나갈 수 있다는 얘기가 돌기도 했지요. 지금도 유효한 이야기이기는 합니다. 우주 엘리베

● 물론 예외는 있어요. 제임스 그레이 감독의 〈애드 아스트라〉에서는 지구는 물론이고 화성에서도 로켓을 쏘아 올리는 장관을 보여주죠. 이야기 자체는 좀 식상했지만 전이 영화가 보여주는 미치도록 따분하고 아름다운 우주가 너무 좋았습니다.

작가의 말

이터가 실제로 가능하다면요. 세련된 우주선과 신비한 우주 엘리베이터가 얼마나 멋지든, 결국 본격적인 우주 시대의 문을 여는 건 아무래도 로켓이 될 듯합니다. 여기서 스페이스X나 블루 오리진을 이야기하는 건 이제 와서 스마트폰이 세상을 바꿀 거라는 얘기를 하는 것만큼이나 지면 낭비 같으니 생략하고 넘어가죠.

「천장 우주」에서는 제멋대로 정의한 SF의 전통을 이어받아 로켓을 구닥다리 기술로 그렸습니다. 하지만 재활용 대기팀의 친구들처럼 사용되지 않는다고 그 가치와 매력이 사라지는 건 아니지요. 짧은 순간에 어마어마한 힘을 폭발시키며 족쇄 같은 중력을 찢고 나아가는 로켓과 그 속에서 그걸 가능케 하는 복잡하면서 웅장한 기계 장치의 매력은 볼 때마다 마음을 설레게 하죠. 그리고 이 모든 것이 인간의 손끝에서 탄생했다는 걸 생각하면 우리가 우주의 먼지라고 한들 그 티끌을 위해 경배하고 싶어져요. 이걸 쓰면서도 가슴이 두근거리네요.

이 이야기의 주인공들은 아마 제가 만들어낸 인물 중 가장 평범한 이들이 아닐까 합니다. 다양한 이유로 접어뒀던 꿈을 가끔 떠올리기는 하지만 결국은 현실에 적응하며 어떤 의미로든 타협하며 살아가지요. 이 이야기에서는 그런 주인공들의 현실에 자그만 구멍을 뚫어주고 싶었어요. 다만 현실에서 탈출하기 위한 구멍이라기보다는 그 구멍 자체도 하나의 현실이라고 생각했어요. 그리고 구멍 바깥에 있는 건 현실을 초월한 무언가가 아니라, 황홀하거나 두렵고 또 낯설지만 여전히 현실의 일부이자 확장일 뿐이고요. 그것만으로도 자기 자신의 모습을 더 굳게 지키거나 새롭게 바꿔나가기에는 충분한 경험이 되지 않을까요? 적어도 이 글을 쓰는 동안에는 그렇게 생각했습니다.

여담. 주인공 4인방의 기본적인 모티브는 어느 유명 기업의 광고 속 인물들에게서 가져왔어요. 이름도 마찬가지고요. 무슨 광고인지 짐작 이 가신다면, 그 광고를 보고 다시 한번 읽어보시는 건 어떨까요?

전혜진

「잘 가요, 은숙 씨」

2021년 10월, 국산 첫 우주로켓 누리호가 발사되었다.

그리고 누리호가 발사되기 일주일 전, 나는 주식을 샀다.

    갑자기 무슨 주식인가 하겠지만, 사실 사람이 어떤 것을 '덕질'하는 방법에는 여러 가지가 있다. 1980~1990년대에 어린 시절을 보낸 많은 사람이 그랬겠지만, 어린 시절의 나 역시 〈로보트 태권브이〉나 〈사이코 아머 고바리안〉〈메칸더 V〉〈황금전사 골드라이탄〉 같은 슈퍼로봇이나, 〈우주선장 율리시스〉〈지구로…〉처럼 우주를 배경으로 한 이야기에 푹 빠져 있었다. 〈소년중앙〉 같은 어린이 잡지에서는 거의 고정적으로 과학 이야기나 SF 만화들이 실려 있었고, 버스를 타고 부평도서관 어린이 열람실에 가면 〈학생과학〉 같은 잡지들이 있었다. 아직 전집 영업 사원이 책 할부를 권하며 가가호호 돌아다니던 그때, 아파트 같은 라인 한 집에서 『학습그림과학』을 들이면 얼마 지나지 않아 이 집 저 집에서 같은 전집을 사기도 했다. 총천연색 사진들이 잔뜩 수록되었다는 그 전집에 그려진 우주와, 로켓들이 날아다니는 미래의 풍경들은 어린이들의 마음을 사로잡았다. 어린이 프로그램을 방영하던 오후 5시에서 6시반 사이에 TV를 틀면, 김정흠 박사나 "아폴로 박사"로 불리던 조경철 박사가 종종 나와 어린이들에게 과학에 대해, 주로 우주에 대해 이야기를 하기도 했다. 아 참, 학교 독후감 대회 필독서 목록에는 거의 반드시라고 해도 좋을 만큼 SF 소설이 포함되어 있었다.

그래서였을까. 나의 어린 시절, 정말 많은 아이들이 장래희망으로 '과학자'를 적어 내곤 했다. 나 역시 하늘을 나는 자전거를 만들겠다며 고무동력기대회에서 쓰고 남은 부품으로 자전거에 날개를 붙이기도 하고, 냉동인간에 대한 이야기를 읽고는 냉동개미를 만들겠다며 불쌍한 개미를 잡아다가 냉동실에 얼리거나, 오렌지 색소를 추출하겠다며 귤껍질에 알코올을 부어놓고 곰팡이가 피도록 잊어버리기도 했다. 그래놓고는 잔뜩 꾸지람을 듣고 돌아서서, 에디슨은 닭장에서 달걀을 끌어안고 있어도 칭찬을 받았다는데 우리가 과학자가 못 되는 건 전부 어른들 탓이라고 생각하기도 했다(물론 양육자 입장에서는 환장할 일이었을 것이다).

그런 덕질, 좀 더 점잖게 말해 몰입과 동경은 중학교나 고등학교에 간다고 사라지는 종류의 것은 아니다. 나는 지금도 우주를 동경한다. 해도연 작가님처럼 우주에 대한 꿈을 전공으로 연결하기에는 다른 좋아하는 것들이 너무 많았지만, 지금도 우주 관련 기사들과 NASA에서 올리는 영상이나 사진을 찾아보고, 중학생이 되면서 더욱 본격적으로 읽기 시작한 수많은 순정만화에서 보았던, 별이 가득한 아득한 하늘들을 생각하기도 한다. 『별빛 속에』나 『푸른 포에닉스』 『제멋대로 함선 디오티마』 같은 그 만화들의, 먹칠 위에 흰 물감을 흩뿌린 하늘과, 그 우주에서 살아가는 사람들의 이야기를.

주식은 대개 돈을 벌기 위해 사는 것이지만, 때로는 응원을 하기 위해 사기도 한다. 채식만 하지는 못하지만 채식 관련 제품들을 계속 내놓는 식품 회사 주식을 산다. 손해를 감수하고 선천성 대사이상 질환을 갖고 태어난 아이들을 위한 특수 분유를 만드는 우유 회사의 주식을 산다. 때때로는 응원하는 가수의 소속사나 좋아하는 게임을 만든 제작사의 주식을 조금씩 사기도 한다. 우주항공 주식도 비슷한 맥락이다. 오르건 내리건 내 지갑 상황에 크게 영향이 가진 않겠지만, 마치 '굿즈'를 사듯이 쥐고 있는 것이다. 그리고 누리호가 발사되었다.

누리호는 장후 시간외 거래 시간에 발사되어, 1단로켓과 페어링, 그리고 2단로켓 분리까지 성공했다. 하지만 엔진이 목표 연소 시간보다 빨리 타버리는 바람에 목표 속도인 7.5km/s에 미치지 못했고 궤도 진입에는 실패했다. 시간외 주가는 정확히 누리호의 궤도처럼 움직였다가 내려왔다. 음, 좋아. 진짜 멋졌어. 나이가 들어도 사람의 마음속에는 우주도 있고 슈퍼로봇도 로켓도 있는 거지. 마치 꿈을 쏘아 올리는 것 같았어. 내년에는 성공할 거야. 꼭 성공하면 좋겠다. 나는 '플레이모빌 우주비행사'를 만지작거리다가 문득 생각했다.

누리호 2차 발사가 내년 5월 지나서라고?

내년 5월이면 아직 반년이나 남았네?

나는 우주를 동경한다. 하지만 사실 난 우주도 로켓도 좋아하긴 하지만 진짜 '우주+로켓 마니아'를 보면 내 어중간함에 땅이라도 파고 들어가고 싶어질 것이다. 그리고 아마도, 메일 제목에 "우주+로켓 앤솔러지를 만들자, 목표는 누리호 2차 발사"라고 적어서 뿌리면, 본문도 안 읽고 "할게요!"라고 답신을 보낼 덕후, 아니 작가가 내 주변에만 일고여덟 명은 될 거라고. 나는 잠시 심호흡을 하고, 에이전시에 메일을 보냈다. 그리고 이 일은 정말 내 예상 이상으로 빠르게, 일사천리로 진행되었다.

　나는 『제멋대로 함선 디오티마』를 좋아한다. 하지만 지구에서 죽기 위해 반드시 돌아가려 하는 우주암 환자의 이야기를 읽으며, 나는 바로 그런 이유로 우주에서 죽고 싶어 하는 사람도 있을 거라는 생각을 했다. 다시 태어나도 이 일을 하겠다고, 다시 태어나도 당신과 함께 있겠다고 말하는 사람도 있지만, 어딘가에는 윤회를 그저 쓸쓸한 농담처럼 생각하고, 설령 윤회가 있더라도 다시 태어나고 싶지 않다고, 그냥 이번 생 자체로 모든 생을 완벽하게 마무리하고 싶다고 생각하는 사람도 있는 법이다. 누군가는 지구에서의 인연을 모두 끊은 채 우주로 가고 싶을지도 모른다. 작은 항아리에 갇혀서라도 당신이 이곳에 있으면 좋겠다고, 같은 하늘 아래에 있고, 단단한 땅 위에 묻히거나 놓여 있으면 좋겠다고. 그래서 죽은 뒤에 나의 자취도 당신 옆에 나란히 두면 좋겠다고 생각하는 것은, 살아 있는 사람의 감상일 뿐일지도 모른다.

　사실은 그래서, 원래는 봉안함을 통째로 우주로 보내는 이야기를 쓰려고 했다. 하지만 우주로 무언가를 쏘아 올리는 비용은 그야말로 질량에 비례하는 법이라, 아무래도 현실적인 어려움이 있었다. 큐브샛 하나 나둘 정도에서 타협해야 했다. 스마트폰을 올려 보내기로 한 것은, 세상 떠난 사람의 눈 대신 스마트폰을 통해 바라본 지구를 지상에 남은, 남겨진 사람들에게 보여주고 싶어서였다.

……그럼에도 불구하고.

작중에는 계속 〈스페이스 오디티〉가 흐르지만, 마지막 부분을 쓰면서 들었던 노래는 〈라이프 온 어스(Life on earth)〉였다.

우리의 신호가 닿지 않는 곳으로

로켓 발사 앤솔러지

2022년 6월 1일 1판 1쇄 발행
2022년 7월 1일 1판 2쇄 발행

지은이	곽재식, 박애진, 이산화, 전혜진, 최의택, 해도연
기획	그린북 에이전시, 전혜진
펴낸이	한기호
책임편집	도은숙
편 집	정안나, 유태선, 염경원, 김미향, 강세윤, 김현구
마케팅	윤수연
경영지원	국순근
펴낸곳	요다

출판등록 2017년 9월 5일 제2017-000238호
주소 04029 서울시 마포구 동교로 12안길 14 삼성빌딩 A동 2층
전화 02-336-5675 팩스 02-337-5347
이메일 kpm@kpm21.co.kr

ISBN 979-11-90749-40-4 03810